三民叢刊315

現代詩的欣賞

周伯乃 著

三民書局印行

再版序

新詩的創作與發展，應該追溯到上世紀二十年代白話文學的白話詩始，而後，有徐志摩的新月派及其仿西方十四行詩的創作，逐漸有李金髮引進法國象徵派；王獨清、郭沫若、馮乃超等人的創造社，以及戴望舒、艾青、何其芳、路易士（紀弦）的現代派，這些詩社、流派的創作風格都有極大區別。如新月派較重抒情，且有極濃厚格律風尚，是受西方十四行詩和浪漫主義影響；象徵派是道道地地援用了法國象徵主義的表現技巧；現代派的詩亦受歐洲的象徵派的影響，但他們儘量摒棄象徵派的晦澀、幽秘、矯飾之弊；而採納新月派的音樂優美，象徵派的含蓄優點。當然也受我國傳統詩的格律、比喻等影響。所以，寫現代詩的人特別多，時間上也特別久遠，乃至今天，在華文世界的現代詩，仍非常風行。

一九四九年政府遷台時，隨政府來台的文藝界人士並不多，而寫新詩的人更是渺若晨星，除了覃子豪、紀弦、葛賢寧三人以外，似乎都是來台後才寫詩。當年象徵派盟主李金髮又去了美國，加上台灣受戒嚴影響，三十年代作家的小說、散文、新詩、戲劇都受到限制，在這道斷層的狹縫裡，愛詩、讀詩、寫詩的人只好重新摸索、探討新的創作方法與內容。

台灣現代詩的開創與發展，無可諱言的，是受西方詩的影響，當時最為風行的，是浪漫主義、現代主義、象徵主義；其他，如頹廢派、未來派、立體派、達達派、巴拉斯派、表現派、意象派等等，都是一時間就銷聲匿跡，長則十二年，短則五六年，就消失了。這些流派影響不深，而受影響最深、最大的是象徵派和超現實主義。在這兩個流派的影響下，台灣現代詩也走向多種層次，有的比較明朗、有的晦澀、有的傾向抒情，有的傾向感性，甚至有傾向哲理，可以說百花齊放。除了報紙每日副刊有新詩，有些報紙還特別讓出半版或全版刊登新詩；而新詩雜誌如雨後春筍、街頭書報攤、書店都可以看到，出版業也不斷推出新詩專集。

基於這種蓬勃發展的趨勢與現代青年的需求，小說家朱西甯先生在他主編的「新文藝」月刊，邀我撰寫約八千字左右的「現代詩欣賞」專欄，每月寫一篇。我考慮一段時候，答應了。以我多年來讀詩、寫詩的心得，加上我所研讀過的美學、哲學、文學理論，和心理學，乃至精神分析學等等，都容納在對現代詩的鑑賞與分析，建立了現代詩的理論體系，受到讀者的喜愛。後來，「新文藝」月刊由王璞先生接編，仍邀我繼續寫下去，歷經三年多始結束。於民國五十九年初彙編成冊，由三民書局出版，是年五月四日，以該書獲中國文藝協會文藝評論獎。並受時任空軍總司令賴名湯上將召見嘉勉。當面交代政戰部吳寶華主任責成空軍廣播電台，開闢一個文藝節目，徐籲與我共同主持「文藝沙龍」節目，歷時四年之久。

除了在電台廣播外，我亦在銘傳、靜宜、文大等大專院校作多場演講。民國七十三年，國立成功大學，設通識教育課程，我受聘主講中國早期新詩發展。這些都可能是促成「現代詩欣賞」暢銷又能常銷的原因。現在三民書局又要改變版型再版，在我個人當然是可喜的大事，至少表示長達半個世紀還有讀者。所以，我要特別感謝劉振強先生能在這個經濟掛帥，文學式微的年代，擲鉅資再版此書。

周伯乃

二〇一七年元月二十日

於台北市寓所

長城之磚

朱西甯

在我接編《新文藝》月刊之初的種種構想裡，是很想把積壓在內心不止一日的許多欲望能夠藉這個文藝雜誌實現一些。不幸我的雙臂如此之短，渴欲擁抱的復又如此之大，而客觀的掣肘也在在皆是，我也是十分的自知。為詩和詩人朋友們在膚淺的現實裡深受冷落甚至奚落所感到的憂傷，以及欲使詩民族的子孫稍稍張開眼來認認現時代的詩之面貌，不過是很沉很沉的床前明月光罷了，或者便是主要的一點意圖罷？這樣說來，我的野心似也著實的不致叫人吃驚了。

最理想的人選，在我的心目中自然是葉泥了，便再次的請他為《新文藝》寫〈現代詩的欣賞〉專欄。誰沒有一懷沸騰的火熱呢？儘管我們都沉默且已冷卻夠久的了。然而給案牘勞了形的葉泥，一口馬齒給我的是苦笑；儘管往常是那麼多的慷慨激昂，但我確信他不是跟我耍片兒湯。那天為將去金門的管管餞行和給越南歸國渡假的洛夫接風，周伯乃趕到我家來通知管管的班機起飛時間，這是我第一次和伯乃見面，而從來不幹正事的沙牧居然也幹起正事的把伯乃推薦給了《新文藝》的〈現代詩的欣賞〉專欄，我是極樂意的接受了。「現代詩的欣賞」便是從「論詩與詩人的存在」開頭，逐期逐章的在《新文藝》刊出。

我想我也是不例外的存有一種把這一代的詩看作藝術中之貴族的偏見，儘管我是朝聖一樣的膜拜著它。早在我讀了一些今日大陸的「詩」以後，從那些數來寶加上廟籤式的「詩」裡，我就曾堅信這一代的中國詩是在我們這裡，一如這一代的中國小說是在我們手裡是一樣的。從此我懂得在我自己的小說寫作過程中，從不曾讓讀者闖進我的寫作要求裡來干擾我。我想除了奉「生命」之命不奉任何之命而創造，這是我們的詩不流於廟籤，小說不流於報導新聞的一份自由罷？那麼「讀者」是什麼呢？覺得可笑起來。自天子以至於庶人。余光中的二分法雖然俏皮而且實用，但是縱使全票讀者也未必就能或者就願接受這一代的詩。以晦澀來搪塞自然是跡近托詞。吳夢窗的詞就曾被張叔夏、胡雲翼、劉大杰，甚至胡適等作類似的指責，雖然那是四五流詩人對一流詩作的褻瀆，誰能說如今或將來不是遍地皆是張叔夏之流的人士呢？我無意要把這一代的詩人統統許為吳夢窗，尤其沒有意思要把吳夢窗當作什麼偶像；藝術的水位不可能有警戒線，也絕不允許有。任何一件傑出的藝術品之恆不為當代甚至相當久遠的後世所接受，總不外是突破存留較久而不甚前進的傳統界線，躍越了一般的欣賞習慣；以吳夢窗的詞為例，便是完全擺脫了傳統上理性的羈束，將時間與空間，現實與假想交錯雜揉，修辭但憑一己感性所得而不依理性所慣知習見的層次條理。因是之故，不必說當代，即使七八百年後，且是七八百年後的文學大家，仍不免由於不能接受而諸多譏議，確實令人臉紅。

然而藝術的這種創作與欣賞之不易調和，儘管很有些歷史性的樣子，卻並非絕望；在大眾傳播工具如許發達的今代，中年級的兒童和上班的爸爸早餐桌上爭報紙，人心自然不必再古。《現代詩的欣賞》是磚是玉，不在話下，貴乎有人在做，有人支持這樣做，也便一定有人受惠。我們誰也無權硬把這一代的詩人拉下馬來，命令他們必須創作「工農兵」，必須大眾化，但我們可以以介紹、批評、剖析，使這一代的詩在欣賞上大眾化，想必是可行的，想必詩人朋友樂意如此，不致迂闊得必待千年萬世之後再為人所接受方稱甘心。希望創作與欣賞之不易調和的幾乎絕望，就此成為史前，雖然未免心如天高，我的尚讀國校的女兒便已那麼激賞她們瘂弦叔叔的「我等或將不致太輝煌亦未可知」，智商不過一二〇，不是大有可為麼？如果說這部「剖釋」本身的價值可疑，我想伯乃一定寧可做一塊墊磚的；因為我們如願卑微為磚，我們便不再「不致太輝煌」的僅以祖產為榮，而今代的中國的萬里長城，應該在我們這一代的手裡完成營造的。

現代詩的欣賞

目錄

第一章　詩與詩人的存在

詩是文學中的精華，一切藝術的燐光，集人類智慧於一點的最精鍊的形式。它以最簡潔的文字，表現最深、最廣、最厚的思想。它像一顆懸在天庭中的鑽石，熠閃著永恆的光輝，照耀寰宇，當世界愈黑暗的時候，愈能顯示出它的光芒。如果這世界；這漫長的人類生存的過程中，如果沒有詩，沒有這足以表現真實的人性的理想的精英，人類真不知如何挪完那一大段生命的空白，那近於絕望與茫漠的空虛與寂寞。科學可以使人類一夕之間建立起高樓大廈，也可以在瞬息之間摧毀一座高樓大廈，卻無法揑造一撮人類精神的世界，而詩人卻能在這科學方法所無能為力的情境中，塑造起人類不滅的精神的世界。美國當代詩人卡爾・桑德堡(Carl Sandburg)經常獨自走到林中，在那兒散步、看樹、仰望天空。去體味孤獨的經驗，他就是痛感於近代物質文明的重壓和機械的爭吵，使他不得不遠離這喧囂的噪音，遠離這完全物化的社會，去認知自己生命的真實。因為物質使人生成了公式，使人成了按時上班下班、坐電梯、搭乘巴士……一切的活動都被刻板地安排在一定的規律中，他已完全喪失了自我生存的價值。而人類的生存，尤其是有價值的生存，大都不是完全為己，而是為了一個龐大的社會的主宰。於是，個人的「理想」與「價值」應以全人類的「理想」與「價值」為依歸。

任何一位詩人，他的產生和成長，都不是偶然的。他必須植根於現實環境的撲擊與體驗。他和常人一樣，生存在同一社會裡，同一水土凝合的地球上。但他比常人對這社會上的一事一物的感受，要深沉、苦痛、真切。尤其是一個夠格的現代詩人，他必須具有高度的對現實社會的剖解力，他不但要觀察現有的外在世界，同時也挖掘人心底裡的真實。

詩成於剖心之痛，淚滴之瞬間。

作為一個現代詩人，他必須承納機械的爭吵，物質文明的痛擊。他必須在自覺的世界中尋覓自己、發現自己、認定自己，將外在世界中的諸多事象吸入自己的心室，然後讓其雜亂陳列，然後沉思。然後反省。然後賦予一種生命而顯示之。因而，詩必須忠實於自我的表現，必須緊握人類的自我的心意，讓其赤裸、讓其呈現。T・S・艾略特 (T. S. Eliot) 一再強調詩並非「個性」(personality) 之表現，而是透過心靈與心靈間的再現。存在主義哲學家以「情意我」為中心，以存有 (Being) 為歸屬。他們特別強調了「自我」的存有，他們反叛了從來的所謂「我思故我在」的學說，而以「我在故我思」的論點為基線，相信「存在必先於本質且創造之」。沙特 (Jean-Paul Sartre) 說：

「假如我們細心研究一件工業產品——例如一本書，或者一把紙刀——我們即可瞭解，製造它的工匠心中必先存有它的概念；他曾注意到紙刀的概念，同樣也注意到先存在的製造技巧——這是觀念的一部份——實際上，也是公式。因此，紙刀在某種情況下一方面是一件被製造的物品，而在另一方面又可有某種用途，因為我們不能假定一個人會製造一把紙刀而不知其用途。於是，我們說紙刀的本質——即是使它能被製作出來及具有意義的公式與性質之總合——先於它的存在。」

沙特這一觀念影響了現代詩人的創作觀念，使他們急於認識自己，尋覓自己，用自己的血手挖空自己，然後再建造自己，把自己塑造成一座指標。今天大多數詩人，都從事於人類心靈的發掘，他為了「傳真」這一代的內在真實，他不得不援用諸多科學的法則，將原有的世界搗碎，然後再度依據自己的理想把它拼湊起來。而當他決心要搗碎前人的法則的時候，他自己必先有一個先存的完美的概念，這一個完美的概念必然會與過去的舊有的經驗相矛盾、相衝突。因此，他必須具有更充沛的精力把原有的經驗壓抑下去，讓新的、完美的概念抬頭，所以他所運用的技巧，一定比前有的法則，更為精銳，更為複雜。T・S・艾略特要「詩人應在不影響他所需要的感受力和不妨礙他所需要的懶惰的範圍之內，盡量吸收學問」。這正說明了現代詩人所需要的知識，並不是侷限於某一部門的學問，而是廣博的、普遍的知識。一首夠水準的詩，往往會同時存在著社會學、社會心理學、變態心理學、人類學、人格學、民俗學、神話學、語源學、語言學、語意學、政治學、哲學，甚至於軍事知識……等等。詩人在心裡裡初存在的意念，只不過是詩的素材，而這種素材未必就能成為詩，它必須經過詩人提鍊、塑造，始能成為詩。而詩人所運用的提鍊、塑造的法則，往往是牽涉到各種學問。

當全世界人類吶喊著「迷失」、「苦悶」、「徬徨」的時候，存在主義的哲學告示了人類重要的存在。海德格 (Heidegger) 認為「人之存在」其最基本最內層的特性，即在於「在世界中之存有」一點。他說：「人一旦失去自我，就變成『任一人』。作為『任一人』，他只能是一群中的一個；只能隨著外界條件滾來滾去。世界使他如何，他便如何，完全忘失自己的使命和主宰。」而事實上，今天是一個自我覺醒的年代，而三十年代裡的那些「迷失」，五十年代裡的「嘔吐」都已經成為歷史的渣滓，今天值得重視的是人類自身生存的價值之追認，詩人們從內在世界裡喊出真實的自我，使人類自卑微的塵世中提升到至美的境界。他能使人類在哭泣中抹乾眼淚，使人在狂笑中靜默下來，聽自己的心聲。當年雪萊 (Percy Bysshe Shelley) 說：「詩是使醜惡的人生變為美，而美化的人生更美、更完善。」今天，固然許多詩人都極力掙脫抒情詩的法則，但詩的本身仍然是企圖給人予快感 (Pleasure)，而這種快感除了詩的本身意義，有時是一無所有。但一首夠格的詩，無論它的形式如何的標新立異，無論它的語言如何的晦澀難懂，但它本身必須賦予讀者一種感性。這種感性是人類心靈的共同的意識——美。

我們無可否認的，在二次世界大戰後，人類面向著歷劫的殘餘與極度破壞的世界，紊亂和不安造成的人類對生存的脅迫，物質文明之壟斷，機械工業所造成的人類生活方式之忙碌，一週有六天總是在金錢與權勢間爭執，人類的神經遂成了拉緊的彈簧，過度的緊張令人窒息、恐懼和不安。而詩人們多少總是在這被窒息的一代中。因此，他的體認比任何人都要真實、苦痛。我們都能一致相信詩人的感覺，的確要遠比一般常人敏銳，他所感的，常人不一定都能感到，因而當他觸及這一人類慘痛的焦點時，他是急切地替人類尋求一條較為舒坦而寧謐的小徑，讓匆忙的人類得以喘息，而渡過這漫長的人生之路。

所以，我個人一直堅持無論是現代詩，或昔日的詩歌，它的效用，或者說給予人類的唯一的功能，就是給人一種快感。它能幫助人尋找一個物質以外的世界。我們知道，人類大都是生存在兩個世界內：一個是自然世界，一個是精神世界。自然世界是外在的物質的世界，是有限的，是具象的。而精神世界是內在的心靈的世界，它是無限的，抽象的。有限的物質世界，可以靠勞力奪取而獲得，因此它特別容易使人滿足，特別容易令人厭棄。我們一個人肚餓了，只要買二個饅頭就能餵飽而不覺飢餓難耐，這是具象的物質的世界。而人類除了這具象的物質世界，就是無限的精神世界，這個精神世界也是難以滿足的世界，我們經常會看到某些人，擁有汽車、洋房、金錢、婢妾，但他仍然感到空虛寂寞，一無所有，這就是他在精神世界裡喪失了一切，他徒有的僅是物質的世界，而這物質的世界，他已經應有盡有，可以說一無所求了，但他的精神失據，生活的情趣自然益形於單調乏味。一個人之所以對生存感到依戀，是由於其對欲望的未能完全滿足，也就是說他對生存的希望有所追求，而精神的世界，就是令人永遠不能滿足的世界，因為它根本沒有具體的形象給人類去抓牢它，它是超時空的無限的世界。我不知時下的現代詩作者，是否顧及於此，如能顧及於此，我相信絕不會被責為象牙塔裡的玩物。因為任誰都擁有兩個生存的世界——精神的和物質的。

詩人的心靈活動是一條漫長的創造曲線，他不斷地努力於他自身以外極接近於靈性的追求與創造。而現代詩，或者是現代藝術，現代小說都已日漸遠離了一般普通的讀者，而且成為一種專門知識。換句話說，現代詩已非一般常識所能處理的問題，而是要苦心焦慮和創作者一樣，挖空心底的一切雜念，專注於作品本身的鑽研，始能獲取作品所能賦予的某種快感。如果讀者僅憑著個人的直覺，或者有限知識，甚至於因循於過去的「一目瞭然」的法則，自然對現代詩來說是無能為力了，不但在詩裡找不出你所要的東西，根本連詩的門框都無法跨過，你又如何去尋找那些隱藏在詩裡的內涵力——至真、至善、至美的東西。

詩人創造一首好詩，固然不易，而讀者要想瞭解一首詩也同樣不易，他必須具有詩人的同樣智慧，和詩人一樣苦心焦慮，始能挖出詩裡的內涵力。一首詩的成功與否，不在於時下的瘋狂喝采，或者那種擠看明星式的掌聲，而是它是否能在歷史的篩漏中，不被淘汰，能在每一個年代中被人咀嚼，被人接受。因此，一首詩的價值，不在於商業市場的暢銷與否，而是能否在長久的時間考驗下存在。正如一個人，是否被歷史重視，絕不是取決於金錢與權勢，而是他對人類貢獻了多少，以及他到底貢獻了什麼。

人之存在，存在於他沒有失去自我。詩之存在，存在於它本身賦予人類一種美，一種真實，一種快感。

第二章　詩的本質

有關詩的本質之確立，歷來詩人、學者、文藝論評家都有過極為廣闊的討論，而各家之說都不相一致，各據各的立論，各據各的觀點。有的認為「詩言志」。有的以為「詩以達意」。有的以為詩是「有韻的文章」。卡萊爾以為詩即「我們所稱為音樂的思想的」。Courthope 在他的著作 *The Liberal Movement in English Literature* 一書中說：「詩是產生快感的藝術，用有韻的文句來適當的表現想像的思想與情感的」。《英國百科全書》中 Waths Dunton 認為詩是「以情緒而有韻的文辭，來具體表現人類的心靈的藝術」。雪萊 (Shelley) 認為「詩是想像的表現」。日本詩論家荻原朔太郎則認為「詩乃係由主觀態度所認識的宇宙的一切存在。」而早年古希臘人和亞里士多德都認為詩是「模倣的藝術」。我們暫且拋開各家的立論，先從「本質」兩字著手探索，我們可以發現一個共同的特質。

「本質」在英文字典裡很難找到一個確鑿的解釋。比較常見的有 Hypostasis; Inwardness; Nature; Substance; Quintessence……等等。現在我分別將其重要的中文解釋，譯在下面：

Hypostasis——本質、實在、人格、人性。

Inwardness——內質、本質、實相、本性、心靈、靈性。

Nature——自然、本質、天性、本性、特性、特徵。

Substance——實體、本體、本質、內容。

Quintessence——精華、本質、實質、第五原質（希臘哲學家畢達哥拉斯學派認為的土、水、氣、火以外的一種宇宙原質）。

從以上所引述的較為常見的幾個英文字中，有的是類屬於哲學上的名詞，有的是物理學上的名詞，有的是自然科學上的名詞。但我們可以從中文譯語中看出幾個極其相近的特質，那就是都含有本性、天性、人性、人格、靈性、內容、實質、內涵等意義，而且都能譯成「本質」的。換句話說，如果我們要註釋中文裡的「詩的本質」這一名詞，我們不妨援用它。那就是詩的本質，是表現人性、本性、天性、人格、靈性、內容、內涵的。而詩人們如何能在文字中，將這許多特性顯示給讀者呢，這就不能不依賴於詩人們苦心焦慮去挖掘人類的實質，將你從主觀的所認知的這個宇宙的一種意念，然後經過長期的沉思和反省，將這些零星的每一意念之沉浮狀態凝成一種形式表現出來，而這種未經凝塑成形式前，就足以給人一種美感。一種真實的內涵力。換句話說，詩的本質，並未形成某一定之形式，而是即將成為形式之一瞬間的存在。法國象徵派詩人馬拉美 (Stephane Mallarme 1842–1898) 說：「靜觀物象，於其喚起之幻想中，當想像飛揚時，歌乃成。」這是說詩乃成於「當想像飛揚時」之一瞬間。然而作為一個詩人，如何能抓住這一倏即逝的想像之飛揚，而加以表現呢？詩人們本身必須具備一個基本觀念：就是無論你的詩的形式是否確立，而你的詩必然是成於你內心的情感之表現，而這種表現可能是外來的印象之再現，但經過你的再現，必須是滲有你的情感之成份。而這份情感正是基於人類的天性。所以，詩的本質如果是用最簡單的說法，就是美與真，而且與詩人本身所流露的善的啟示相結合。美國當代文藝批評家韓德 (Theodore W. Hunt) 說：「文學是思想經由想像、感情、及趣味的文字的表現；它的形式是非專門的，可為一般人所理解並感趣味的。」韓德這一段話對文學的本質，已較前輩作家們說得徹底而中肯。他特別強調想像、情感、與趣味的表現。從文學與藝術的歷史演變過程中，我們可以瞭解那些較古的藝術家們主張模倣自然。他們認為對自然界的一草一木模倣得最相像，最精緻，就是藝術品的最大、最高的成就。主張模倣自然最烈的是文藝復興以後的古典主義的作家們，和後來的拉菲爾前派 (Pre-Raphaelire) 的藝術家，以及自然主義的作家，古典主義作家們強調人間性，理性和模倣自然、服從自然。英國詩人蒲伯 (Alexander Pope 1688–1744) 在他的著作《論批評》一書中說：

「第一件事就是服從『自然』，再用『自然』做標準來下判斷，因為『自然』是不變的：『自然』永無錯誤，永遠是光明、清晰、不變、普遍。『自然』可以產生生命、美、力量。所以『自然』是一切藝術的起源與終點和衡量。」蒲伯認為「服從自然」(To Follow Nature)，不但要服從現有的自然界的具體的一草一木，就是古代的規律亦是要服從，甚至於他說：「自然和荷馬本來就是一件東西。」這是他特別強調模倣古代作品的一大主張，但這一主張極容易就被現代作家們所推翻了。我們知道對自然的模倣，無論其模倣的成就多大，多真實，多相像，而這個模倣品已失去了創造性，何況今天科學的演進，機械工業的發達，照相機已進步到最精確，最精細的程度。一個模倣性的藝術家又如何能超越於這一科學的工具呢。

由於科學上的演進，自然主義作家們竟提出「尊重科學」的口號。他們把植物學和美學作為一種自然科學來研究。法國文學批評家泰納 (Hippolyte Adolphe Taine 1828–1893) 說：「美學是和植物學一般的學問。在植物學上，對於橙樹，桂樹，松樹，都非不分甲乙的有同等興味不可。植物學的研究法並不限於植物學一種，在人間的作品上也可以直接地應用。」這是對自然科學和人文科學同為藝術的創造作品的一種觀念。而我們把自然科學作為藝術家的創作動機的力量是可以的，但我們絕不能依賴自然科學而去創造藝術品。正如我們可以透過思想和情感表現自然界的具象世界，是可以的，但我們絕不能以表現具象世界為滿足。事實上，今天的詩人、小說家、畫家都已著手人類精神世界之探討與發現。物質世界（具象的）是有限的、狹隘的。而精神世界（抽象的）才是遼闊的、無限的。我們今天的詩人，不是描寫一個外在的世界為目的，而是在挖掘人類心靈的世界，追求一個無限的、美妙的、神祕的、廣闊的抽象世界。而這個無限的、美妙的、神祕的、廣闊的抽象世界並不是毫無限制的、虛無的、空想的世界，更不是架空的空中樓閣，虛無飄渺的海市蜃樓。因此，一個夠格的詩人，他所擁有的世界是廣闊的，是無限的。在他企圖表現這一世界的時候，他必須先瞭解這一世界，洞悉這一世界，他對這一世界先予以經驗，由經驗而賦予感情，由感情而產生想像，有了想像始有創造性。而想像和感情是存在於每一個人身上的，但不能使每一個人都成為詩人。換句話說，每一個人都多多少少擁有一點詩的氣質，但不能使每一個人成為詩人。詩人除了具備常人應有的對世界的先期經驗，想像和感情以外，而最重要的必須具有異於常人的創造力。從科學上的智能測驗的現示，人類的創造性潛力是相當普遍的，「人性工程實驗所 (Human Engineering Laboratories) 曾分析過大批的較低級的機械技士，發現其中三分之二，在創造性能力方面，均在一般平均之水準以上。依據所有心理測驗分析的結果，指出創造性天才乃正常分配於人類——即所有的人都或多或少的具有此種天才。」（引自 Alex F. Osborn 著 *Applied Imagination*）然而一個詩人，他的創造性潛力必然是異於常人的。

在古代要想成為一個詩人，或者完成一、二首詩是較為容易的。因為古詩多少有一定的軌跡可循，誠如我們前面所說的，作者只要模倣古代的規律，循著前人的一些法則，就能寫出一首詩，縱使不能成為不朽的好詩，也不致被人唾棄為不是詩。而現代的詩人就不同了，他完成一首詩，是在創造一件藝術品，他必須苦心焦慮，創造這件藝術品，而這件藝術品是創新的，毫無軌跡可循，亦無前例可援，同時他必須具備諸多的條件：如表現的技巧，語言的運用，意象的創造……等等。這些都會在後面分別論及，在此暫且不多贅述。在這一節中所要論及的是詩的本質，而有關這個題旨和內容，前面已作過通盤的闡釋。我最後必須特別指出的是詩的本質必然是以「人」為座標，表現人的內在真實——包括情感、意識、思維、情緒……等等的變化，而又能用一種形式呈現出一種有內在節奏的嶄新的語言，而這種語言必須是帶給讀者一種美感的，這就是詩。也就是我們所謂的詩的本質。於是，我們說詩的本質，實際上也就是詩人以其對世界的先期經驗，加諸其個人的豐富情感和想像力，將人類的共同的情感、思想和內涵力予以形象化和意境的創造，且足以給讀者一種快感的新的產物。這裡所謂的快感，僅是指詩本身所給予讀者的一種快感。因此這種快感，並不含有任何社會的功能，或商業的效用。

詩就是詩。詩不是商業廣告，不是電影說明書。詩的本身不含任何的實用價值，它除了它本身所賦予讀者的快感以外都不是它所意圖的。如果在詩的本身所賦予讀者的快感以外，讀者還有所獲，那是詩讀者的意外收穫，這不是詩作者預期的效果。但一首好詩，往往會帶給讀者各種不同的感受，不但對每一個讀者的感受不同，而且能給同一個讀者在不同一的時間內，有不同的感受，這就是詩的永恆性與它的普遍性。而這種價值也正是詩人永遠挖掘不盡的人類的內涵力，所以「本質」在實質上說就是內涵力。這種內涵力，詩人並不能憑其一片感情所能發掘的，他必須同時具有想像、感情、知性和理性始能發掘，而詩讀者在鑑賞一首詩時，也必須同時具有想像、感情、知性和理性，始能感受詩本身所賦予的一種快感，也唯有如此，始能鑑賞出一首詩的本質。

第三章　詩的語言

語言是人類的心意的記號或符號的現示（表達）的一種工具。無論其有無聲音，都足以傳達人心底裡的意義。如畫家的光、色、線條。音樂家的音符，甚於舞蹈家的動作……這些都是傳達其心意，但不需要發出聲音，而又能呈現其真實的語言，故語言乃是一種圖式，一種記號，一種人類內在心意的表達工具。劉勰在《文心雕龍》中說：「心生而言立，言立而文明，自然之道也。」意大利美學家克羅齊（Benedetto Croce）❶認為語言學與美學是同一件事。他說：「任何人研究普通語言學或哲學底語言學，也就是研究美學底問題；研究美學底問題，也就是研究普通語言學。語言的哲學就是藝術的哲學。」接著他又說：「如果語言學真是一種與美學不同底科學，它的研究對象就不會是表現，這在本質上是審美底事實；那就是說，我們必須否認語言為表現。但是發聲音如果不表現什麼，那就不是語言。語言是聲音

❶ 克羅齊（Benedetto Croce 1866–1952）意大利的美學家、哲學家，著有《美學原理》，我國有中譯本。另外還有《邏輯學》、《實用活動的哲學》、《歷史學》等書。

為著表現而經過聯貫，限定，和組織。」❷近代語言學家認為語言是人類後天的經驗所塑造的意念之表達。這個英文裡的意念 (Idea)，有人譯成觀念、想像、概念、心像、表像、意識內容。而最接近於語言學家的意見的是觀念，想像。而接近心理學家的意見的是概念，意識內容。而我們今天談詩的語言，必須綜合各家之說，然後始能找出詩的語言的本質。

我現在先將語言學家的意見概略地述之，語言學家認為人心本是一片渾沌，後來經過對具體事物的直覺與認知，而後藉習慣性的聲音相混合，最後形成一個個意念，而這個意念就是人心底裡的最原始的語言。而心理學家認為語言是人類的「意識內容」的呈現。而「意識內容」卻相似於劉勰所謂「心生而言立」的「心」。早年的心理學家把心靈當作意識，他們認為心靈的活動根本就是意識的活動，而到了本世紀，心理學家與精神分析家同時出現，已把心靈活動與意識活動分開研究。「心理學漸成為行為的科學，精神分析漸成為人格的科學。」❸

其實遠在二千三百多年前莊子已對語言的本質有所闡述，他在〈外物篇〉中說：「筌者所以在魚，得魚而忘筌；蹄者所以在兔，得兔而忘蹄；言者所以在意，得意而忘言。」這裡

❷ 見朱譯克羅齊的《美學原理》第一四六頁。

❸ 見 Calvin S. Hall 著的《人格心理學》(*Personality*) 第三章第五節〈意識與潛意識〉。

所謂的「言者所以在意，得意而忘言」中的「意」就是「言」的代表，而「言」是「意」的表示。這正說明語言是人類心意的表現的論點，中外古今都持相同的見地。然而現代人的心靈意識，已日趨複雜，對心意的現示，已不能靠某一種語言形式所能滿足，而必須靠多種的語言形式。譬如他們說明一件物理現象，可以用通常一般慣用的語言形式，把那件物理現象解說清楚，即達到目的。如果我們要現示一種人心底裡的真實，我們就必須靠文學的語言，如詩，小說等等。這種語言形式，不一定能讓人人都懂，也不一定能讓人解釋。這種語言形式給人的感受是多樣的，因為它是一種情緒的，想像的語言。每一個讀者有每一個讀者的情緒與想像，而每一個讀者也有每一個讀者的感受力與被感受力。所以文學的語言是異於任何著作的語言，亞伯克侖貝在他的《文學批評原理》(*Principles of Literary Criticism*) 中說：「說明事象與傳達事象所用的語言，二者各有其技巧。前者為要使人認清某種事象，後者則為語言本身的技巧。易言之，前者是『實用的文學』之語言，後者乃是『純文學的語言』。」

詩的語言，是一種藝術，一種可頌而又可感的語言，一種心靈的感受性較敏銳的文學的凝結。儘管有人強調文學的語言必須通俗化，口語化，但那些過於通俗化的白話詩句，給人讀了會毫不產生印象，當然也就談不上什麼藝術價值。譬如我國第一位提倡口語化寫詩的已故「中央研究院」院長胡適博士，曾在「五四」運動期間寫過一首詩叫〈一笑〉：

十幾年前，
一個人對我笑了一笑，
我當時不懂得甚麼，
只覺得他笑得很好。

那個人不知後來怎樣了，
只是他那一笑還在；
我不但忘不了他，
還覺得他越久越可愛。
我借他做了許多情詩，
我替他想出種種境地；
有的人讀了傷心，
有的人讀了歡喜。

歡喜也罷，傷心也罷，

其實只是那一笑；
我至今還不曾尋著那笑的人，
但我很感謝他笑得真好。

我們暫且拋開胡適先生在其他方面的成就不談，而就這首詩的表現技巧和運用語言上，是一首極其失敗的詩。甚至我們根本不能給予詩的名份，那些句子連散文的資格都還不及，倒近似看牆壁上的打油詩的感覺，這首詩可說是徹頭徹尾的口語化，但讀者能感覺出什麼。

我們現在來看看美國當代詩人龐德 (Ezra Pound 1885–1972) 的〈在米托車站〉(In a Station of the Metro)：

The apparition of these faces in the crowd;
Petals on a wet, black bough.
在這擁擠的人群裡這個美貌的突現；
一如花瓣在潮濕裡，如暗淡的樹枝。

龐德這首詩，據說曾經寫了三次，第一次寫成三十行，經過半年後他把它撕毀了，而重新根據那個主題寫下了一首十五行的詩。可是，他仍然感到不滿意，因為那作品在強烈的程度上僅僅是次等的。於是，又過了一年，他把三年前在巴黎地下鐵道一個車站上看見的美麗的面貌的印象，重新拾起，重新構想，最後始定稿成這二句詩。❹

我們現在回過頭看胡適博士的〈一笑〉，再看看龐德的〈在米托車站〉。這兩首詩同時是對逝去的瞬間印象的思念表現。但我們很容易就分辨出那一首詩是好詩，那一首是壞詩。前者給我們印象是一聳即逝的，而後者卻給我們無窮的回味，這就是詩的語言的提煉工夫。如果龐德當年獲得那一個創作的素材，而不加以壓縮和提鍊，他只輕描淡寫地說：「我看見一個美麗的女人的面貌，突然出現在地下鐵道上，像一枝花兒落在陰濕的泥沼裡……」這樣不但給讀者毫無感受，恐怕一讀過就會忘得乾乾淨淨。但龐德把地下鐵道車站上的偶然的印象，放進腦海裡，然後經過長期的壓縮和提煉，最後才運用適當的語言把她表現出來，這就是詩人的修養工夫，也是詩人必須履行的鍛鍊工夫，所謂「三年成一句，一吟雙淚垂」。也就是這個意思，詩聖杜甫贈李白詩云：「為人性僻耽佳句，語不驚人死不休」。一個夠格的詩人，無

❹ 有關龐德這首詩的創作經過，Robert Penn Warren 編著的《詩的瞭解》(*Understanding Poetry*) 一書第八八頁至九〇頁中討論甚詳，並載有龐德個人的意見與解說。

論他運用何種文字寫詩，他的詩的語言總是有異於普通人說話的通俗詞彙，甚至異於詩以外的任何著作的語言。因為詩是一種藝術的表現，它必須透過詩人們的沉思和反省而提煉出的新鮮、精確、簡潔、生動而又優美的足以表現吾人性靈的適當語言。這個「適當的語言」(Adequate Language) 是審美的，而非理智的。它的本身只賦予一種「美」，而不給予「知」的。「美」是一種感受，「知」是一種說明。詩的語言是感受而非說明的。感受不一定有具象的事物，而說明往往是對具象事物的註解。

在塞納河與推理之間
誰在選擇死亡
在絕望與巴黎之間
唯鐵塔支持天堂

——摘自瘂弦的〈巴黎〉

像這種詩句，我們能解釋嗎？不能。但不能解釋，並不是不能感。我們看「在塞納河與推理之間，誰在選擇死亡」。我們已感到今天的巴黎的人們，正徬徨於生命沒落的一種尋覓，也許他們急需要去死，去投入塞納河，以求脫逃「一個猥瑣的屬於床第的年代」（巴黎的）。然而，人類自始就有求生的本能，任誰都企圖將自己的生命活得久遠些。於是，當他們面向塞納河的時候，他已喪失了躍河的勇氣。但內心仍是矛盾的，因此，他不得不重新「推理」，重新考慮躍河的價值。

在絕望與巴黎之間
唯鐵塔支持天堂

「巴黎」是絕望了，鐵塔支持著天堂（豪華）。換句話說，巴黎已陷於無可救藥的糜爛狀態，而唯一的是靠那支鐵塔支持著他們的享樂，耗費。但鐵塔能永遠不被風雨銹蝕嗎？

語言的演變是隨著時代的潮流而進化，古代人有古代人的語言，而今天有今天的語言，那些過了時的語言，像用久了的鬆緊帶軟兮兮的一點張力都沒有，已不足以表達今日詩人們的思想與情感，當然也不會引起現代人的共鳴。如果瘂弦的〈巴黎〉出現在中世紀，或者是咱們的李白、杜甫的年代裡，你想他們如何去感受巴黎人的糜爛奢華的生活，以及其人心的沒落呢。我們現在再來看看紀弦的〈冷〉一詩：

不過為的是使我沸騰起來罷了
她才如此的冷：我周圍的空氣
空氣
用她的冷
擁抱了我

啊！感謝。因為
我是如此的清醒
——我就是所謂冷

較之冷，尤其清醒的
是我；而尤其清醒的
較之我，La
Poésie デアル

故我恆常鼎沸
昇華如水蒸氣
復又凝凍、冰結，而成為一可擁抱的固體

紀弦這首詩最大的特色，是運用了中法日三國文字，而造成了新的語言的效果。詩句中滲雜各國文字最多的是美國詩人（後來入了英國籍）T・S・艾略特，他在〈荒原〉（The Waste Land）一詩中運用希臘文、拉丁文、法文、德文、英文等國文字，但因為他對詩內的音樂性，有其特殊的造詣，故其雖運用數國文字，仍不失其為一首不朽的好詩，這是他對詩的語言的組織力，已遠超過他的時代。現在我們來看紀弦先生這首詩，這是一首極富內在節奏而又極有意象表現的詩，作者以「空氣」暗示現實社會，這是一種隱喻，並非象徵。空氣是人類生存的世界所必須接觸的，也是必須賴於生存的，正如一個人不能離開社會組織。人類必須賴於社會而生存，正如人類賴於空氣。而緊接著作者「用她的冷，擁抱了我」。這裡面的「冷」字是象徵，而非隱喻。作者用「冷」來象徵現實社會的無情，以及人情的冷漠，這是作者對現代社會的一種感受。因此，作者提出了抗議——

我是如此的清醒
——我就是所謂冷

詩中的「清醒」，正是詩人的孤高氣節，他不與那些渾濁的社會同流。「故我恆常鼎沸，昇華如水蒸氣」。這是對自己的超脫，從渾濁的社會中超脫，因此，他時刻都在要求昇華，這是詩人孤高耿直的氣質。

而這首詩最值得討論的，並非詩內的象徵和隱喻。而是那幾個法文和日文單字 La Poésie デアル整句譯成中文：「是詩」。法文 La 相等於英文裡的 The，這是冠詞，單獨使用並沒有意義，它必須冠在 Poésie 上，而法文的 Poésie 就是我們中文之譯成「詩」。詩中的日文的意義是英文裡的 Verb to be，相等於中文的「是」，而日文的「デ」應該讀成 de，而「ア」應該讀成 a，而「ル」應該讀成 ru，連起來是「de a ru」。

現在我們試將詩中的第三段第三、四兩句改成「較之我，是詩。」這樣是不是令讀者，讀起來很晦澀呢。而且一點詩意也沒有。因此紀弦先生在詩裡滲雜進法文、日文不是毫無道理的，可以說是不得已的。而一些偽詩中刻意滲進外國文字，故意把詩句弄得很晦澀，是不可原諒的。所以我自始就主張，詩裡用典故和外國文字都是不得已的，如果是故意的就成了矯飾做作，玩弄文字的偽詩。我曾經說過詩的語言，要能逼人地在我們心靈中激起顫慄，像一把利鏃直接抵觸到我們心房的感覺。——令人痛苦。令人掙扎。令人無法抗拒。甚至令人窒息於它的抵觸。——因此它必須與人類的處境發生直接的關聯。德國現代小說家卡夫卡 (Franz Kafka) 曾經在給他的友人奧斯卡・保爾克 (Oskar Pollak) 的信中論及文學時說：「我們需要的書，必須能使我們讀到時如同經驗到第一場極大的不幸；使我們深感到為心愛過於己的死亡的痛苦；使我們如身臨自殺邊緣，感到迷失在遠離人世的森林中徬徨——一本書應該是我們心中冰海的破斧。」讀者沒有理由拒絕詩句所造成的悲哀與苦痛，恰如一個人終將要死，而無法拒絕彌留間的苦痛的搥擊一樣。

他的聲音如雷，冷得沒有一點含義
面色如秋扇，摺進去整個夏日的風暴
某些事物猥褻得可愛，顏色即是如此
只要塗抹在某一個暗示上
他便拿去揮霍，他從黑胡衕中回來

有時也有音響，四隻眼球糾纏而且磨擦
黏膩的流質，流自一朵罌粟猛烈的開放
裸婦們也談論戰爭，甚至要發現
肢體究竟在那個廂房中叫喊
口渴如泥，他是一截剛栽的斷柯

——摘自洛夫的〈石室之死亡〉之八

洛夫的詩的語言，是具有內涵力的。他的詩句已濃縮到完全的適切的語言，而又能從濃縮的強度上向外擴張，所以他的詩句已由內涵擴伸到外延的張力。作者一直在不斷地修剪自己，企圖自自身超出，創造，甚至於外射到一種純粹的詩質上。由於其極力表現純粹的詩質，他的語言也就一再地被敲擊，被增補或削去，譬如〈石室之死亡〉中，就有極多句子是被作者一再刪改的。這第八節中的第五句，原在《六十年代詩選》中刊出時是——

他便拿起揮霍，他是專走黑巷子的人

而到民國五十四年出版單行本時，他改為「他便拿去揮霍，他從黑胡衕中回來。」這樣當然是更富於詩意。再看第九句和第十句，原來是——

他們肢體究竟在何處發出叫喊
且口渴如焚，如剛種的斷柯

後來他改成——

肢體究竟在那個廂房中叫喊
口渴如泥，他是一截剛栽的斷柯

這裡特別值得注意的是第十句中「焚」字改成「泥」，「如剛種的斷柯」改成「他是一截剛栽的斷柯」。很顯然的，後者就更富於詩的內涵張力，更具有抽象語言的質素。龐德認為「詩是不折不扣的用文字做成的剪嵌細工，二者都是需要極大的精確性的」。洛夫的詩的語言是獨特的，他是從傳統的語法中走出，邁向於自琢的耀眼的金剛鑽裡，光芒四射，令初讀他的詩的讀者眼花撩亂，無法窺其真義。而必須反覆地咀嚼與體認，始能領略其詩的內涵質素。

很多人都以為現代詩「難解」，認為現代詩的語言過份晦澀，過份抽象。這話對聽慣了流行歌曲的人來說，是無可厚非的，因為他根本就沒有進入到詩的世界裡。誠如李英豪說的：「我們未知深海的邃祕，因我們還沒有潛進去，因此在海面上只見濺起幾點浪花，而未感到深處海流的巨力。」❺然而，今天的詩人已要求讀者進入他的世界，進入他屬於靈的世界。不是要讀者站在海岸上觀看浪花，而是要讀者潛入海底，去感受海流的巨力。

我們可以說語言是群眾的，但我們不能同時說詩的語言也是群眾的。我們只能說詩的語言，可以成為群眾的，但群眾必須先經過和詩人創造詩的語言時的一樣苦心，始能感悟於詩的新意，始能自詩中獲得感受，或者說快感，而這種快感不是具象的，是詩的本身所賦予的一種快感，除此無他。現代詩人所運用的語言，不是對某事物的描述，而是對某事象的表現。不是對外在世界的描摹，而是從事於內在世界的發掘。現代詩的語言，不是侷限於一定的意義，而是擴展其無限的意義，它能帶給讀者許許多多的想像。所以我們說現代詩的語言，是想像的語言，是多變的語言，是曖昧的語言。現代詩人往往為了更確切地傳真人類內在的真實，而運用快速的自動語言，這種語言是不合乎邏輯的，不合乎傳統的語法的。他很可能將

❺ 見李英豪著《批評的視覺》第一四八頁。

詞性倒置，動詞當作名詞，或者名詞當作動詞。但這必須是不得已的，絕不是故意的，故意就成為矯飾，成為玩弄文字的魔術師。

現代詩目前正不斷地茁長，而現代詩人也一再地努力於對自我的超脫，擺脫個性的，情緒的，主觀的呈現，而著重於非個性的，非情緒的，客觀的展示。於是，他不得不創造更為真實，更為新銳的語言，去呈現這一代的心意，傳真這一代的內在真實，這是現代詩的語言的超越性。所以我們今天讀一首詩，首先就要認定這是一種審美的藝術，而不是對某種問題的瞭解工作。現代詩人們從事於新的語言的創造，也正是從事於新的藝術的創作。

第四章 詩的形式

任何一種文學作品的形式，都足以帶給讀者的視覺官能最初的具體印象，但它能否經得起讀者的靈覺的篩漏，這要看內容所具有的藝術價值，這不是形式所能為力的。

文學形式決定於語言與文字所組織的嶄新的內容，而現代詩的形式，取決於嶄新的內容，它的實質是符號的而非語言的。符號不侷限於有限的文字，而是一切足以表現（傳達）人類內在意向的語言。於是，現代詩的形式是隨內容而變化的。它永不侷限於某一固定的形式，但在原則上詩人們都要求給予一種嚴肅的、簡鍊的、完整的、和諧的美。而且在習慣上詩人們都慣於給讀者在視覺官能上一種舒適的感覺，因此，在有意無意間竟流於一種非固定形式的形式。這種形式只是詩人們和讀者們所共同的習慣而已。

歷來中外文學家對文學形式都採兩種不同的解釋：一種是狹義的解釋，認為形式和內容是不分的；一種是廣義的解釋，認為形式乃是內容表達的手段和方法。前者以意大利美學家克羅齊和英國的美學家培爾[1]和波山奎[2]為主。克羅齊說：「詩人或畫家缺乏了形式，就缺乏了一切，因為他缺乏了自己。詩底材料泛流於一切人的心靈中，只有表現，只有形式，纔使詩人成為詩人。這也足見否認藝術在內容一個見解是對底，內容就是指理智底概念品。在把內容看成等於概念品時，藝術不但不在內容，而且根本沒有內容。這是千真萬確的。」❸克羅齊認為藝術即是表現，而表現即直覺，直覺心靈中最初完成的質素，在形式未完成之前，內容只是心靈中無數的質素所呈現的雜亂無章的印象；而這些印象必須透過詩人的組織，然後表現之。由表現而賦予一種形式，這個有內容的形式，便是藝術的形式，而且是有生命的藝術形式。有人說文學的內容與形式，正如一個人的靈魂和肉體❹，這是主張內容與形式不分說。

另一種是對文學形式的廣義解釋論，認為形式是內容表達的手段和方法。主張這種說法的以英國文學批評家溫齊斯特❺為主。他說：「『形體』這字含有非實質——想像等——的一

❶ 培爾 (Clive Bell) 英國美學家。

❷ 波山奎 (Bernard Bosanquet 1848–1923) 英國哲學家，著有《美學三講》等書。

❸ 見朱譯克羅齊的《美學原理》第二六頁。

❹ 波山奎曾如此說：「在原理上，所謂形式與內容，正如同一個是精神，一個是肉體」。

❺ 溫齊斯特 (C. T. Winchester) 英國文學批評家，著有《文學批評的原理》(*Some Principles of Literary*

切形式的具體表現；他是作品之『形』與作品之『質』不同。所以形體之本身可以說是一種方法或手段，不是一種目的；但是在文學表現上也很重要。因為文學的主要性質——訴之情緒的能力與永久性——常是完全靠著這種形式；有這種形體，思想或事實始有置身之處。大家都知道作品能否給我們感覺一種嶄新的刺激，全靠作者的手段能否將形體弄得有藝術價值。所以形體在藝術裡或文學裡常是表現能力準確的符號。」❻溫齊斯特這一說法，也正說明了文學的內容，必須賴於一種形式來傳達給讀者。而文學形式的實質，就是語言和文學，一個詩人內心有了某種必須發洩的語言或文字，必須透過一種形式，這種形式就是溫齊斯特所謂的方法和手段，而這種方法和手段，也正是詩人們所必須將自己內在的活動世界的心意展示給讀者。

我們今天談詩的形式，也正是談文字所組成的形式，而非語言的形式。但詩的文字，實質上就是人類的另一種心意昇華的語言，因此，語言、文字、形式、詩都有相互的關係，而且這種關係非常密切。語言是最原始的文字，人類最初的心意的表示工具。文字是語言的代表符號，它仍然是人類心意的表示工具。形式只是人類的心意經過組織所表示的一種完成的

Criticism)

❻ 引自溫氏著《文學批評的原理》一書〈什麼是文學〉一章中。

工具。詩是表達人類心意的種種形式中的一種形式，也可以說是諸工具中的一種工具。

中國新詩最大的特色，就是在形式上有了一個革命性的改革，它打破了歷來格律詩的固定形式的束縛，而創造了一種自由的，嶄新的，無拘無束的形式，這個嶄新的形式是隨詩人自己的心意而形成的。換句話說，這個新的形式是隨作者所創造的內容而改變。它沒有一個預期的形式，也沒有先期的形式作模型，一切形式決定於作者的表現手段，實際上應該說表現技巧，但我為了讀者更為明瞭起見，所以用表現的手段。事實上在新詩革命的初期，一般詩人所寫的詩，它僅能說是一種文學的表現手段，根本談不上技巧。譬如沈尹默的〈人力車夫〉：

風吹薄冰，河水不流。
出門去，雇人力車。街上行人，往來很多；車馬紛紛，不知幹些什麼。
人力車上人，個個穿棉衣，個個袖手坐，還覺風吹來，身上冷不過，
車夫單衣已破，他卻汗珠兒顆顆往下墮。

這首詩所運用的形式，不但打破了中國古詩的格律的限制，而且也沒有半點歐化的形式，

這是作者自創的，是一種自由的發展，雖然詩的本身的藝術價值不高，但作者總算表現了那個時代性，以及展示了人道主義的精神。他寫人力車夫與乘客之間的強烈對比，這是一種寫實的，而非浪漫主義的虛幻的，空想的。作者用棉衣與破單衣，流汗者與冷不過的兩種人類肉體的感覺，而展示出兩種不同的情景，這是一種對比的說明，也是作者有意刻劃的現實面。

我們不談他的詩的藝術價值，單看他的詩的形式，這是一種嶄新的形式，它近於一種散文詩的形式，又似自由詩的形式。然而，中國新詩，自「五四」運動以後，雖然對詩的形式上來說是徹底的革新了，而在詩的語言上，卻大大的失敗了，他們為了過份遷就於口語化的白話詩，而使詩的句子幾乎完全是通俗的口語，但失去了詩應有的含蓄性，如胡適的〈鴿子〉❼：

雲淡天高，好一片晚秋天氣！
有一群鴿子，在空中遊戲。
看他們三三兩兩，
　迴環來往，

---

❼ 見葛賢寧，上官予編著《五十年來的中國詩歌》。正中書局出版，五十四年三月初版。

夷猶如意，——
忽地裏，翻身映日，白羽襯青天，十分鮮麗！

這是純粹口語化的新詩，使讀者讀了卻不能產生太深的印象，因為它缺乏詩裡應有的含蓄。所以一批較年輕的詩人如朱自清、康白情、俞平伯他們的詩，就較為含蓄，而形式上也較為整齊，如朱自清的〈秋〉：

慘澹的長天板著臉望下瞧著，
小院裏兩株亭亭的綠樹掩映著。
一陣西風吹來，他們的葉子都顫起來了，
髣髴怕搖落的樣子——
西風是報信的？
呀！颯颯地又下雨了，
葉子被打得格外顫了。
雨裏一箇人立著，不聲不響的，

也在顫著；
好久，他才張開兩臂低聲說，
「秋天來了！」

朱自清這首〈秋〉比起沈尹默的〈人力車夫〉，在形式上已令人在視覺上要好多了，而且在語言的運用上也較為含蓄而近於詩的語言，但仍欠缺一點什麼。後來新月派的詩人們如徐志摩他們，在語言上的運用要精鍊而富於變化，但在形式上卻陷於西洋十四行詩（又名商籟體 Sonnet）的格律的束縛中。

西洋商籟體的詩分成三種形態，一種是 ABBA. ABBA. AAB. ABA.。另一種是 ABBA. ABBA. AABCBC.。這兩種盛行於十八世紀初葉的古典主義時代，這種詩在押韻上有嚴格的限制。而另一種是莎士比亞的十四行詩。它的韻律是 ABABCDCDEFEFGG 的。莎士比亞十四行詩，共一五四首，其中除九十九首為十五行，和一二六首為十二行外，其餘均為十四行。現在我們來看看他的第七十一首：

當你聽見喪鐘向人間哀怨地

告示說我已經離開這污穢的人間
要去和更加污穢的蠕蟲同住在一起❽
你就不要再為死去的我而嗚咽；
不但如此，如你讀這行詩時，也不要記起
寫它的手；因為我太過愛你，
如果你因記起我而苦痛，
我願你把我遺忘在你甜蜜的思念裏。
啊，假如我說，你看到這首詩時
我已化成黃土一堆，
那麼求你不要反覆唸著我可憐的名字，
最好你的愛也和我的生命同朽；
　怕聰明的人會看穿你的嘆息，
　在我死後拿我來嘲弄你。

❽ Worms 在這裡譯成蠕蟲，是為了詩句的旋律關係，實際上字義是蛆，指腐屍裡的蛆蟲。

莎士比亞的十四行詩與古典主義的作家們的十四行詩，最大的不同點，是莎士比亞的詩不分段。而古典主義的十四行詩，大都是分成三段或四段，而押韻也有嚴格的規定。

在西洋的十四行詩所影響下的中國新詩，曾經產生了方塊體，他們要求詩句必須整齊，形成了詩的新形式主義。在外型上和語言的運用上，雖然擺脫了古詩的鐐銬，事實上，已套上了新的鐐銬。一直到西洋自由詩 (Verse Liber) 的輸入，人們始覺悟到自由詩的不受任何拘束的真正價值。於是，一些感覺性特別敏銳的詩人們，便極力追求自由表現方式，把形式完全取決於內容，大家努力於內容的獨創表現，而形式僅成為作品的附屬品。

與新月派同時出現在我國詩壇的有創造社和象徵派，但這些詩除了在詩的語言上所運用的方法不同，在形式上都極相似，在此暫且不多贅述，留待以後討論詩的象徵時再論述之。現在我介紹一種小詩，這在中國新詩發展史上，是一種很重要的形式。它足以呈現人類忙碌生活中的剎那感覺，尤其在此機械工業，物質文明所壟斷下的社會，人類的忙碌，生活動態的幅度之廣，已不是敘事史所能為力的。

然而小詩的形式，事實上中國古代已有，如周朝以前的歌謠，都是很簡單的三四句。詩經裡的形式，亦是小詩的一種變體。而中國新詩中的小詩卻是受西洋小詩和我國古詩，以及印度泰戈爾的詩所影響。遠在柏拉圖時代，已運用小詩以言志，現在抄一首柏拉圖的〈詠星〉：

你看著星麼，我的星？
我願為天空，得以無數的眼看你。

而在柏拉圖之前，希臘流行一種「詩銘」(Ep Gramma)，這是一種墓誌銘的造象詩，其特性亦是短而富哲理。印度有一種「伽陀」亦是三四句，是宗教哲學詩，很富哲理。我國近代用新的語言寫小詩的，要算是冰心女士，她著有《春水》、《繁星》等詩集。如《繁星》中的第六〇首寫著：

輕雲淡月的影裏，
　風吹樹梢——
你要在那邊創造你的人格。

第七四首：

嬰兒，
是偉大的詩人。
在不完全的言語中，
吐出最完全的詩句。

我國寫小詩的，除了冰心女士，還有俞平伯、汪靜之、何植三等人，但最有成就的還是算冰心女士。現在我們來看看汪靜之的〈湖畔〉中的一首：

你該覺得罷——
僅僅是我自由的夢魂兒，
夜夜縈繞著你麼？

小詩所採取的手法，都是極真實而簡鍊的表現方法，它所企圖表現的也只是人類情緒上的瞬間感觸，它在於有彈力的集中，但極難表現得好，而且也沒有理論可循，它只是把人心底裡的瞬間的迫切的情思，表現於一種形式之內，正如一顆火必須在燃燒到某種程度始能發出光燄，而人類的情思也是必須壓縮到某種程度始能產生詩，而小詩的形式，是最適合於表現這瞬間的撲擊。

在美國第一次歐戰時期，有一種詩，很似我國的小詩，那就是意象派的詩。他們的詩也是採用「剪嵌細工」，把詩人的最初意象壓縮到不能再壓縮的程度，他們把詩句修剪了又修剪，削減到不能再削減的程度，譬如龐德的 In a Station of the Metro 一詩就是最好的標準。意象派的還有一個特色，就是在形式上完全擊破了傳統的法則，它不但在語態上不合乎英語的文法，就是在排列上也異於一切詩的形式。譬如故意把主詞放在前一句的末端，或者整首詩中不用大寫字母，這都是意象派的詩的形式的革新，但這種革新並沒有給詩的本身帶來特殊的效果。用這種形式表現得最多的是康明斯[9]、穆爾[10]、威廉斯[11]等人。而我國受意象派影

---

[9] 康明斯 (E. E. Cummings 1894–1962) 美國意象派詩人，一八九四年生於 Cambridge, Massachusetts，著有詩集 *The Magic-Maker* 等。

[10] 穆爾 (Marianne Moore) 一八八七年誕生於美國密蘇里州，聖路易城，為美國當代傑出的女詩人，著有《評論集》(*Observations*)，《詩選》(*Selected Poems*)，《穿山甲及其他》(*The Pangolin and Other Verse*)，《何謂歲月》(*What Are Years*)，《何謂歲月》有拙譯，刊《幼獅》月刊第二十五卷第二期，五十六年二月一日出版，並有專文介紹。

[11] 威廉斯 (William Carlos Williams 1883–1963) 美國意象派詩人，詳見《自由青年》半月刊第四二八期

響最深的是季紅、林亨泰等人。季紅成就較大，如他的〈錯車道上的指示燈〉：

陶工不能
匠人不能
女子們的笑甚或她們的夢
亦不能造成
　不屬於這座城的
這些花。
　　　　矮矮的身段
　　　　紫顏色的
　　　　傳染寂寞的
　　　　臉。

拙著〈威廉斯論〉，五十六年二月十六日出版。五十七年納入拙著《孤寂的一代》一書，水牛出版社出版。

季紅是以跳躍的意象表現詩人的心境。錯車道上的指示燈只是一個偶顯的意象，而詩人卻抓住這一偶顯的意象，加以組織，表現，展示出人心底裡的焦急與落寞的愴涼。

在季紅發表這些詩的同時，大概是在民國四十八、九年間，中國新詩進入了一個特殊的紊亂狀態，這可能是受西洋詩的影響。在那一段期間有人把法國阿堡里奈爾⓬的圖象詩介紹過來，而某些詩人也就學著阿堡里奈爾所創造的花瓶形、扇形、噴泉形、寶塔形、皇冠形，大寫其形象詩，甚至有些詩人們故意在詩中用上一個點（・）或一條線（——）來表現個人的創作意念，或者把詩中的文字故意寫大或寫小一點，來表現一種視覺上的美感（構圖美），認為這是一種繪畫上的意義。他們認為詩裡既然可以要求音樂性，同樣的也可以要求繪畫性，這種理論似乎有點強詞奪理，正如紀弦先生在他的詩論中說的：「所謂外在的美術性，不超出印刷術的範圍，即詩行與詩行之間，詩節與詩節之間，題目與正文之間的排列樣式，乃至字體的大小及鉛字的種類之活用、套色的或製版的印刷等所給予吾人視覺的一種審美的感覺。……然而，像這種文字的繪畫，實在不是詩的正道。」最後一句話是最值得寫形式主義詩的詩人們反省的。

在形式上表現得最為成功的是方莘的〈夜的變奏〉之一⓭，因為詩長，而且篇幅所限不

⓬ 阿堡里奈爾 (Guillaume Apollinaire 1880–1918) 法國詩人，生於羅馬，他創造了圖象詩。

便引述，但這首詩的確在意境上和音樂上，甚至於形象的本身，都給讀者一種美感（繪畫的）。

作為一種觀念的表現，一種藝術的觀點，任何文藝作品的形式，都僅能視其為一種外觀的表示，這種表示，是給人一種肉眼所能觸及的快感，對於心靈的，內在的感受，它就無能為力了。因為詩畢竟是一種以文字作工具的產物，而硬要把繪畫上的符號嵌飾在詩句中，認為這樣才足以表現現代人類的複雜情緒的感受，我覺得這種觀念實在過份重視了肉眼的直覺感受，而忽視了人類內在的心靈感受。我們知道人類審美的官能，除了肉眼的直覺感受，而最重要的還是人類內在情感的激發，也就是所謂心靈的視覺。

我們儘管在詩的內容上作多大的變化，表現多麼的深刻，但絕不能運用到印刷術上的技術來搪塞詩的內容，更無需把文字翻轉來，倒過去，刻意打破原有合理的句子，排列成某種形象，而後給它一個漂亮的、時髦的名詞，說是具有繪畫美的詩。如果詩真能代表繪畫的美，那麼那些長年慘淡經營，苦心焦慮的畫家們又該作些什麼呢？我不否認現代詩是由感覺出發，但絕不是用肉眼的感覺，而是應該由人類意識的靈的感覺，這種感覺是心靈的觸及，而後透過理性的沉思和反省，再現出來的產物。肉眼的直覺，只是人類最初運用意識的工具，這種

⑬ 見方莘著的《膜拜》，民國五十二年，現代文學社出版。

工具僅能引導藝術進入人類的心靈，所以直覺的感受不能真正衡量藝術的價值，衡量藝術價值的真正工具，在於人類的內在心靈。而那些刻意把文字排成某種形象的詩作者，無疑的是受了外國圖象詩的感染，而作著自我欺騙，自我矯飾，最後是自我毀滅，以最近二、三年的現代詩人的沉寂情形看來，圖象詩已走入了死角。

我們要知道詩是一種語言，是利用文字作工具所表現的藝術，而語言與文字的本身是一種符號，如果在有限的語言和文字還不足以表現人心底裡的語言時，使用某種符號來表現是無可非議的。假如詩人一定要把合理的句子拆開，排列成某種形式，以顯示其繪畫性，這是多餘的，而且內容必然會流於無稽、平凡、低微、膚淺、空乏，而這種空洞內容的詩，無論你用什麼樣的形式去裝飾它，仍然是空洞的、矯飾的，而不能稱為詩。現代詩人創造散文詩的形式，已把詩的形式擴展到完全自由的階段了，又何必一定要去玩幼孩們的積木式的圖象詩呢。我們看商禽的散文詩〈長頸鹿〉：

當那個年青的獄卒發覺囚犯們每次體格檢查時身長的逐月增加都是脖子之後，他報告典獄長說：「長官，窗子太高了。」而他得的回答都是：「不，他們瞻望歲月。」

仁慈的青年獄卒不識歲月的容顏，不知歲月的籍貫，不明歲月的行踪；乃夜夜往動物園中，到長頸鹿欄下去等候。

像這種詩的形式，多麼自由而又嚴肅，多麼簡鍊而又真實。多麼美感而又具有詩的內涵力。我們讀一首好詩，不在於詩型的外在裝璜，而在詩的內在張力。

我們今天的詩，已到了完全創作的自由中，無論在內容和形式都是擁有絕對創造自由的，但詩人必須把握詩的自由，Elizabeth Drew 說：「詩是有格式的，然而，格式並不是詩。」我們今天希望詩人們創造有美感的格式的詩，但不要偈限於某一種固定的格式。詩的內容是千變萬化的，是豐富的，而詩的形式也是可變的，它的可變性是隨內容上的所需而變的，不是標新立異，毫無意義的變。

第五章　詩的音樂性

詩的音樂性，始自文字語言本身所形成的節奏。節奏是情緒變化之最原始的表現，英文裡 rhythm 一詞被譯成為若干音節的強弱長短抑揚頓挫之配合，正是我們所使用的文字的節奏。在最古老的藝術表現中，詩、音樂、舞蹈是三者一體的綜合藝術，他們的共同性就是節奏。詩的節奏，取自文字語言，它著重於意義之傳達；音樂的節奏，取自聲音，它著重於和諧；舞蹈的節奏，取自動作形式，它著重於姿態。如今，藝術形式雖然已進化到三者分立，而其共同性——節奏——仍然不變。日本文藝理論家本間久雄說：「節奏不但用在詩或語言學上，並且用在更廣的範圍——哲學上、生理學上等等。」❶他特別引用古希臘哲學家亞諾芝曼德❷的學說，認為生物的生長、朽腐、盛衰、興亡、結合、分離都是節奏的作用。他說：

❶ 見本間久雄著《文學概論》第五章第一節律語與散文。

❷ 亞諾芝曼德 (Anaximander) 是古希臘的哲學家，屬愛奧尼學派。其生於西元前六一〇年至前五四七年之間。史傳其長於政治，並通曉天文地理，嘗創製日圭地圖，說天體之為球狀及其遠近等。

「在這宇宙裡，顯然有一個依規則的時間間隔而循環的法則，這法則決定了宇宙間的一切的現象。照這說法，人體的脈膊，海洋的潮汐，星球的循環，蟋蟀的鳴聲，無一不靠著這遍在宇宙間的節奏作用。」而藝術返照自然，節奏便成為一切藝術的靈魂。在造形藝術中，有濃淡疏密陰陽向背配稱，在詩樂舞諸時間藝術中，則為高低長短急徐相呼應。

人是最敏感的動物，他對於外在節奏的反應，往往會在不知不覺中與內在節奏相諧和，譬如我們聽別人唱歌，我們會有意無意間在內心附和著唱，我們看見別人跳舞，我們的腳會不自主地顫動起來。於是，我們說人是活在節奏中，也不算過份。我們聽見砲聲，我們不但在肌肉上會激起緊張的抽動，而在內心裡也一樣會被逼著去適應這種因緊張而抽動的節奏。然而，這種被逼著去適應因緊張而抽動的節奏，是沒有規律的，是不可預期的。而詩歌和音樂中的節奏是有規律的，是可預期的。我們讀一句詩和聽一陣砲聲，在人類的生理和心理上都會引起一種反應，一句詩所帶來的反應，是有意義的，這個意義取決於文字的本身——單詞和語句的效果。而一陣砲聲所帶給人的反應，只是一種緊張和恐懼，它是無意義的。因此，我們可以說詩的節奏是變化的，是有規律的變化，而且是在一定的時間的反覆進行。譬如我們讀商禽的〈遙遠的催眠〉：

霧在夜中守著河
水在河中守著魚
守著山　守著岸
山在海邊守著你

山在夜中守著你
山在夜中守著海
守著沙灘守著浪
船在浪中守著你

守著海浪守著夜
守著沙灘守著你
守著河岸守著水
我在夜中守著你

守著山巒守著夜
守著泥土守著你
守著星　守著霧
我在夜中守著你

守著樹林守著你
守著草叢守著夜
守著風　守著霧
我在夜中守著你

全詩共有十四節，我僅摘其中五節，但在這五節中，我們已可窺出作者在運用節奏上的成功。作者運用童歌式的節奏嵌進詩裡，以反覆地唱出對愛人的呼喚。

如果要朗頌這首詩的時候，我們首先要求朗頌者要把聲音放低而且要柔緩，像對嬰兒的催眠似，輕輕的，緩緩的唱出，音樂效果自然會產生。甚至我們完全不聽文字的意義，我們也可以感覺出詩裡的內在節奏的優美。這種優美感是詩作者經過其高度的藝術技巧的壓縮與凝涸所造成的詩的節奏施予讀者的快感。這種快感不需要文字也一樣可以感出。「詩與音樂的節奏常有一種「模型」(Pattern)，在變化中有整齊，流動生展卻常回旋到出發點，所以我們說它有規律。這「模型」印到心裡也就形成了一種心理的模型，我們不知不覺地準備著照這個模型去適應，去花費心力，去調節注意力的張弛與筋肉的伸縮。這種準備在心理學上的術語是「預期」(Expectation)。有規律的節奏都必能在心理中印為模型，都必能產生預期。」❸這裡所謂預期，正是我前面所說的詩的節奏的變化，是有規律的，而且是在一定的時間的反覆進行。這種情形在古詩中更能看出，我們讀一首平仄相間的詩，讀到平聲時，我們心中自然而然會預期著仄聲的復返，而讀到仄聲時也一樣會感到平聲的復返。這種「預期不斷地產生，不斷地證實，所以發生恰如所料的快慰。」❹這種恰如所料的快慰，也正是詩中所重複的節奏所產生的效果。商禽的〈遙遠的催眠〉就是運用這種重複的節奏所產生的效果，讀者除了在文字中所產生的意義的效果，也同時能在節奏上感出音樂的柔緩的幻美的效果，這種效果給人一種夢幻般的美感。

如果我們讀他的詩，而又同時感出他詩中的意義，我們將會感出詩人所運用的一連串的

❸ 語見朱著《詩論》第六章詩與樂——節奏。

❹ 同前註。

意象的重疊——

霧在夜中守著河
水在河中守著魚
守著山　守著岸
山在海邊守著你

作者在詩中一連串地運用具象的霧、河、岸、魚、海、沙灘、浪、山、泥土、樹林……等等，目的只是把這些具象事物變為抽象的意象，由這許許多多意象的重疊來表現「我在夜中守著你」的情意。這是很美的文字的組織，這種組織必須靠高度的藝術技巧。現在我們再來讀一首楊喚的〈我是忙碌的〉：

我是忙碌的。
我是忙碌的。

我忙於搖醒火把，
我忙於雕塑自己；
我忙於擂動行進的鼓鈸，
我忙於吹響迎春的蘆笛；
我忙於拍發幸福的預報，
我忙於採訪真理的消息，
我忙於把生命的樹移植於戰鬥的叢林，
我忙於把發酵的血釀成愛的汁液。

直到有一天我死去，
像尾魚睡眠於微笑的池沼，
我才會熄燈休息，
我，才有個美好的完成，
如一冊詩集；
而那覆蓋著我的大地，

就是那詩集的封皮。

我是忙碌的。
我是忙碌的。

楊喚這首詩和商禽的〈遙遠的催眠〉都是用重疊的意象，所不同的是商禽的〈遙遠的催眠〉是對靜謐的呢喃，是對夜的呢喃，對遙遠的愛人的呢喃。而楊喚這首詩是動態的吶喊，是對物質文明所壟斷的社會的吶喊，是對機械工業的吶喊，他像站在喧囂的市心呼喚自己。因此，我們讀他的詩，首先就要在自己心裡培植一種現代工業社會的緊張、忙碌的情緒。

我是忙碌的。
我是忙碌的。

首兩句和末兩句，在文字上是完全相同的，但它的節奏不同，給人的感受也就不同。我們讀前兩句「我是忙碌的」，我們要用較急劇的速率去讀它，像你走在市心，突然遇著人向你打招呼，你說：「我是忙碌的。我是忙碌的。……」你向他揮揮手，甚至於揮手的時間都沒有，就急著要趕赴一場宴會，或者會議……等等那樣匆忙，那樣急於要追趕什麼似的。

從「我是忙碌的」開始，朗頌的速率必須逐漸加快，音調也必須逐漸提高，尤其是第二段，必須用最快的速率把它讀出，才能顯示出現代人的匆忙狀態。也唯有如此始能激起人類內心的情緒之昇華。

一首詩帶給讀者的情緒之變化，不是僅靠文字的本身所產生的節奏，讀者所培植的鑑賞節奏亦很重要。譬如楊喚這首詩，讀者僅把它放在燈下，像唸散文的方式把它唸出來，自然不會有很大的效果，至少要減少很多詩的節奏的效果。詩的節奏不同於音樂，音樂的節奏靠音符，音符可以製成譜。而詩的節奏靠文字，文字本身不能成譜，但文字賦予意義。因此，我們又發現了一點結論，可譜的是純形式的，而詩是不可譜的，它不能視為純形式的，它必須從文字本身的意義，揉進讀者所賦予的意義，然後用想像和現實的經驗，予以美的旋律。

愛都阿德說：「語言是聲音構成的，但我們所發出的聲音並非全部均勻而沒有停頓的，實乃依自然的規律分做一個個的節落……我們說話時，倘為某種原因要使別人特別注意某些字的涵義，就要加重那個字的讀音……一串言詞，因某些字之加力重讀，便要變更了原來的語調。這語調的變更常發生於感情濃烈，或要感動別人說服別人的時候，因之加力原則不僅常見於日常談話而在辯論講解或演說的時候尤其常見到。」接著他又說：「因加力而發生的聲調變化，或則能使語句中某些字義充分地表達出來，但也有因變化愈多而語句中的字義反而模糊，有如吟哦詩句或街上叫賣者的聲音……這些都是但憑韻律原則而有異於但欲表明語意的那種說話。有時我們說話，因為前後的情緒不一樣，因而所發的聲調亦有兩樣。」❺

一個人的說話的聲音之大小、高低，速率之急劇和緩都足以控制說與聽兩者間的情緒。我們讀楊喚的〈我是忙碌的〉，如果僅僅拿唸散文的方式讀出來，甚至於用吟哦抒情詩般的吟出來，這樣不但會失去原詩的音樂性，也同時失去了詩句本身所賦予的情緒之變化。所以，我們讀這首詩，首兩句用較平而稍低的聲調讀出。第二段就要用較高而急劇的速率讀出，並且逐漸增高而加急。一直到第三段，始將速率減慢，並把聲音放低。到最後兩句「我是忙碌的。」必須像精疲力竭般地慢慢把它讀出，尤其在聲音上必須放低到微弱而又近於呻吟的狀態。這樣，詩的音樂性就自然而然會在我們心靈中浮現了。

中國啊中國你要我說些什麼？

---

❺ 見劉復譯的保羅・愛都阿德 (Paul Edouard) 著《比較語言學概要》(*Outlines of Comparative Phonetics*)

天鵝無歌無歌的天鵝
天使無顏無顏的天使
旋風旋風在空中兜圈子
　　凡有翅的
　　皆被詛咒
在風中漂泊，不能夠休息
況且這是秋天，所有的心
所有的楓葉在風中漂泊
凡驢皆鳴，凡梟皆啼
中國啊中國即使我要說些什麼
你也聽不見你也不願意聽
況且這是冬天，所有的心
所有的雪花在風中漂泊
凡狼皆餓嗥，凡鬼皆哭
中國啊中國你聽不見我說些什麼

天鵝無歌不音樂的天鵝
天使無淚不慈悲的天使
況且在旋風在旋風的季節
況且驢，以及梟，以及其他
以及厲笑的狼以及慘哭的鬼
以及紅衛兵之外還有越南
以及死亡的名單好幾英里以及其他
以及李白的臉上貼滿標語
殺盡九繆思為了祭旗
中國啊中國你要我說些什麼？

余光中這首〈凡有翅的〉，發表於五十六年一月十日出版的《文學季刊》上。我們很容易發現這首詩是具有極優美節奏的詩。作者一開始就運用其極其低沉而又熱忱的聲調來呼喚他所愛的中國，像呼喚他所眷戀的愛人的情調喚著它。

「中國啊中國你要我說些什麼？」

原作上沒有標點，而事實上讀者可以把它作成有標點讀，讀成「中國啊！中國。你要我說些什麼？」或者「中國啊，中國！你要我說些什麼？」然而作者沒有點斷，這正是他企圖在語句上造成的音樂的效果。詩的音樂性之表現，內在的節奏遠乘於外在的韻律之安排。內在的節奏是由文字與讀者的情緒所共同產生的自然旋律，韻律是作者蓄意安排的刻板式的聲韻，音樂性的旋律，是多變的。刻板式的聲韻，是規則的變化，它的變化因作者在創作時已給予一種法則，所以它的變化也不會逃脫已定的繩規，比起自然形成的音樂性，刻意安排的韻腳自然要喪失諸多跳動性，而詩的內在活力也就遠不如自然的旋律來得感人。余光中的〈凡有翅的〉一詩，乍看起來，似像經過設計的音樂性，但不是硬性嵌進去的韻律。

天鵝無歌無歌的天鵝
天使無顏無顏的天使

這只是一種重疊式的節奏，相似於中國古代的民歌，旋律非常優美，婉轉而又柔和，這是作者對中國文字的語法純熟運用，而使兩個意象重疊，而同時又展示出生動與美妙的旋律。

運用重疊式的節奏的詩，最適合於二重奏式的朗頌，或四重奏式的朗頌，這種二重奏式的朗頌，或四重奏式的朗頌，可以產生極濃的音樂效果，也正是詩中有音樂，音樂中有詩意的交織融合的特殊效果。

在這首詩裡一再地出現「中國啊中國……」的句子，這是作者對祖國的懷念，正如一個人對久別的母親的思念，在他的內心時刻都燃燒著一團熾烈的火焰。這團熾烈的火焰，使他的感情昇華，使他的感情不斷地受到沖激，不斷地受到撞擊，猶如一塊鋼板與石頭相碰擊會產生一種火花。而人的情感也是一樣，當他不斷地受到沖激時會產生一連串的呢喃，或呼喚，或驚嘆，或叫喊，或嘶喊，或……等等突發性的情緒之炸裂。余光中在〈凡有翅的〉一詩中重複使用呼喚愛人般的聲調，呼喚他久別的中國，正是他內在情感上受到長久的壓抑所爆裂出的呼喚。讀者在吟哦時，要特別注意各句的聲調，才能現示出詩中的情感。

一首詩的節奏，是否諧和，往往與句子的長短有關，句子太長或太短都足以影響詩的節奏。所以一首音樂性特別優美的詩，它的句子都較為均勻，如前面引述的商禽的〈遙遠的催眠〉，楊喚的〈我是忙碌的〉，余光中的〈凡有翅的〉等等。然而，句子不均稱，是否就沒有音樂性呢？不是的。詩的音樂性，取決於詩內的節奏，而不依賴於外形的韻腳，現在我們來看看辛鬱的〈原野哦〉，這是一首句子完全不均稱的詩。原詩發表於五十六年元月號《幼獅文藝》，我僅摘錄前一段，以供讀者共賞。

你就是我舉臂所及的那空氣中佈施著野性的芬芳的原野嚒？
你就是日日作我的衣夜夜作我的被衾的那披沐著許多生靈撫孕著許多生靈的原野嚒？

　長高了高粱
　長肥了大豆
　長粗了小鹿的蹄子的
原野哦
你就是我瞳孔中那一泓清泉　你洗滌了我歲月的塵垢　如今你是我奉為至尊至美的那神
啊
在神之上你是我奉為至聖至善的
那生命的無限　無限的擴張
你說：
　向日葵是什麼？
　向日葵是太陽寫在你肌膚上的詩
那麼菊呢？

你說
　菊是東方的驕傲
啊東方東方
　我的黃皮膚的兄弟呢？
　我的黃皮膚的兄弟呢？
……

　這首詩最大的特色，是形式上已完全打破了格律詩的形式，甚至於在新詩的形式上也是一大革新。過去，新詩在形式上固然有了自由的表現，但多少總是還滯留在一種整齊的形式中。換句話說，過去的新詩的形式，仍然有其新的形式的形式，這種形式被普遍採用，而且已成為習慣性。譬如，句子的長短，總是在適當的位置，而不願太長或太短。然而辛鬱這首〈原野哦〉，卻在句子上已作到完全不受限制，長的有三十七個字的，短的僅僅一個字。這在詩句上已完全打破了任何的束縛。

　而這首詩的音樂性仍然很濃，內在的節奏遠超過那些硬在文字上下工夫的押韻詩。辛鬱這首詩，在標題旁邊有一條附加標題：「一個大陸同胞的訴願」。這也說明了這首詩是代表大陸上千千萬萬的受苦難的同胞的哀訴。讀者在朗頌或者吟哦這首詩的時候，第一個意念，先要培植一種哀惻的情緒。然後用極其悲戚、愴涼的聲調來朗頌，詩的音樂效果自然而然就產生了。

第一二句都是問話句型，讀者必須用懷疑的聲調把它讀出。第三—六句是一氣呵成，在朗頌時，中間不要有太長的空隙，因為它是聯貫在第一二句的問話裡的。第七、八、九句似像肯定的句子，但不是完全肯定的句子，讀者需要用讚嘆的語氣把它讀出，讀到「那生命的無限　無限的擴張」這裡要有一個短暫的休止，然後再用疑問的方式問，「向日葵是什麼？」「你說：向日葵是太陽寫在你肌膚上的詩。」這是一句自問自答的句子，但讀者可以用二種形式來讀，一種是自問自答式的讀，一種是把這一句分成二種語調，就是把「你說」和「向日葵是太陽寫在你肌膚上的詩」分開，用二種音調讀出，這樣自然而然可以把詩的內在節奏呈現出來。

總之，詩的音樂性，不是人為的頭韻或腳韻所能為力的。它必須是自然形成於詩內的文字所生的自然節奏。所以，詩的音樂性，是自然形成的，它的形成與創作的情緒有關，情緒的波動可以使詩的節奏躍動，孚勒說：「詩是寄寓於文字中的音樂；而音樂則是聲音中的詩。」我們大凡讀一首詩，如果要想在詩句中感覺出它的音樂性，首先就是要樹立一個音樂節奏的概念，音樂節奏是發自人類的聲音，聲音之發生，是由人類的喉部肌肉之活動，喉部肌肉的活動只是聲音的產生，而如何使這聲音變化引起別人的共鳴，必須靠內在的情感，以及個人情緒的把握。因此，我們讀任何一首新詩的聲調都不能用相同的方法，有些詩，甚至必須用作者的方言始能完全傳真出他的詩的內在節奏，譬如管管的詩，就是要靠他那種山東的地方語言，才能完全傳達詩的內在節奏。詩貴在於創造，創造貴在自然，而詩的內在節奏，是自然的流露，不是任何人為的韻律所能矯飾的。因此，詩的音樂性，是自然的流露，它是作者和讀者共同的情緒之諧和，是情感的溶化而昇華的旋律之迴蕩，飄逸。我們感覺一首詩的音樂性，不是靠聽流行歌曲的膚淺直覺官能，而是要有聽一章交響樂的強烈的生命慾的情緒，去感覺它，音樂始恆在。

第六章　詩的意象

根據心理學家們的解釋，意象(Image)是指人們對過去的知覺的經驗的事象，在心底留下的印象所喚起的再現。而印象(Impression)起於人類的感官對外在事物的一種直覺感受所獲得的形相。在英文裡的Image卻含有物象、心象、概念、表象、直喻、隱喻……等意義。如果我們要從這諸多的字義上去選定任一名詞來作為Image的準確意義，似乎都不太可能，但我們可以依據它而推演另一個名詞Imagination，這個被我們譯為「想像」的名詞，在哲學辭典裡有兩種意義：一種是指有事實作根據的，經過思維而組成之具象；一種是沒有事實根據，即為空想。想像往往連絡舊觀念以構成新觀念，如看見摘一顆未成熟的梨，便聯想到未成年的兒童受到摧殘的情景❶。我們如果把這段註釋簡化一點，我們可以說，想像不僅是對已知的事象的一種再造作用，同時也是對未知的事象的一種再造作用。愛默生❷把想像視為

❶ 見《哲學大辭典》第三〇八頁，中華民國四十九年十二月，啟明書局出版。

❷ 愛默生(Ralph Waldo Emerson 1803–1882)美國哲學家、詩人、文學批評家，著有《偉人論》、《歷史

「第二視覺」，實則就是「心的視覺」。這個心的視覺對現代詩人的創作藝術品具有極重要的助力。尤其是對詩人觀察事象時，大都已不再援用肉眼的官能去覺察，而是運用人的心靈去感受它的內在真實。根據近代心理學家的發現，吾人心智活動的能力，從它的功用上來看，可分為：吸收能力 (Absorptive)，記憶能力 (Retentive)，理解能力 (Reasoning) 和創造能力 (Creative) 四種。而吸收能力，是觀察和思考的能力。記憶能力，是記起和回憶的能力。理解能力，是分析和判斷的能力。創造能力，是想像、預測和構思觀念的能力❸。而這各種能力均具有相關和不可分割的關係。

想像力是人類思想的原動力，人類的文明，就是歷來人們自己的創造性思想的不斷建築所累積的一項偉大貢獻。美國歷史家羅賓遜 (James Harvey Robinson 1863–1936) 說：「人類如果不是經過一段漫長的苦痛與受挫折的努力，則人類到今天仍然是一種依靠草根、樹皮、茹毛吮血為生的原始動物。」❹我們毋須否認的是今天我們所享有的物質文明，全都是賴於歷代來人類的創造性的想像力所完成的發明。想像力被普遍採用，已非僅限於物質文

哲學》、《基督教之缺失》、《現代世間論》、《人範》、《自然法》、《知識發展論》等書。

❸ 見 Alexander F. Osborn 著《應用想像學》(*Applied Imagination*) 第一章第一節。

❹ 見其所著 *Mind in the Making*，由紐約 Harper and Brothers 公司一九三二年出版。

明的進步，在物質文明以外的如都市計劃，交通安全，人口管制，國際間的人民的合作……等等都有賴於想像力來完成。

而文學作品運用想像，似乎相沿已久，甚至有些文學家認為人類的思想與情感必須通過想像始能成為文學的內容。於是，有些人乾脆就說想像即表現、即內容、亦即形式，除了想像以外根本就沒有美的存在。

想像是人類的思想意識的展示。人類對具象的事物，在第一視覺（肉眼所見）中，它必然產生一種印象，由這個印象傳達到人類的第二視覺（心靈的視覺）。而在第二視覺裡滲進了理性，這時已不是第一視覺裡的純情感的產物。在第二視覺裡因為滲進了理性，所以在這時的產物已經是有組織的再現。再現只是對先期經驗的印象的重複，換句話說，只是對記憶的事象的重演。一件藝術作品在未完成之前，都僅僅是作者的個人的一種想像，也就是說藝術家在未將心靈中的諸多意念(Idea)，形成為一種形式之前，都是想像的。想像的事物，並非是現實的事物，但它具有藝術性的真實感。溫齊斯特認為想像是激醒情緒的最重要的條件。而文學的創作是訴諸於情緒的，在情緒的領域裡，有表現各種不同的機會。我們所認為真確的事實與真理在各人腦筋裡是相同的。「兩點之間，直線最短」這是真理。真理所造成的真實科學，是可以完全精確的陳述。而科學的目的也就是在於述說真理，述說得愈精確，愈顯示它的不變性，正如「兩點之間，直線最短」，不管是甲或乙，或丙來看都是具有同樣意義，這是不變的。而如果我們有三個人同時讀一節詩——

穿過歷史的古堡與玄學的天橋
人是一隻迷失於荒林中的瘦鳥
沒有綠色住入飢渴的深度
困於迷離的鏡房　受光與暗的絞刑
身體急轉　無數紊亂的側影便陷入鏡中
片刻正對　如在太陽反射的急潮上立碑
於靜與動的兩葉黑白封殼之間
人是被釘斃在時間之書裏的死蝴蝶
禁黑暗的激流與整冬的蒼白於體內
使鏡房成為光的墳地　色的死牢
此刻你必須慌急地逃脫那些交錯的投影
去賣掉整個工作的上午與下午

然後把頭埋在餐盤裏去認出你的神
而在那一剎間的迴響裏　另一雙手已觸及永恆的前額

——摘自羅門的〈第九日的底流〉

讀完這一節詩，我們三個人不但有三個不同的感受，就是在同一個人如果是在不同一時間讀它時，也有各種不同的感受。羅門這首〈第九日的底流〉是依據貝多芬的第九號交響曲的旋律所完成的作品，詩人運用其極度尖銳的感力，吸收進貝多芬的音樂的節奏與內涵力，然後經過其長期的壓縮與提鍊，然後透過語言記號把他的心境呈現出來。「穿過歷史的古堡與玄學的天橋，人是一隻迷失於荒林中的瘦鳥。」

在機械工業日益抬頭的今日社會，作為社會的一份子，多少已感覺到個人精神的空洞與貧乏，就如同一隻迷失在荒林中的瘦鳥，你也許日以繼夜的企圖尋覓一點什麼精神上的依據，但在飢渴的深淵裡已住不進半滴綠色，這是多麼愴涼而又寂寞的情景。「於靜與動的兩葉黑白封殼之間，人是被釘斃在時間之書裏的死蝴蝶。」我們活著，大半是被時間所凝固，被出賣在整個上午和下午的工作中，最後只不過是為了換取餐盤裡的幾片生存所必需的食物，但當你在餐盤裡去認出你的神的時候，你已觸及永恆了。然而，多少人能在餐盤裡認出自己的神呢？我相信任誰都無法回答這一問題。科學是日新月異地向前邁進，但同樣的人的內在精神也逐漸被挖空，而顯得個人生命的貧瘠與荒涼。

〈第九日的底流〉共有九節，另有序曲。是一首極富於情緒的表現的詩，作者一直抓住美與力的意象之呈現，他幾乎在每一個句子中，都可以抽出一串意象。而意象的形成是始自於想像，想像使詩成為一種美。一種真實感。同時也可以使作品的內容更充實，更趨於完善。一個夠格的詩人，尤其具有尖銳洞察力的詩人，他對於外在的事象的感染力是特別敏銳的，羅門聽完了貝多芬的第九號交響曲，就能完成一首詩，這多少是得力於創造性的想像力。

想像並不是幻想，想像是崇高的嚴肅的表現，它是具有靈魂深處的種種情趣結合現實的，它是人間性的，人格化的，它不但是對已知的事物的再現，同時也是對未知的事物的創造。而幻想是架空的，是虛無縹緲的，近乎遊戲的行為。想像可以創造可信的和合理的事物，而幻想則不能。溫齊斯特把「想像」依照文學表現上的性質之不同，分為「創造的想像」(Creative Imagination)，「聯想的想像」(Associative Imagination) 和「解釋的想像」(Interpretative Imagination) 三種：

創造的想像——是從經驗所得的種種事象，自發地選擇它所有這些創造的作用。溫齊斯特對創造的想像，就是把經驗中所得的已成事象，經過心靈的反省再創造出一種新的事物，這種新的事物的形成，便成為創造的想像。前面我已經說過，印象是由經驗而來，而印象本身不能成為文藝作品，印象只是促使作家創造作品。因此凡是已知的形式都不是創造的，而創造的必定是新的。想像固然有大多數是由經驗而來，但是絕不重複這舊有的經驗，而只是運用這從經驗中所獲取的意象，而創造一種新的形式、新的內容，這就是創造的想像。

聯想的想像——是用一種事物、觀念、情緒，或與情緒上類似的心象相結合的產物。任何一個人，對於一件事物都多少存有某些聯想。聯想是一種知覺、記憶、思想、想像的心理活動的基礎，只要你的意識在活動，聯想就跟著流動。我們看見一張朋友的照片，我們會聯想起朋友的際遇，和昔日兩人在一起的情景。我們看見一朵花，我們會聯想到公園，或者一篇小說、一首詩，因為某篇小說曾經以一朵花為題材，表現得很真實、很動人。甚至聯想到更多，如愛情、人生、婚姻……等等。所以聯想的想像，大都是以作者在經驗中所獲取某種印象，而與另一個相似的事象相結合，造成一個新的意象，而聯想的想像就是這個新的意象的表現力。

解釋的想像——是作者主觀的認知某種精神的價值與意義，而藉某種事象表現出來，使其成為這種事象的新意象，這種新意象的構成，就是解釋的想像。

以上所引述的想像作用是最主要的三種形式，而這三種形式，往往是相互運用，在同一篇作品中，有時是運用創造的想像，有時是運用聯想的想像，或解釋的想像。而有時是三者交互運用，這完全看作者在表現上的適當與否而定。但依照一般文學形式的分類來說，創造的想像較適用於小說和戲劇中的人物與故事的創造。而聯想的想像是較適用於詩歌。解釋的想像大都是運用於記事詠物的感懷。

自然主義的小說和戲劇是創造的想像最好的例子，如左拉 (Emile Zola) 的〈洛根・馬加爾特家史〉(*Le Rougon-Macquart*)，又名〈第二帝政時代的某家族的自然及社會的歷史〉(*Histoire naturelle et social d'une famille Sonsle Second Empire*) 以及福樓拜的〈薩郎波〉(*Salommbo*) 等等就是屬於創造的想像。如英國浪漫派詩人柯爾律治 (Samuel Taylor Coleridge 1772–1834) 的〈古舟子詠〉(*The Rime of the Ancient Mariner*) 和〈忽必烈汗〉(*Kubla Khan*) 是屬於聯想的想像。〈古舟子詠〉是一篇很完美的作品，敘述一個老水手，對一個赴婚宴的客人講述他的可怕的故事——老水手和同伴們坐了一艘船出海去，一路上很平安。後來遇到了一陣暴風，暴風過後，這位水手卻射殺了一隻海鵝，牠是航海人員認為是好運的象徵。因此，厄運就降臨了。船駛入靜海中，那兒風平浪靜；太陽如火球似的照耀著，海水綠綠的滿浮著腐物。船停在那裡不動。殺海鵝的那個水手被視為不祥之物。所有的水手們都渴得要死去。彷彿有一隻船要駛近救他們，卻又消失不見了，那是一隻幻想的船。不久，水手們一個個的死於甲板上，每個死者的目光都盯著那個殺死海鷗的水手的臉上，只有他沒有死。後來，他對於自己所做的惡事感到悔恨，而天使們可憐他的悲苦，使死屍站了起來，仍去做水手們的職務。他們升上了帆。雖然沒有風，船卻漸漸的移動，到了有風的地方，這艘船始駛回水手的故鄉。一個領港人出來迎接他們；但在他還沒有到達這艘船之前，船卻突然的沉了下去，留下那個水手在海波中與死神爭鬥，領港人把他救起——後來，他每每想起那段所受的說不盡的苦痛，他就禁不住像有火在心頭燃燒著似的，一直到這故事說了出來，始覺舒服。現在我們來看他的詩句：

> Fear at my heart, as at a cup
> My life-blood seemed to sip;
> 恐懼在我的心中，一如在杯裏
> 滴著我生命的血液；

〈忽必烈汗〉是一首很著名的詩。據說是他躺在煙床上，夢想著忽必烈汗的宮殿而作的。這首詩充滿著優美的音樂節奏，像傾聽著一曲優美的音樂所產生一連串的想像的舒適。至於解釋的想像，現以覃子豪的〈距離〉一詩作例：

即使地球和月亮
有著一個不可衡量的距離
而地球能夠親覩月亮的光輝
他們有無數定期的約會

兩岸的山峯，終日凝望
他們雖曾面對著長河嘆息
而有時也在空間露出會心的微笑
他們似滿足於永恆的遙遙相對

我底夢想最綺麗
而我底現實最寂寞
是你，把它劃開一個距離

失卻了永恆的聯繫

假如，我有五千魔指
我將把世界縮成一個地球儀
我尋你，如尋倫敦和巴黎
在一回轉動中，就能尋著你

這首詩，作者的立意是表現一對分開的戀人，寫出他對他的戀人的思念，和不能相見的苦悶和悲哀。作者運用其豐富的想像，以地球、月亮、兩個山的相對，來解釋作者對他的愛人的思念。他說地球和月亮，雖然有不可衡量的距離，但它們還能光輝相照，還有無數的定期的約會。兩山雖然遙遙相隔，但它們能終日相互凝望，彼此在空間露出會心的微笑。而只有他和他的戀人「失卻了永恆的聯繫」，他們之間的距離，正如同夢與現實一般的遙遠，於是他幻想他能有五千魔指，把世界縮成一個地球儀般，在一回轉動中，就能找著，像我們在地球儀中找尋倫敦和巴黎一樣。

想像是一種創作的心象的現示，這種心象可能是作者經驗過的，也可能是完全沒有經驗過的，「依照浪漫詩人的說法，想像是一種較嚴肅的，較多創造性的能力，它能夠看出事物的基本相似之點。」❺由於想像而使現實的事象成為藝術，由於想像可以使死的物體變為活的。譬如覃子豪運用「地球」、「月亮」、「山」、「地球儀」、「倫敦」、「巴黎」……等等都是死的事象，而且也是一般詩中不常見的詞彙。因此，我們讀起來就很新鮮，而給人無限美的聯想。一個夠格的詩人，他的心靈視覺，都要較常人敏銳，一個木匠看見一株松樹，他的第一個概念，必然是考慮松木將可以作成一種什麼樣的器具。而如果是一個植物學家，他可能就要先研究它的年輪、葉紋、形狀……等等。假如是詩人，第一個嵌進他的思維裡的概念，可能是松樹本身的生命力，由它的生命力暗示出人生的艱苦奮鬥，甚至於聯想到更多的事象，這就是詩人有異於木匠、植物學家的地方。

前面已經說過想像是一種創作的心象的現示，這種心象的現示可能是作者經驗過的，也

---

❺ 引自陳紹鵬著《詩的創造》一書第三頁，民國五十四年三月二版，文星書店出版。而陳紹鵬這段話可能是引伸韓德 (Theodore W. Hunt) 的話，韓德在他的著作《文學原理及其問題》(*Literature, It's Principles and Problems*) 說：「想像和幻想的區別，其一是崇高的嚴肅的表現，其他是輕快的且往往近乎遊戲的行為。而還有應該提示的，即想像的任務，即使在詩裡，也決不能使它越出可信和合理的限度。」

許根本沒有經驗過的。於是，它是有別於理智的邏輯的思想。而從文學的審美的觀點來說，想像只是創作文學作品的原動力，只是在處理思想時同時也顧及情感的一種思想，因而，在文學的內容的形成上，特別重視這一要素。然而，我們從純粹的美的表達上來看，想像似乎還不夠完善，因為它還沒有經過設計的剪裁和組織。於是，現代作家，尤其是現代詩人，特別重視意象的呈現。意象原是心理學上的一個名詞，是指人類的意識的活動，對過去經驗的喚起的一種心象再現，而現代詩人將外界的事象納入心靈，把原有的形式擊碎，然後再經過理性的剪裁、組織，拼湊成一種全新的式樣，一種前輩詩人所未曾有過的新的形式，這便是創造性的想像，因此，我們也可以說意象之形成是來自於想像的。❻

任何一個詩人，在他的過去的經驗中，一定儲有很多的平凡的資料，也就是被稱為素材的東西，而這些東西不一定都能成為詩的材料。於是，一個有才能的詩人，他必定是苦心焦慮，運用種種法則，如隱喻、暗示、明喻、比喻等方法，將他所擁有的材料透過心靈的淨濾，而予以表現出一種完美的形式和內容。美國意象派(Imagist)詩人❼強調「詩是不折不扣的用

❻ 見朱光潛著《文藝心理學》第六章〈美感與聯想〉，開明書局出版。

❼ 意象派(Imagist)是一九一二年間出現在美國詩壇的一個流派，他們的宗旨是追求經濟用字，矯飾和剪嵌細工的創作技巧。其代表詩人有羅威爾(Amy Lowell 1874–1925)、威廉斯(William Carlos

文字做成的剪嵌細工，二者都是需要極大的精確性的。」現代詩人也就是極力企圖將自己詩句表現得完美、不朽為終極目的。例如沈甸的〈蘆末之塑〉，就是運用隱喻和暗示所表現的，給人一種新的視域的詩：

那時，血被陽光佔據，遂有了褐黑的畫面，十字林林立荒野，呼喊失蹤于泥土的頭盔。
漫畫般的刀尖，尖尖如女子們的指甲——那麼紅紅著的閃現綠黑之光芒　整部歷史陳列在此，你應當知道，我們是曾經被英雄過的。
曾經被遊戲過的。哎，你的契約——單單薄薄的三十年啦……竟如此不敢晾在風裏，遂說：就這麼些了。（感謝你，你的黃黃的有著美麗花紋的玩具箱）。諾言如風，輕忽忽的滑過耳尖，且吝嗇它的跫音。于是，被浩嘆起來了。在火燄中，不動產飛舞如蝶，而你

Williams 1883–1963)、康明斯 (E. E. Cummings 1894–1962)、龐德 (Ezra Pound 1885–1972)、密來 (Edna St. Vincent Millay 1892–1950) 以及英國的休謨 (T. E. Hulme)……等等。這個流派正式發表宣言，宣佈成立是在一九一四年休謨和威廉斯等人在倫敦組織的。詳細請閱拙著《二十世紀的文藝思潮》一書〈論意象派的表現技巧及其影響〉，民國五十三年十月，廣文書局出版。

知那蛹來自何處，知那成立的過程何等壯觀，何等無奈。

原詩共五節，被選入《中國現代詩選》，我只摘出其中的前面兩節，但我們多少已看出作者所展出的心境。「血被陽光佔據，遂有了褐黑的畫面，十字林林立荒野，呼喊失踪于泥土的頭盔。」這是多麼完美的一個強烈的視覺意象之呈現。「尖尖如女子們的指甲——那麼紅紅著的閃現綠黑之光芒。」我們稍一注視詩人所運用的「林林」、「尖尖」、「紅紅」這些重疊的詞彙，我們便會發現詩人所繪出的意象是多麼的新鮮、刺激，而又具有內在張力的詩句。譬如第二節中的「單單薄薄的三十年啦」是多麼的飄逸，而又多無可奈何地顯示出其生命的愴涼與內在的真實。讀他的詩，使我突然想起英國詩人勃郎寧 (Robert Browning 1812–1889) 的兩句詩——

The wild tulip, at end of its tube, blows out its great red bell
Like a thin clear bubble of blood
在野鬱金香的末端，吹出一個大紅鐘，
像一個脆薄的透明的生命的泡沫。

在這兩句詩裡我們必須注意的是 at end of its tube 中的 end，按照習慣上應該是寫成 tube-end，但作者為了強調詩的音樂性和加重 tube 的語氣，故特改成這種形式。另外 bubble of blood 中的 blood 絕不能譯成「血液」，或者「血泡」，因為 blood 本身除了一般作為血液的解釋外，還有「生命的根源」的意思，所以我把它譯成「生命的泡沫」。而作者所呈現的視覺意象，也就是那個在野鬱金香的末端吹出的大紅鐘，這個大紅鐘暗示為生命的泡沫，他用脆薄的、透明的來形容那個生命的泡沫，是採取明喻的法則，使詩內的意象清晰地顯示出來。現在我們再來看一首朵思的詩——〈夜港〉，我們就更能體認出意象本身的意義。

時間，在蔓船上被輕輕盪去
輕輕，以席夢思床上一般濃度的
睡意，溶化
在港的多波紋的面上。
遂記起好似綠藻披覆額前疏疏的
一蕞流海。遂記起
海善變雲善變異日異趣的妳的髮型

啊，我立在其中，海浪似微微捲起
似一束束燈光，都萌放在遠方船上，似
窺悉水手的浪漫情調，亮在好夢中
卻隱滅在滿堆風裏

港邊，今夜一片靜寂
未被開拓的處女之心般，被荒蕪著
被棄置著，被想起——
一盆冷冽種植海上沒有泥土沒有母親
我立在其上，吸收往事，我搜索
夜殘剩夜沒有收起的睏意。在舷邊

在這首詩裡，作者一開始就運用明喻的方法，把時間的悄然消失，用船在海上被輕輕盪去，和躺在席夢思床上的睡意般的不自覺，這是一種間接的表現，它帶給讀者的是新鮮的意象，是完美的感受。尤其第二段和最後一段中的最末三行，作者所呈現意象是至美的，清澈的，像一顆水晶在陽光下，熠閃璀麗的光芒。「海善變雲善變異日異趣的妳的髮型」、「一盆冷冽種植海上沒有泥土沒有母親」，這是多麼確切而又令人驚悸的意象之展示。尤其作者把那原本應該有標點的，而取消了，使意象重疊，更能使讀者感出詩內的迫力。

詩內的意象之傳達，大致可分為三個層次，第一個層次是直接將原意象翻譯成外在的語言，這叫做直喻，又稱為明喻。第二個層次是用比喻，將原意象與相關的類似的意象，同時用外在的語言表述出來。第三個層次是根據第二個層次所述的比喻，而以比喻再來表述比喻，這是近乎神話的一個層次。而現代詩大致所表現的意象不外乎就是這三個層次，但以第二個層次運用最廣。

而很多詩只注意情意的表達，而過份直陳，就是因為缺少詩的意象。意象使詩完美，它不但能促起人的感官的反應，而且能激起人的內在迴漩。所以意象在現代詩中是比音樂性、繪畫性都重要，因它同時可以給出音樂的、繪畫的、色香的、建築的特殊效果。它不但能滿足讀者的視覺，同時也能滿足他的聽覺、嗅覺、觸覺，如果我們要說意象是詩，詩就是意象也並不為過。

第七章　詩的象徵

近世紀來，象徵 (Symbol) 一語，已被學術界、思想界廣泛運用，而它究竟產生於何時，似乎已無法考證。但近代文學家、宗教家、美學家、語意學家、心理學家、哲學家……都普遍採用過它來作為某種意義的闡釋與表象，而且已顯得含混而又曖昧的一個名詞。不過，有一點極值得我們信賴的是「象徵」的原始本義，並非始自近代，而是遠自初民時代，甚至初民之前已有它的意義。例如語言的本質就是一種記號的象徵。原始時代的人們常常在其弓、斧，或其他用具上刻鏤一些圖畫來象徵某種意義，或者在一根繩子上結起幾個大小的結，來代表數字或某種意義……這些都可以說是象徵的最原始的本義。而我在這篇短文中，不擬涉太廣，僅就現代詩中的象徵性作一廣義的闡述。

就現代詩的象徵性的本義來說，它是廣闊的，它不同於十九世紀末葉出現在法國文學中的象徵主義 (Symbolism)。法國文學上的象徵主義，不外乎是借物質現象之力而映出靈魂的、經驗的，偏重主觀的顯示，神祕的，暗示的隱喻之表象。「把人的氣質與靈魂的起伏引到詩中，使詩離開固定的事實而靠近音樂。」他們反對浪漫派詩人的平鋪直敘的自我情感的陳述，他們認為這種陳述自我意識，缺乏神祕感、朦朧美，給讀者的印象是直覺的，短暫的，它缺乏回味。所以他們的詩大部份是表現一種意象，一種自我的揭示，一種情調的抒寫，一種氣味的渾漠，他們對於聲色都是可以交互變換的。他們的主要教義就是用客觀界的事物抒寫內心的情調，用客觀抒寫內心就是以客觀為主觀的象徵。象徵派的盟主之一古爾蒙說：「象徵主義是什麼意思？如果一個依據它的狹窄的語源上的意義，它就毫無意義；如果以其狹窄的主義之外，它就是：文學上的個人主義，藝術的自由表現，現存的形式的廢棄，對於一切新的、奇異的、怪誕的自然傾向。它又是理想主義，又是社會的傳統的輕蔑，又是反自然主義，又是從生活之中只抽取可以表現特質的零碎事故的傾向，只注意於一個人所藉以自別於他人的動作的傾向。……一個作家的作品不僅僅是他的自我的擴張，同時是自我擴張的展示。一個人必須寫下他自己。必須把照在他個人的鏡中的世界示人，而後其撰作文藝時才有理由可據。他所僅有的自恕之言乃是創造，他應該表現前輩作家未曾表現的東西，且應以尚未經人列為條例的形式呈現。他應該有他自己的一組美的信條，——而我們也應該承認世界上有多少能創造的人，就應有多少組美的信條，且應當依他們所有的性質評判，不能依其所無。既然如此就得承認象徵主義是藝術中的個人主義的表現。」❶

古爾蒙這段話對象徵主義的內容以及其宗旨，已闡述甚詳，我想我也無須作過多的解釋。而在此文中所要述明的是詩中的象徵性，尤其是現代詩中的象徵性。現代詩中所顯示的象徵性，只是詩人賴於表現詩的一種表現方法而已。日本文藝批評家廚川白村曾經根據佛洛伊德(Sigmund Freud)的「夢之解釋」學說作成對「象徵」一語的闡釋，他說：「如果是一種抽象的思想和觀念，這絕不能成為藝術。藝術的最大條件，是在於它的具象性。當一種思想內容和夢的潛在內容變裝起來時採取同一的途徑，而通過具象的人物、事件、風景等活生生的東西而表現出來時，那就是藝術；而賦予這種具象性的，就稱為『象徵』。❷」廚川白村也承認從來的文藝作品都是具有「象徵」這一表現方法的。

在文學上，「象徵」是一種式樣，一種是以表現人類某種無形的抽象性的理念，而能將其變裝成一種有形的具象性的藝術，在這表現的手段上就是「象徵」。在哲學大辭典裡有一個例子，我覺得很夠說明「象徵」這一詞義，他說：「寶石之美，非以其光彩質地色澤等之形式，特以其代表玲瓏純潔之性，故足為美。」此代表性，即為象徵。在宗教上象徵是一種標記，

---

❶ 古爾蒙 (Remy de Gourmont 1858–1915) 是法國象徵派的主要盟主之一，此則引述摘自其所著《朦朧的搗碎》(*Liver de Marques*) 一書的〈序〉文中。

❷ 語見徐雲濤譯廚川白村的《苦悶的象徵》一書第二三頁。

譬如十字架或羊可代表基督,「三」代表三位一體,「四」代表四德,「七」代表神聖。而埃及人以希臘文中的「T」字代表生命的永恆……這些都是屬於一種符號的表式,正如我國以梅花代表國花,這種表式只是一種符號的代表,而潛藏在內層的象徵性,是梅花所象徵的堅忍不拔的民族精神。我們常常在長者的祝壽儀式中可以看見「河山並壽」或「福如東海,壽比南山」等頌詞。「河山」是象徵長者的生命和河一樣的長遠不息,如山一樣的壯健長存。我們現在來看一則方思的〈豎琴與長笛〉:

一圈圈波浪,漣漪盪漾
一圈圈波浪由擊破水心而來
仙女投蓮花于海上,一朵又一朵
花開花落而結實,是樹,即成蔭,成一片林
是磚,細緻結實的磚,即成屋宇,
即成別莊:是柔美的少女在彈琴
長長的琴,長長的髮,長長的迴音
長長的波浪,一層層來,去,又來

溫煦的笑姿，像十二月初的充溢情誼的夜
來罷，來到我身旁，依山偎海
來罷，我是山，我是海，我是你要的一切
我依偎著你，你就回到古昔的夢
這是一個關住的夢，關在心的深處，不讓外人知悉
關在古昔的巖石間，傳自久遠，永恆長住
關在波浪，聲音，淺笑，長髮，情誼之間
笑貌，語音，帶著海浪拍岸的聲息，都在迴響
迴響，迴響，成長為輪廓分明的突出的巖石
我發現我在一座島上，以迴響為範圍
我欲久居
看似巖石般冷峻的但熱情在內心似火山的熔漿的
古典的美，人情的世界，這是永恆的故鄉

來罷，來到我身旁，依山偎海

——來，我來到你身旁，你是山，你是海……
依偎著你，我知道這不是夢，這是現在

方思這首〈豎琴與長笛〉一共有八節，最早發表在紀弦所主編的《現代詩》季刊上，後來納入瘂弦和張默所主編的《六十年代詩選》中。

起始作者以一圈圈的波浪來象徵人類的生命，以及隨著生命而來的愛情「擊破水心而來」。第三行到第六行是寫生命的成長，以及愛情的引誘，「花開花落而結實」，這是對生命的不斷的長成的渴望，所以作者以帶著哲學意味口吻呼喚：「是樹，即成蔭，成一片林。是磚，細緻結實的磚，即成屋宇，即成別莊。」在這裡作者不但展示了生命的奧義，同時象徵了生命自然形成的過程。

緊接著作者呈現出一個柔美的少女在彈琴的畫面，這是現實與幻想的交感所織就的一幅美的構圖，「長長的琴，長長的髮，長長的迴音，長長的波浪……溫煦的笑姿……」但藏匿在這幅至美的畫面後的是一種幻美，「像十二月初的充溢情誼的夜。」

第二段一開始作者用呼喚愛人的小名一樣的語氣呼喚愛情，這是一種愛的呢喃，愛的呼喚，「來罷，我是山，我是海，我是你要的一切。」山是壯健與不移的代表，它象徵著愛情的堅貞不渝。海是深沉的代表，它象徵著愛情的深遠恆存。

第三段是寫愛情的自私，作者把諸多不可及的愛的動作關進夢裡，關在心的深處，不讓外人知悉，這是極端的愛的自私，他要把它關在古昔的巖石間，傳自久遠，像永遠不移的巖石，永恆長住。

我發現我在一座島上，以迴響為範圍
我欲久居
看似巖石般冷峻的但熱情在內心似火山的熔漿的
古典的美，人情的世界，這是永恆的故鄉

在這裡我們發現作者對「古典的美」和「人情的世界」，是運用比喻的手法將它現示出來。這種表現方法，不是方思創始的，而是遠自唐代已被詩人們運用，中國最早的文學批評家鍾嶸在他的《詩品》中說：「詩有三義焉：一曰興，二曰比，三曰賦。文已盡而意有餘，興也。因物喻志，比也。直書其事，寓言寫物，賦也。」這三者乃是詩人用以表述或傳達他內在的意象的一種形式，歷來諸多文學批評家和詩人都曾作過闡釋工作，但都是大同小異，我現在就我國當代文藝理論家王夢鷗先生在他的《文學概論》中闡釋一段摘下，他說：「我們歸納他們之較為精細的解釋，可把「賦」定義為一種不用譬喻而直接表述作者意象的方式。「比」是用類似的東西來說明原來的東西，更精確地說：應該是用其他事物的類似點來代表原事物的特點，而這特點乃是作者的意象所在。至於「興」，則為原意象引發的繼起意象之傳達，但所傳達的繼起意象與原意象間可類似亦可不類似，甚至相反的，無不可據以表述。這也是文學的作品大不同於其他著述的特質。」❸而韋禮克和瓦倫 (R. Wellek and A. Warren) 也說：「意象、隱喻、象徵、神話四者是趨向一個目的的兩條線路。一條是感覺的性質，亦即感覺與審美的連續體，為著這特性，詩便與音樂繪畫相連而與哲學科學相遠。另一條是「譬喻」或比喻法，是使用換喻或隱喻的。」❹從這裡我們可以發現一點極其重要的關鍵，那就是無論古今中外，「比」或「比喻」都是詩創作一種重要表現方法。但我們必須澄清一種觀念，那就是比喻不是詩的唯一表現方法。比喻只是詩的諸多表現方法中的其中之一種手段。而且我們還必須認識的是比喻並不就是象徵。比喻只是構成象徵的一種基本條件。譬如語言是一種

❸ 見王夢鷗著《文學概論》第十三章。

❹ 韋禮克與瓦倫原著《文學論》(*Theory of Literature*) 第十五章，而我是轉述自王夢鷗著《文學概論》第十一章註解十五。

符號，而符號的本質，是象徵的，神話亦是。因此我們不能視比喻為象徵的唯一方法。例如沙牧的〈歷史的假面〉一詩中，有一段這樣寫著：

在康尼　那年秋天
我們整日整夜
摟著冰冷的鋼鐵
伏在危崖上　坐在斷橋邊
不哭　也不笑
我們如盲睛的鼹鼠
在石砌的迷陣中打轉
而肚子那不聽話的東西
又在不住地咕嚕咕嚕喊叫

全詩共一百一十五行，我僅摘其數行，在這一小段中，我們可以看出比喻與象徵之間的區別。「我們整日整夜，摟著冰冷的鋼鐵。」是象徵的，作者以鋼鐵象徵現代的機械工業的社會。機械工業所帶給人類的不安與恐懼的心理，就如同「伏在危崖上」或者「坐在斷橋邊」那樣，一切都無法預知，這是現代人類所面臨到一個極其複雜而又是難以處決的問題。因此，人們成為「盲睛的鼴鼠，在石砌的迷陣中打轉。」這是比喻的，而不是象徵的，但在比喻中卻完成了象徵的效果，姚一葦先生在〈論象徵〉一文中說：「比喻與象徵雖同屬『意在言外』，但自比喻中所流露出來的意念，極容易找得，亦極易確定，其間絲毫沒有含混之處；但象徵則不然，象徵中所蘊含的意念不容易覓取，即使找獲，亦不易確定，至少不能十分地確定，有時表現出高度的歧義 (ambiguity)。所以在文學或藝術的表現方法上它們是不相同的。……象徵遠較比喻為複雜；象徵所表現於形式與內容之間的關聯甚為曖昧，它的形成具有長遠的歷史的因素；就傳達的方式言：象徵有一定的限制，一定的式樣。」

沙牧的詩，給人最大的感覺是具有明快的意象和優美的音樂性。他的詩運用比喻的表現方法不多，但都多多少少帶有象徵意義，或某種暗示性的效果，例如〈蒼天默默〉中，一開始就寫著：

老有那麼一種失卻敵手的空茫　甚而
想去什麼地方流浪的意念　也被不爭氣的鞋子給扼殺

這兒連架風車都沒有
踩出絃道的腳步聲遠了
充耳的是鑼鼓的噪音

在這裡詩人所運用的象徵手法，是透過具象的事物，如「鞋子」、「風車」、「腳步聲」、「鑼鼓的噪音」等等來表現作者的一種思想內容。這種思想內容是作者對現實的一種感受，一種自我逃避的心理反應。第一行現示出作者心靈的空茫，像英雄失去了敵手的孤獨與寂寞。於是，他想逃避一切，但被「鞋子」所牽繫著，這裡的鞋子是一種象徵，象徵著一種無可奈何的牽連和羈絆。

「這兒連架風車都沒有」，這是作者對現實的一種暗示，暗示著這個社會早已喪失了古老農村的樸實與寧謐，這裡所擁有的是「充耳的鑼鼓的噪音」。因此，「風車」就成為古老農村的象徵。

詩人對現實的觸覺，往往要比常人敏銳。尤其是一個夠格的現代詩人，他對現狀社會的覺醒與批判，很少採取直接的手段，例如紀弦的〈狼之獨步〉就是一首象徵性極高的好詩。

我乃曠野裏獨來獨往的一匹狼。
不是先知，沒有半個字的嘆息。
而恆以數聲悽厲已極之長嗥
搖撼彼空無一物之天地，
使天地戰慄如同發了瘧疾
並颳起涼風颯颯的，颯颯颯颯的：
這便是一種過癮。

這首詩作者的立意，是表現詩人的孤絕感，是對現代社會的孤絕，對戰後的荒寞的一種孤絕。第一行呈現的畫面是一幅空乏而又荒涼的曠野，在那空蕩蕩的曠野裡，有一匹狼在那兒獨來獨往。「曠野」是詩人想像的世界，它象徵著詩人的孤絕與超脫，同時也象徵著詩人心眼中的世界是孤寂的，荒涼的。

「不是先知，沒有半個字的嘆息。」這是作者的心境之呈現。它象徵著一個詩人被困逼在孤寂而又荒涼的世界中，他仍然是歡樂的，他沒有半句嘆息。嘆息的反面就是歡樂與愉快，沒有嘆息，自然就暗示出詩人的心境是愉快的，歡樂的，因為他已甘於那種自我的孤絕中。

美國當代文學批評家舒渥特茲 (Delmore Schwartz) 在〈論現代詩的孤絕〉中說：「在機械工業日漸猖獗的社會中，具有創造性的詩人，往往被視為一頭怪物，孤絕而毫無地位，個人對文學的偏愛與趣味，被認作與工業社會中所構成的生活條件全然無關。」詩人的孤絕感，並不是起自其刻意的自鳴清高，而是其對物質的易滅感所築就的自我隔離，他不願被物慾浸淫，於是，他竭力從中超脫，這就是詩人所要表現的個體的孤絕感。

而恆以數聲悽厲已極之長嘷
搖撼彼空無一物之天地，
使天地戰慄如同發了瘧疾

這是詩人自我孤絕後的自我存在之認知。他面對著這個龐大而又複雜的物化的世界，卻又空無一物，這是詩人自物化的世界中割離，所以在他來說，這個龐大而又複雜的物化的世界，是空無一物的，而他必須在這個世界裡長嘷，這是詩人企圖用他的詩句喚醒這個沉淪的物慾世界。

詩人的世界，多少是屬於想像的世界，而且多少總帶點誇大的，使其存在於一種玄妙的隱含中。紀弦企圖以其「數聲悽厲已極之長嗥，搖撼彼空無一物之天地」，這是詩人的想像，也是詩人運用文字玄學的聯想，使這個世界具有某種隱含效用，Kathleen Raine 說：「文字訴諸於意識，而象徵訴諸於潛意識的精神世界。」(Words speak to the conscious, symbols to the unconscious mind.)❺

在這裡我們可以看出，「狼」是一種象徵，它象徵著一個詩人的孤絕與對世俗的漠視，但我們絕不能把它解釋成為「憤世嫉俗」，這一點基本概念，我覺得現代詩以及現代詩人的瞭解非常重要。例如我們讀管管的「在Y・M・鎮上一個春天的早晨」，我們首先就要瞭解標題裡的英文字的代號，然後我們才能注視這一首詩的內層。Y・M・是在臺灣北部的一個小鎮，是「楊梅」的英文字母的兩個字首，作者取而代之，我現在將他的原詩抄下：

僅僅兩條狗就把條街打掃得乾乾淨淨
而為了一個魚頭——僅僅一個魚頭。狗們就忽地
把這條街之光滑的皮膚咬起了幾個疙瘩

---

❺ 見 Francis Brown 所編著的 *Highlights of Modern Literature* 一書中第一五六頁。原作者 Kathleen Raine 為英國當代詩人。原文標題為〈象徵與玫瑰〉(The Symbol and The Rose)。

而把病在垃圾箱邊那一把（好瘦喲）桃花弄得更形憔悴了也

在鎮上太陽從那些浮在露臺上的衣服們
抓出一把又一把的雲兒隨便的那麼種植
這樣，才引起了烟囪們不太小的烟癮來
　且學著墟里上孤烟了也

整個鎮尚閉著那雙滿目滄和桑的眼兒在斜耳傾聽著馬蹄掛鐘孤單得不能再
孤單的鈴聲以及太陽騎著獨輪車由青瓦房的駝背上過，輾過當在那白髮老漢吐出第一口
頗有音樂的痰之前吧？抑之後乎？

突然一輛軍車行色倥傯馳過
這才惹人又想起遠處山上兵營裏的殺聲
這才叫人又想起，想起什麼來著？
要不這個鎮上的人豈不是死沉沉的活在藥鋪東牆上那張發了霉的畫中？

村頭上私娼館的井泉邊上那棵桃花在張牙裂嘴的笑著

一些當兵的卻不管三七二十一的在拚命折那些尚未開的花　抖落了滿泉

管管這首詩是對楊梅鎮的一個素描。詩人以其敏銳的感覺和明澈的洞察力，窺探出楊梅鎮上的諸貌。這一段作者勾劃出這個小鎮的街景，以兩條狗象徵著這條大街的蕭條與落寞。「狗們就忽地把這條街之光滑的皮膚咬起了幾個疙瘩」，這裡展示出這條街上的馬路已瘡痍斑斑，不再是平坦光滑。第二段是寫太陽升起後的小鎮的面貌，作者僅僅展示了一個面，一個屬於小鎮人們的生活的面，陽臺上晾晒的衣服，烟囪裡冒出的嬝嬝的煙痕，這些都是小鎮上人們的生活的面貌，而在大城市裡就不是這樣，尤其是春天的早晨。

第三段作者仍然著力於鏤刻楊梅這個小鎮的貌，但作者已運用了象徵的手法將其呈現，並且將意象一再地重疊，「滿目滄和桑」和「孤單的鈴聲」，以及白髮老漢吐痰的音樂節奏，都是暗示著這個小鎮的即將沒落的厄運。

第四段和第三段的情境是一個強烈的對比，作者把一輛軍車行色倥傯地安裝在寂靜的小鎮，這是一個動態與靜態的兩個完全不相調和的場面；成為一個強烈的對比。這是作者不經意的安排而產生出宏偉的效果，使詩的境界提升。軍車象徵著動力的推進，給那個瀕於沒落的小鎮，灌注了一個光明的徵兆。緊接著作者以其近於獨白式的說：「這才惹人又想起遠處山上兵營裏的殺聲」，至此，我必須特別標明一點是楊梅這個小鎮的特色與地誌概略。楊梅位於臺灣北部，在桃園與新竹之間的一個小鎮，僅有一條直街，長約一公里半，另有兩條後街，人們生活極其樸質，以出產瓷器等，後街後面有幾個高高的煙囪，離鎮上不遠，有一個營房。在營房裡每天早晨都可以聽見兵士們出早操的雄壯的聲音。所以管管在詩中所寫的「兵營裏的殺聲」，是表示軍人在早操中演習衝鋒陷陣時的喊殺聲，而並不是兵營裡真有殺聲。「這才叫人又想起，想起什麼來著？」這可能是由於兵士們的殺聲，而又使其想起家，想起戰爭，想起我們即將回去的種種，在此，我無法給他立下任何斷語，但我們可以推測出的是作者所關心的，也正是我們每一個人所關心的事件，那就是我們必須回去。

第五段是作者對小鎮的一種嘲弄。嘲弄那些私娼寮的勾當，和那些被摧折的「尚未開的花」，這是詩人對人性的一次檢束與批判。在這方面管管和瘂弦、洛夫都有其獨到之處，瘂弦的〈苦苓林的一夜〉和洛夫的〈石室之死亡〉都是對人性作著含淚的微笑，慘痛的檢束與批判的。

我們瞭解一首詩，常常不能從其表層去認知，而必須從其內層去剖解它的真實性和象徵性。詩的真實性蘊藏在詩人的內在生命之展示。而詩境內的象徵性，卻是詩作者和詩讀者間的共同意識之溝通。於是，我們可以說詩內的象徵性是多貌的，它從不給出一個確定的意義，我們永遠不能確認某一個面貌為象徵世界之全貌，我們僅能從其所象徵的某種形式中感出一個面貌，而這個面貌仍然是多變的。因此，我們要說詩的象徵性是多變的，也並不為過。況且象徵性在現代詩和現代小說中都佔著極其重要的地位。我們常常聽見某些浮躁的讀者說，看不懂現代詩或現代小說，這並不是意味現代詩或現代小說有特別難懂的地方，主要的是某些讀者已習慣於直覺的反應，對於稍具蘊含意義的東西，就不願多花心思去剖解它，尤其是對具有象徵性的詩和小說，更視為畏途，因此，詩與讀者間的差距就愈來愈大。我們為了縮短這一差距，我們希望讀者們首先得拋開一目瞭然的浮淺觀念，對作品多作推敲與品味，自然你就會感出其中的奧義。

第八章　詩的情趣

情趣(Feeling)，就英文的本身意義來說，它含有觸覺、知覺、意識、感情、同情的、確實的、動人的、真心的等等意義。如果我們說：「倘若你有真愛，我至死不渝」，這裡面就隱藏有感情意識，富有博取同情的意圖，如果真能因此而獲得同情，則必然是動人的、真心的。這時的情趣是產生於詩人所操作的文字之傳達上。而一般詩論家都重視情趣乃產生於人類的知覺上，他認為只有在觸摸所獲得的知覺時，始有情趣產生，這是較為狹窄的觀點，觸摸只是一種感覺，而且僅僅是一種生理上的感覺所生的情趣。例如某一件事情能使人恐懼或發笑，這雖然多少已含有情感的反應，但生理的作用多於心理的作用。所以這只是一種知覺，一種外界事物所刺激生理的知覺反應，而古代詩人多著重於這類效用，這種詩所要給出的是一個畫面，或一個戲劇性。

一個畫面所給出的情趣，常常是一個靜態的。而一個戲劇性的情趣，常常是動態的。這兩者之間都有各不相同的意味(Tastes)。靜態的情趣，是一種柔和、溫順，是較少變化的。而動態的情趣，是活潑的、輕快的，變化性較大。人類的生活方式，有各種不同的情趣，但歸納起來，也不外乎是動態的和靜態的兩種情趣。動態的情趣，是靠外在的事物所刺激的生理的變化，靜態的情趣，必須靠個人的沉思和反省，這是較偏重於心理變化的。而一個人無論他在任何情況下，他都不可能沒有情趣的變化。如果一個人缺乏情趣，他的生活就會顯得無味、單調、苦澀。「詩若缺乏情趣，便失去動人的魅力。」❶它不是流於刻板，就是缺少感性，是一種死的文字的排列。

詩的情趣，建築在詩人善於駕馭和運用文字的功力上。一個有涵養的詩人，他必定能創造新的語言，新的形象，使詩句靈活、感人，給讀者一種真實感。原是死的事物，也能在他的詩句中活現起來。例如方思的〈仙人掌〉一詩，就是表現一種愛的情趣，仙人掌原本是沒有感情，沒有知覺的死的事物，雖然它是一種具有強韌生命力的野生植物，但一旦經過詩人的創造，卻變成了有愛、有情感的活的生命。

愛你
就如以整個的沙漠

---

❶ 見覃子豪著《論現代詩》一書第四四頁。

愛一株仙人掌
集中所有的水分於一點
而貫注所有的熱與光
陽光所曾普照的，驟雨所曾滋澤的
愛你
以這樣的熱誠，這樣的專一，這樣的真

起始，作者就以仙人掌來比喻一個人的愛，這是對愛的堅貞與不朽，以整個沙漠的水份去愛一株仙人掌般的愛人，貫注他全生命的熱和光去愛他，「這樣的熱誠，這樣的專一，這樣的真。」這是作者對愛的揭示，也是對愛的頌歌。

自大地之心，愛，自心底吸收
匯集、凝聚、注於一點
在這茫茫的沙漠
沙粒似紅塵，似香爐，似將揚之於海的骨灰

在這茫茫的沙漠之中
滋養，培植，一株仙人掌
以陽光雨露的結晶，以愛你的心

在茫茫的沙漠中，本身是非常乾枯的，沙粒都像塵埃，像香燼，像骨灰似的可以飛揚起來。然而，在這乾裂的沙漠裡，還必須抽取出所有的水份去灌溉，培植一株仙人掌。以那一點水份，那陽光與雨露的結晶去愛他，而一個人的真正的愛情，也就是要能像在沙漠中集所有的水份於一點地去愛一株仙人掌般自大地之心，自心底吸收、匯集、凝聚，注於一點。

亢旱的時候
你依然充滿水分
你的身軀豐盈，呈現青春的綠色
對我，你是永恆的食糧
心與身所一向渴慕的
當惠風輕拂，春意盎然

你開放誘人的花，微啟你的花瓣
對我，你是唯一的裝飾，不，唯一的美
在這茫茫的沙漠之上

「亢旱的時候……」這是對仙人掌本身的素描，但也是對他所愛的人之一種讚賞，他暗示出那個被他所愛的人的豐盈，充滿青春的活力，「對我，你是永恆的食糧，心與身所一向渴慕的。」在他孤寂的生命中，荒涼的生活方式中，「你是唯一的裝飾，不，唯一的美。」

愛一個人，和被一個人愛，在整體的生命中
都是一種幸福
在你的蔭影下我將安息
我願意長臥於你陰涼的觸撫中
安靜寧謐，穩然泰然的，你在這裏
酷熱炎暑的天氣
你安撫我的神經，撫我入睡

而當黑夜來臨
你的氣息卻是溫暖的
如愛的低語
如冰融的早春，愛，就是生命本身！

這一段依然是對愛的頌歌。而作者以其高明的手法呈現出他內心的感受和情緒的昇華，「在你的蔭影下我將安息，我願意長臥於你陰涼的觸撫中，安靜寧謐，穩然泰然的」，在酷熱的炎暑天氣裡，陰涼使他入睡，使他躁急的神經獲得鬆弛，獲得被鬆弛後的舒適。一如黑夜的來臨，使炎熱的氣息變得溫暖、清涼，「如愛的低語，如冰融的早春。」這就是愛的喜悅，愛的溫床，也就是生命本身。

把愛情視為生命，是愛的本身的昇華，是人性中最真實的呼喚。愛成為一切，成為他生存的重要意義，如果失去了愛，就失去了一切，這是詩人對愛的頌揚，也是愛的真諦。

啊，倘若我死亡
我願化為沙漠

啊，倘若我死亡
我願化為沙漠
讓我擁抱你，你豐盈的多水分的軟而安穩的軀體
而讓我的心底植你深深的根
我願為你的椅墊，你的臥床

還有什麼能比這種愛的奉獻，更值得頌揚，更值得喝采。這是一種偉大的愛，為愛而犧牲的一種獻祭。為了愛，他願意化作沙漠；為了愛，他願意作為椅墊、作為臥床。這種比喻使人感動，也使人理解到所謂愛的狂熱，愛的真誠。

開罷，你誘人的微啟的花
靜靜地呈現你青春的綠色罷
我將支持你，滋養你，以心底一切
陽光所曾普照的，驟雨所曾滋澤的
我將吸收，匯集，凝聚，而貫注於你

以我的愛心
這樣的熱誠，這樣的專一，這樣的真

這是一首極優美的情詩，作者以其純樸的情感，將愛情昇華，昇華到靈的境界，他用仙人掌與沙漠之間的那種強烈對比，襯托出他心中的愛。作者沒有矯揉造作，或故意鋪張的意象。

方思的詩有一個最大特色，就是每一首詩都隱含著濃重的感情，他不像其他的現代詩人喜歡在詩內鋪張晦澀的意象，刻意把情感壓縮到理性的世界裡，而方思不是如此，他的詩充滿著浪漫的情緒，以一種火般的熾烈的情感抒展在詩句裡。從作品的情感上看，有些近似浪漫派的風格，而從表現的技巧和內容看，是現代的，而且是一種揉合了西洋各流派的長處所表現出來的。詩內有意象，但沒有刻意鋪張的晦澀的意象；詩中有抒情，但沒有赤裸裸的近乎說白式的告示。他善於把握那些生動的形象，在字裡行間流露出優美的情調。

現代詩人所慣於創造的抽象的形象，對方思來說是鮮有的，他所創造的形象，大都是具體的，鮮活的。以整個沙漠的水分匯集於一點，去培植、滋養一株仙人掌的比喻，來比喻他對戀人的愛情，我相信任誰也可以體會到那種愛的神奇、愛的熱誠、愛的專一、愛的真實。

每當我讀這首〈仙人掌〉的時候，我總是會聯想到英國浪漫派詩人拜倫 (George Gordon-Lord Byron 1788–1824) 和印度女詩人奈都夫人，原名莎綠琴尼・奈都 (Sarojini Naidu) 的詩。但方思所表現的是純中國情調的詩，正如拜倫所表現的是英國的、奈都夫人表現的是印度的一樣。

方思慣於運用明朗的意象，確切的比喻。所以我們讀起來，不但旋律非常優美，就是作者所創造的形象，也是極其生動而具體的。《六十年代詩選》中說「他是一位主知的、冷靜的、且最勤於思索的詩人。」的確，方思不僅是一位勤於思索的詩人，同時還是感覺性極其敏銳的詩人，他用沙漠施予仙人掌的那種專一，表現了人類對於愛的那種難以說明的抽象的情感。全詩充滿著優美、和諧的旋律，它給讀者一個鮮活而具體的印象，那就是愛是一切，是整個沙漠愛一株仙人掌般的熱忱、專一、而且真切。這首詩的情趣，也就是表現在作者對愛情的讚賞，對愛情的專一和真誠上。「我願為你的椅墊，你的臥床。」我願意化作沙漠，集合生命的水分於一點去愛你，讓我的心底植下你深深的根……還有什麼能比這更真切，更動人的愛呢？

葉珊在這一代的詩人中，也是慣於運用悠揚的旋律，優美的情景來寫詩的，例如他的〈水之湄〉就是如此。

我已在這兒坐了四個下午了
沒有人打這兒走過——別談足音了

（寂寞裏——）

鳳尾草從我足跟長到肩頭了
　不為什麼地掩住我
說淙淙的水聲是一項難遣的記憶
我只能讓它寫在駐足的雲朵上了
南去二十公尺，一棵愛笑的蒲公英
風媒把花粉飄到我的斗笠上
我的斗笠能給你什麼啊
　（寂寞裏——）
我的臥姿之影能給你什麼啊
（寂寞裏——）

四個下午的水聲比做四個下午的足音吧
倘若它們都是些急躁的少女
無止的爭執著
——那末，誰也不能來，我只要個午寐
哪！誰也不能來

這首詩的立意，是要表現一個人的落寞與孤寂。第一段作者所要展示的就是他被處於一個孤獨的情境中，「我已在這兒坐了四個下午了，沒有人打這兒走過——別談足音了」。四個下午，在整個人生的過程中，是不算太長的，但對一個孤獨的旅人，或者是一個等待中的人來說，它的確是很漫長的。在整整的四個下午，他都坐在水之湄上，他在那兒靜靜地等待著，等待著一個根本不可能來臨的夢幻，別說有人會打從他身邊走過，就是那足音也甭談了。這是多麼寂寞的下午啊。

第三行，作者把「寂寞裏」用括弧括起來，而且單獨成一獨立的段落，這可能是作者刻意強調那個「寂寞」的孤獨感。

第四行的「鳳尾草從我足跟長到肩頭了」，是加強那個寂寞的長度。鳳尾草，又名金星草、七星草，葉背呈黃色粒狀，大都生長在有水的岸旁，而且永遠不會長得太高的，而作者說它已經從他的足跟長到肩頭了。可能只是說鳳尾草的長度已經有他的足跟到肩頭那樣長了，並不是說它長了那樣高。

「說淙淙的水聲是一項難遣的記憶，我只能讓它寫在駐足的雲朵上了」，這個形象很美。它暗示著人生的短暫，和那一去不復還的感慨。多少詩人總是把自己的記憶寫在流水裡，寫在美麗的夢幻中。而葉珊也沒有例外，他把美麗的夢幻，寫在水裡，寫在雲間。

「南去二十公尺，一棵愛笑的蒲公英……」作者以蒲公英作為抒情的對象，雖然它的花粉飄落了他的整個斗笠，但在那寂寞裡，它能帶給他什麼呢？一如他的臥姿之影又能給它什麼呢？這是感情的交織之融和。「四個下午的水聲比做四個下午的足音吧」，水聲是一項難遣的記憶，讓我們都記那水聲，那四個美妙的下午，「倘若它們都是些急躁的少女，無止的爭執著，那末，誰也不能來。」因為他需要寧靜，需要孤寂中的寧謐，而那些急躁的少女會帶來爭吵、喧鬧，所以他希望誰也不要來，他要一個可能帶給他安靜的午寐。

從整首詩來看，我們可以看出作者對自我的孤絕感具有一種喜悅，他企圖自孤寂中找回自我的存有。前二段一再強調自己被困於孤獨中的寂寞，無論在空間和時間上他都是處在孤寂中，整整四個下午，沒有人，沒有足音，在水之湄，他聽著淙淙的水聲，數著流雲的腳步，甚至鳳尾草都從他的足跟長到肩膀了，他還要孤獨地臥在水之湄上，咀嚼那些苦澀的記憶。這首詩最大的優點，是作者運用了抽象的情趣，而表現了一個具象的形象。四個下午是具象的概念，而四個足音卻是抽象的，到底這四個足音代表什麼，作者並沒有明說出來，但讀者都意味到那是作者所要傳達的一個境界，也許那四個下午都是他所期待的某種美麗的幻夢，也許那四個足音都是能帶給他喜悅的，歡樂的跫音。然而，他所期待的都沒有來，最後只好渴望有一個午寐，一個能帶給他安寧的午寐。這首詩還有一大優點，就是作者給出了一個畫境，一個優美的水之湄的畫面。畫面是創造這首詩的最大情趣。

由畫面給出情趣，彩羽的〈秋爐〉是最能把握住這一優美的表現。

蒼涼的天空
珠寶商們的天空
被勒在劍鋒和刀刃上的天空
掌紋上的天空，僅僅
祇屬於天空的天空
還有這滿庭的菊

以及火光中的樹
以及
炸裂成的
　　以及
　　　被釘死的
以及
星。

噢！列著隊伍的
全都向著時空眺望吧
並且屏住呼吸
生命原是遙遠遙遠的伸展
而影子與影子的陰影們擱在窗前。

從標題上，我們可以看出作者所要表現的，是秋天的餘燼時節。「燼」字有幾種解釋，而最常用的是劫後餘燼，一種是燋燭既燃之餘，而這裡所指，自然是秋天的餘燼。作者所以要用這個字，可能是延伸夏季的炎熱和秋初的燠熱而來的，他認為整個夏季就是一團火，所以秋天是被火燒過的餘燼。《北史・呂思禮傳》中說：「燭燼夜有數升」。這就是比喻長夜迢迢，燭灰都有數升了。而彩羽用這個字，必然用過一番苦思。

他的原詩第一行就展示了秋天的蒼涼。在蒼涼的天空裡，星星像珠寶商們的珠寶一樣，熠燜著璀燦的光芒。「被勒在劍鋒和刀刃上的天空，掌紋上的天空」，是象徵天空中的那星系的繁複和光芒四射的畫面，這是一個很美的形象，不但給出了一個具體的形象，而且是生動的、鮮活的畫景。是暗示人生的短暫，似是時空一割即斷。所以每當他看見自己的掌紋時，就會聯想到自己的生命的易逝與繁複而不可捉摸之感。「還有這滿庭的菊」，菊是秋天的標誌，它代表著秋天的成熟和凋殘。「以及火光中的樹，以及炸裂成的，以及被釘死的，以及星。」這裡同時運用了四個連接詞「以及」，這和美國意象派的詩人所喜歡用 And 一樣。美國意象派詩人的作品，也經常出現一個冠詞下來，用上數個連接詞，連接起後面的名詞和形容詞。彩羽在這裡連續運用「以及」來連接那「火光中的樹、炸裂成的、被釘死、星」等等名詞和形容詞，並沒有特別的用意，只是企圖把那些單元的形象貫串起來，或者是運用語言上的一種習慣性而已。

最後一段的情趣很濃，它具有無窮的意味，「列著隊伍的，全都向著時空眺望吧！」「生命原是遙遠遙遠的伸展。」還有什麼能比這更值得令人回味的呢。生命就是不斷的擴張，不斷地向前伸展，任誰都要向時空眺望一段日子，那就是生命的本身的意義。

從整首詩來看，這是一首受美國意象派的表現技巧影響頗深的詩。而就詩的本身來說，前半段是表現秋天的畫境，是星空的世界，詩人的整個思想集中在「星空」的描繪，彙集了一大堆的具體的形象，如珠寶商、劍鋒、刀刃、掌紋、火光中的樹等等來表現那座秋天的星空的華麗與活躍，這不能說不美。尤其是用「珠寶商們的天空」比喻那些熠閃的星光，真是優美極了。既確切而又令人回味無窮，正如第四行「掌紋上的天空」中的「掌紋」，它象徵著那星空的繁複而又似有一個系列，一如我們的掌紋，既複雜而又有一定的秩序。天上的星座也是如此，既繁複而又有一定的序列，覃子豪先生說：「意味之產生是由於內容之微妙與表現技巧上的精微，不是概念似的寫，粗率的寫，而是深刻的表現，精細的刻劃。」❷所謂深刻的表現，精細的刻劃，首先就要有精微的洞察力，凡是一個成功的詩人，他必然是時時都能洞察到普通人所不關心，或者根本不能觀察到的事物。例如彩羽用珠寶商的珠寶光芒四射，

❷ 同註一。

來比喻天空的星星，用掌紋來比喻星星所織就的那些軌跡與生命的空無，都是很獨特的表現。

從以上所引述的三位詩人的作品中，我們可以發現詩的情趣是各有不同的，方思的〈仙人掌〉是表現愛的情趣，而且作者所採取的表現手法是較淺顯而明朗的，他詩中的情趣是建立在人生的愛的昇華中，那優美而爽涼的旋律，令人癡也令人醉，這是詩人的高度藝術表現。葉珊的〈水之湄〉中所表現的情趣，是作者對人生的領悟，他展示了人在絕對孤寂中，仍然隱匿著不知有多少幽怨。而彩羽的〈秋爐〉卻是自一連串的意象中給出情趣，是從畫境中給出無窮的情趣，雖然最後兩行也是對人生的一種領悟，但大半的詩句還是從躍動的意象中展出情趣。從這裡，我們也可以看出情趣的有無，與詩人本身的藝術教養和表現技巧有著密切的關係。

任何一首好詩，詩中必然隱藏著豐富的情趣。如果那一首詩缺乏情趣，它就缺乏整個的生命，沒有生命的詩，就是文字的堆積，是死的。而有情趣的詩，它必能帶給讀者豐繁的意義。它不但能在它同一代的讀者中獲得共鳴，而且能歷經各個時代的讀者，仍能從各種不同的欣賞者獲得不同的情趣。所以，詩中的情趣是永恆而普遍的，它可以超越時間和空間，它能賦予一首詩的永恆的生命，使其鮮活而有意義。

第九章　詩的對比

對比 (Contrast) 一詞，在美學上、心理學上、文學上都已被廣泛運用，且相沿已久。一般所謂的對比，是將兩件事物放置在一起，然後兩相比較，而指出其各自的差異，謂之對比。在美學上講，如繪畫的色彩有明暗濃淡。音樂上有高低強弱。在心理學上講，吾人精神作用中，有二次上的「質」或「量」，其彼此一定有相差，而在共同存在中，加以辨別，即顯示出較強或較弱之現象，而這種強與弱的現象，就是對比。就方式而言，有一種是同時對比，指兩者的作用起於同一時間之內。如果兩者有先後時間，則謂之繼續對比。就原因而言，則有生理與心理之別。生理的對比，起於生理作用及化學作用，各種感覺上之對比屬之。如果是以人類的中樞而起的一種興奮作用，則是心理的對比。例如內心的快與不快，緊張與鬆弛，興奮與沉寂等等。

在文學上有語言的對比，場景的對比，人物的剛柔善惡等等。而這些都不是本文所要討論的，本文僅就有關詩的對比，簡略敘述之。首先我們來看看夏菁的〈雨中〉：

只為了遠遠的一絲光，
一閃笑靨，一顆願望，
或久藏在心窖裏的一鏤
友情。我們奔走在雨中。
讓脊髓如蛇般冰涼，
（額骨落下了簷滴，）
讓雨景掛在別人的牆上。

在雨中，我們內裏的爐火
頻臨熄滅，體溫的水銀柱
在渴望某種心靈的燃料。
在雨中，煩惱降下了
雨的青絲，憂鬱昇起
遠山的面幕。
雖然，我們知道：

這些都是暫時的。

那些為了溫暖的片刻
挨受整冬的風雪，
為了看一顆無名星
失足在斷崖的人，
值得我們尊敬。

那些想在雨中跳恰恰
怕沾污了羽毛；
想展覽思想的傑作
怕缺少知音；
欲炫耀金幣
又怕發綠的人
值得我們憐憫。

在這世紀的風雨中，
等待陽光原是一種虐待。
飲清醒的歲月，更需自制。
我們不禁要問：
「這暫時的風雨，
會籠罩我們忍受的一生？」

在雨中，我們咒咀左腳，
安慰右腳。俯視現實的泥沼，
頻盼空中的幻景。
雖然，我們知道：
這些都是暫時的——
就像那虹。

這首詩，作者立意只是想對現實的嘲弄，他透過雨中的種種具象世界，襯托出對友情，對社會的嘲弄，嘲弄那些人情的冷暖。

第一段作者以一個人奔走在雨中的具體形象，投映在讀者的心上，先讓讀者在心靈上樹立一個為了友情，為了一閃笑靨，一顆願望和遠遠的一絲光，而奔馳在雨中的塑像。這個塑像給我們的感受，是值得同情、憐憫。同情他的愚昧與憨直，他為了那麼一點遠遠的光，一鰻毫無把握的友情，而甘心冒著風雨奔走，甘心讓脊髓凍得如蛇一般的冰涼。這是刻意對現代人心的一種嘲弄，他認為在物質文明所壟斷下，人與人之間的感情早已喪失，且日漸變為烏有的時候，竟然還有人寧願為了那麼遠遠的一絲光而奔馳雨中，這是很值得頌揚的。這種頌揚是帶有相反語的嘲弄。

第二段作者把人類的兩種不同的情緒（當然人類的情緒之變化是不止於這兩種的。）安排在雨中：一個是煩惱，一個是憂鬱。而這種情緒，「煩惱」代表動態的，「憂鬱」代表靜態的。按常理動態的應該是向上或向前的動力的感覺，而靜態的是沉寂、停滯的凝固的感覺，但作者仍然運用相反語的方式表出。「煩惱降下了……憂鬱昇起。」而這兩種情緒的變化，正是顯示出那個奔馳在雨中，追尋友情，追尋光和願望的那個人的情緒。

第三段和第四段仍然是圍繞那個奔在雨中的人的情緒，但作者卻用兩種完全不同的意象，第三段中的「為了溫暖的片刻，挨受整冬的風雪。為了看一顆無名星，失足在斷崖的人。」

都是值得我們尊敬的人，因為他們竟是如此地為友情，為熱付出代價，這種代價是靠他的犧牲所換取的。於是，我們尊敬這些人，為愛為願望而犧牲的人。然而，我們也鄙視那些想在雨中跳恰恰，又怕沾污了羽毛；想展覽思想的傑作，又怕缺少知音；欲炫耀金幣，又怕發綠的人。

「嘲弄」的本身是屬於理性的活動。但當作者刻意對一事象進行嘲弄時，往往帶有濃重的同情和憐憫。譬如夏菁在〈雨中〉所表現的嘲弄，既是鄙視那些炫耀金錢的俗物，同時他也憐憫他們的無知愚昧。

在這世紀的風雨中，
等待陽光原是一種虐待。

其實何止於虐待，簡直是對自我的一種扼殺。一種自殘。一種毀損。這詩裡的風雨，並不是我們肉眼所看到的風雨，而是一種象徵，或者說是隱喻，它象徵著這個年代裡的種種事象，如戰爭的摧殘，機械工業的爭吵，物質文明的壟斷，人情的淡薄……等等。而在這些種種事象的籠罩中，要想獲得陽光是一種虐待，這裡的陽光是比喻友情，或者愛情之類的。因而，我們不禁要問：「這暫時的風雨，會籠罩我們忍受的一生？」

最後一段詩的意象很美。「在雨中，我們咒咀左腳，安慰右腳。」這種造象很新，給人一種豐繁的聯想。「俯視現實的泥沼，頻盼空中的幻景。」這是兩種情境的對比，現實與空中，泥沼與幻景，都是兩種不同的情境，但不同的情境，使人產生不同的感受。現實的泥沼，是陷阱、是罪惡、是深淵。而空中的幻景，是理想的、是美好的、是快樂的、是善良的。然而這些都是短暫的，像虹一般的。

從整首詩來看，這首詩不算失敗。他表現出剛剛接受工業渲染的寧謐中的東方社會的形態。夏菁的詩，富有濃厚的東方色彩，給人清新，簡潔的感覺，內容具有哲學的神祕感。例如他的〈雨中〉就是哲學意味很濃的詩。還有在〈石柱〉中有兩段哲學意味更濃：

以它典雅的垂下，
以它莊嚴的昇華；
以它的苦修和節制，
穩重和矜持。
與那種永世的犧牲——

頭戴沉沉的青天，
身披一宇宙的風雨和寒冷。

它們矗立如高僧的嶙峋，
在祈禱中忽然死去。
現在只有修女的靈魂
在身旁踽踽穿行。

夏菁的詩，最大的特色，就是用字經濟，他從不用冗長的句子，而且每首詩都有其個人的哲學觀念作基礎。「以它典雅的垂下，以它莊嚴的昇華。」在這裡「典雅」和「莊嚴」都是抽象的名詞，它所代表的是什麼，作者沒有給出一個固定的意義。但我們可以從中感出一種美感，一種哲學的神祕感。

「以它的苦修和節制，穩重和矜持。」這是對等的句子，表現出不同的情境。在詩裡面運用這類對比的很多，而且所現示的內容亦較豐繁，它已超越了有限的語言文字的範圍。因為作者所運用的語言，本身就是很曖昧的，不能給予單一意義的，而是給出多種的意義，這種意義完全以讀者的感受力深淺而定。

我們讀早年象徵詩人汪銘竹的〈法蘭西與紅睡衣〉，他所運用的場景的對比，就較能給出一個確定的意義。而這種對比法，很富於戲劇性。

巴黎，世界的花牀，
剩下一堆灰燼，沒一星火。

千夫所指，十目所視，
紅睡衣是壓著法蘭西的魘魔。
黑蜘蛛拚命放出死前迴光，
又紡織了一面毒網。

自柏林鐵甲車紛至沓來，
飽吞下法蘭西煤炭。

播音員不斷喊著待訪的男和女；
夜沙龍中，豎琴小鼓失了聲。

一扇扇鐵欄門，風癱
在地上，碎玻璃，五彩繽紛。

千千萬萬的人，啞了，
喉頭裏則異樣的怪癢。

集中營擁擠著人眾，
人眾日夜作聖貞德之幻想。

從整首詩來看，我們可以看到戰前的法國和戰爭進行中的法國。這首詩原作者所寫的時代背景，是第二次世界大戰期中，寫德軍佔領法國巴黎後的種種殘酷行為。

而作者是運用時間和場景的對比。一個是戰前的巴黎，這個充滿著迷醉、糜爛、浪漫、奢華的巴黎，是屬於床的世界。由床使我們聯想到紅睡衣的魅力，這是極令人迷醉的年代，也是極使人墮落的社會。作者指出「千夫所指，十目所視，紅睡衣是壓著法蘭西的魘魔。」「黑蜘蛛拚命放出死前迴光，又紡織了一面毒網。」這裡的黑蜘蛛可能是指那些酒女、舞女、妓女……等風塵女子。她們拚命使出她們的魅力，編織就一面毒網，讓那些人迷失、墮落。這是對戰前的巴黎社會形態的一種描摹。作者雖然用字不多，但已將那個即將沒落的社會形態勾出了一個輪廓，而且已擊中了核心，把巴黎最真實的一點扣了出來。詩的最大效果，就是用最經濟的文字，最簡潔的形式，能把最重要的事件表現出來。

自柏林鐵甲車紛至沓來，
飽吞下法蘭西煤炭。

這是巴黎的命運轉捩點。自從德軍的裝甲兵部隊進入後，巴黎已不再是屬於床的年代，紅睡衣已被戰火燒焦了，黑蜘蛛可能已不再放出迴光。而所帶來的是裝甲車大量吞蝕著巴黎的煤炭。播音員不斷地喊著失踪者的芳名。夜總會裡的豎琴和小鼓都失聲了。鐵欄門一扇扇癱擺在地上，被擊碎的玻璃，五彩繽紛。千千萬萬的人都不再說話，雖然有好多好多的苦悶，憤怒，但都只能留在喉嚨裡，不能喊出來。集中營擁擠著人們，而這些被關在集中營裡的人們，只幻想著聖貞德的再現。

汪銘竹把貞德❶放在這首詩中，是很有力量的，不像一般人刻意把外國的人名、地名、或神話中的人物嵌在詩中那樣不含任何意義。汪銘竹把貞德這個真實的歷史人物放在詩中，多少帶有嘲弄的意味。他嘲弄那些法國人，整天只知道迷醉、墮落、床與女人的日子，而不知道自身的安危，國家的前途。於是，當外力一旦向他發起攻擊時，大家都只有束手待斃，毫無抗拒的力量，甚至到自己被圍困了，還幻想著別人來解救。這種自甘墮落，不圖自救的頹廢心理，正是作者竭力要對人性的嚴厲批判。

而這首詩最大的特色，並不止於以上各點，最重要的是作者安排的兩個不同的時間，在同一事物上所作的對比：一個是戰前的巴黎，充滿著瘋狂、猥瑣、紅睡衣、廉價的愛情、女人、床的世界。一個是戰後的失落、逃亡、被掀開的大門、被擊碎的玻璃，以及那夜總會的

❶ 貞德 (Joan of Arc 1412–1431) 是法國人們的英雄，遠在十五世紀的時候，英法戰爭持續了近百年。在西元一四二九年英軍打敗法國，並把法王包圍在 Orléans 城。在此危急存亡之際，一個農村少女，向上帝祈禱，以信賴的力量，號召法國人民，向 Orléans 城進攻，解救了法王的困境。而這個少女就是被稱為法國女英雄的貞德。

沉寂、癱瘓、零亂的世界，這兩者之間有極懸殊的差別，這就是運用對比的效果。最後作者把集中營指出來，正是象徵著巴黎人們的失望和無法自救的悲哀。

情境的對比、語言的對比、場景的對比、內容的對比、時間的對比……都是各種不同的方式而已，還有一種較難被人發現的是力的對比，這在葉維廉的詩中出現過，他的〈河想〉就是運用內流力的對比。

雲層下傾當鼓聲向上，白日啊
為什麼你逼進我的體內而釀造河流
為什麼當那無翼的飛騰向你
沒有根鬚的就站住，沒有視覺的
就抓住那巍峨，而兩岸
就因我的身軀而分開？
進入一個內裏進入一個中間
哪一個內裏哪一個中間？

我那沒有復元的身軀如何例行地
掛懷著我曾經誕生那件事而欲問：
一泓清水曾否為接那月色而等待
一棵樹曾否為呈風的體態而生長
自從人羣引出了慶典，腳步帶來了城市
那高高的雲層一再下傾鼓聲一再向上
海即以其無涯的顫慄承受著我們
以其無色的蔓延反叛一列列好奇的眼睛
白日啊，當你依山而盡，不識羞恥的女子
此時就以搖蕩的雙乳洗滌那些風
此時就公然以私處推出自然

（人來人往
同一個人
同一個我

人來人往）

此時冬天被否定後就沒有季節那個名詞
也就沒有年代歷——那些飄揚的年代歷
此時山被否定，一切發聲的器具
都成為天色，成為星之運行
進入一個內裏進入一個中間
哪一個內裏哪一個中間？
白日啊，既然我飲不盡我自己
告訴我如何可以看進自己的眼中
如何可以不成河——
那一條，那一條不流的洶湧的河。

葉維廉的詩，一直是被認為較晦澀，深奧的詩，但晦澀，深奧並非就是不好。相反的，晦澀和深奧往往要人費心苦思，深入詩人的內層，始能剖視他的內流力。一旦能剖視出他的內層，則深具百讀不厭，而且有著無限的回味。〈河想〉一開始他就運用兩種動向力，激起一道河流。「雲層下傾」是一種沉垂力，向下沉垂。「鼓聲向上」是一種升浮力，浮起生命的張力。而這兩種力都是不相同的「質」。在心理學上對吾人的精神動向，有二種以上相較，就是「質」或「量」的差距，而葉維廉根據近代心理學上的知識，運用在他的詩內，使詩逼向人類的內心，然後把人的內在心境挖出。「白日啊，為什麼你逼進我的體內而釀造河流。」兩力的相合，產生一主流，正是詩人向生命的內層探進。雲層和鼓聲，原本是空靈的物體，我們僅能感覺其存在，但又觸不及它真實的存在的物體。而詩人抓住這一空靈，將兩種內流力，貫穿在人們的體內而築就一條河，「一條不流的洶湧的河。」

「為什麼當那無翼的飛騰向你，沒有根鬚的就站住，沒有視覺的，就抓住那巍峨……」這是矛盾語法，作者刻意運用這種矛盾語言，目的只是企圖造成迷濛的意象，使其心靈的空白，獲得動力的旋動，倒轉。並且檢視出自我存在的生命力。「而兩岸，就因我的身軀而分開？」這是對自我存在的認定，但作者內心仍然是矛盾的。那兩岸是否會因他的身軀的存在而分開，這是值得懷疑，所以作者最後劃上生命的問號，這個問號不是虛設的，而是擁有極重大的權力。正如在第一段中的最後那個問號！我們常常會自問，我們進入了哪一個體內，哪一個中間？正如許多人喊著自我的存在，自我的認知，到底認知了什麼？這不能不令人懷疑。因此，詩人剛剛探進人類的內層時，就發現到那些不可觸及的生命的迷宮，是多麼的令人迷惑而不可測知。「一泓清水曾否為接那月色而等待，一棵樹曾否為呈風的體態而生長」。這都是值得懷疑的。但我們也無可否認的清水所反映的月色是格外的迷人，而在樹枝的擺動中，最容易感覺出風力的大小，正如一個人在企圖抓住什麼，而又尚未抓住之間，最容易感出自己的生命的內涵力。所以他的詩中的「清水」、「樹」都是對自我的權衡的一種隱喻。如果我們稍一凝視一次自己的生命，我們就會發現猶如清水等待月色般那麼焦燥而又無可奈何。

自從人羣引出了慶典，腳步帶來了城市
那高高的雲層一再下傾鼓聲一再向上
海即以其無涯的顫慄承受著我們
以其無色的蔓延反叛一列列好奇的眼睛

慶典在人間只是一種儀式，大的慶典有大的儀式，小的慶典有小的儀式。而這些儀式都沒有什麼嚴格的限制。譬如過去高山族有人頭祭，而這個祭典，在文明社會裡認為是一種野蠻的行為，不人道的。但在他們單純的思想裡，認為是一種相沿已久的儀式，於是這種慶典有著各種不同的看法。而葉維廉在詩中特別強調任何慶典都是人們自己引出來的，正如城市是由人類的腳步走出來的一樣。如果一個城市，大家的腳步都不移向它，那它自然而然就會變成荒城，那也就不再被稱為城市了。

在這裡作者又一再檢出「雲層下傾」和「鼓聲向上」的兩種動力，來激動讀者，一如他後面倒數第五行、第六行重複進入一個內裏，一個中間一樣具有特殊的效果。這種效果除了增加其內流力外，還有襯托第十五行中作者所呈現的海的闊度、深度的感覺。

這海的出現是詩人對河的一種容納。任何一條河，如果我們追尋到最後的歸宿，一定是流向海，而海也一樣毫不拒絕地承納河。海的無涯，海的深度，容納了無數的河。這個海象徵著生命的偉大，和暗示了整個宇宙的奧祕。一個詩人常常對海頌歌，正是頌歌其生命的偉大。它能容納人，也能容納河，還能容納一切的一切，這是何等深奧和偉大。

「白日啊，當你依山而盡。」這裡第二次出現「白日」，這個「白日」和第一行出現的「白日」不同，第一行中的「白日」是代表黎明後的白日。而第十七行中的「白日」是暗示著夕陽西下時的白日。這個黃昏時的白日帶來了神祕、迷惑、令人心醉的夜的魅力。夜晚是最易使人聯想到床、女人之類的一連串的含有猥瑣的動作。所以作者以其大膽的手法推出一個「不識羞恥的女子」，以及她「搖蕩的雙乳」以及「私處」等等。

第三段，作者僅以十六個字，並且用括弧括起，讓其獨立存在，正是作者特別強調個體的存有價值。在人來人往的擁擠的世界裡，「我」永遠是被肯定的存在。於是，作者說：「同一個人，同一個我。」再一次出現「人來人往」，多少含有歷史循環性的效果。時間是不斷地在移轉，萬事萬物都不斷地在變遷，惟有「我」是同一的，是被固定的，因為「我」必須被肯定地認知，必須存在。這和前面作者以海象徵我們的偉大一樣，個體的存有，就是一種偉大的存在。作為人多少都要以此而自持、自握，否則就成為行屍走肉之輩。

「此時冬天被否定後就沒有季節那個名詞」，否定冬天，否定冷冽的季節。否定年代。否定那些過往的歷史。否定山。「我」便被推出，而且昇華。這是一種超越，一種對時間、歷史、甚至被我們視為「河山並壽」的長命的象徵都被超越。因為他的一切發聲的器具已與「天色」合為一體，他的一切作為已隨星行的運轉而旋動，這是詩人對「自我」的存在的強調，因而他再度喚起進入一個內裏，進入一個中間生命。這個中間生命和生命的內層，對於一個有價值的詩人的存在非常非常的重要。

「白日啊，既然我飲不盡我自己，告訴我如何可以看進自己的眼中。」詩人再度呼喚白日，這個「白日」象徵著無限的生命力，它不但含有今天的「白日」，同時也有過往的和未來的許許多多的「白日」。因此，這個「白日」是一條永恆的時間之流。「我飲不盡我自己」中的「我」是河，是海的象徵，它象徵著生命的深邃、奧祕。如果我自己都無法飲盡自己，又如何可以看進自己的眼中。這裡的「飲」字含有溶化，承納的意義。「如何可以不成河——那一條，那一條不流的洶湧的河。」人的生命之流，已在體內形成，並匯成一條不流的洶湧的河，而如何能教它不成河。這是詩人對自己的生命的質詢，但這個質詢已含有絕大成份的已成事實的存在。

「不流的洶湧的河」和前面「無翼的飛騰」，「沒有根鬚的就站住，沒有視覺的，就抓住那巍峨。」同是運用矛盾語法，這種矛盾的語法，只是造成意象的豐繁的呈現，以及暗示詩人自身對生存的矛盾看法。其實，今天大多數的人都感到自身的矛盾，內在與外在矛盾，行為與思想矛盾，生存與毀滅矛盾，下傾與上升矛盾……這種種矛盾形成了人類的掙扎、搏鬥、苦悶、恐懼、不安、徬徨、迷失……種種心理變化和行為的失調。

在一般人看來，像「不流的洶湧的河」這類矛盾語法，是不合理的，是刻意的玩弄文字的魔術，尤其是一般固守於我國文法的大家們，可能視為造孽。但一個尖銳的現代詩人，很少能固守於我國陳舊的語法，而他常常設法超越，設法創新。於是，他不得不揚棄固有的法則，而創造一種足以傳達其全部心意的語言，語言的創造與把握，是現代詩人最重要的一環。如果我們的讀者一定要追問「那一條不流的洶湧的河」的內含的剖視，我僅能說，不流是暗示人類的外在的靜觀，而洶湧是表示人心底裡的激流。於是，我們說河是代表作者自己，則他在外表看來可能是寧謐而又平靜的，但內心裡正澎湃著一股狂流在沖激著他的生命。正如我們靜觀一條河流，在表面可能是平盪的、悠悠的、靜靜的，而在這一層水面以下，可能就有一股洶湧的暗流在咆哮、澎湃。因此，我們希望現代詩的讀者，應該盡量放棄固有的語言文字的文法，而多作詩意本身的聯想，始能獲益於現代詩作中。否則，一定會徒勞無益的。詩不是電影說明書，不是廣告條文，不是標語，它絕不可能使人一目瞭然的。

第十章 詩的境界

「境界」一詞，是我國歷來的批評家，為了界定文學作品或藝術作品之價值的一個重要術語。但「境界」一語的本身，卻是非常曖昧而抽象的，它不像物理學上的名詞，那樣具有確切意義，或賦予具象性。它是隨著創作者和欣賞者共同架構起的一座屬於無限空間和無限時間性的塔，這座塔將恆久地屹立在人類的感知的世界。而所謂「感知」的世界，一則是屬於靈性的觸覺，一則是屬於知性的直覺。屬於靈性的觸覺，是一種感；屬於知性的直覺，是一種知。有人說：「詩的境界是用『直覺』見出來的，它是『直覺的知』的內容而不是『名理的知』的內容。」❶這裡所謂的「直覺」(Intuition)是含有「見」而後「覺」的意義。在哲學上「直覺」一詞常常被視為「直觀」同義。是指直接的領會，或知覺、判斷、認識等。換句話說，就是凡不經過推理與經驗之間接手續，而能成立者即是。英文裡的Intuition原出自

❶ 見朱著《詩論》第三章〈詩的境界——情趣與意象〉中，正中書局出版，民國五十一年九月臺初版。

拉丁文的 Intueor 一語，是指直接認取的當前的事物，而與抽象的再現的知識，或由比量而得的知識之相對而言。

從直覺的用法而分，它所涉及的範圍甚廣，這不是本文所能概括的。譬如感性的知覺，是用以有別於概念的思考，而客觀的知覺，是用以有別於主觀的感覺。還有對現在事物的知覺，是用以別於再現的想像及產生的想像等等。另外還有「自我意識」，這是有別於外界事物的知覺，而專指內界之知覺的直覺。在美學上、神學上、道德學上都各有不同的釋義。在美學上認為直覺是對於個別事物的認知。如藝術家之洞察美的價值，或鑑賞者之美的冥想，都是對美的一種直接認識。在神學上，對直覺的解釋，似乎較為玄想，他們認為人間可以直接與神靈交往，甚至神人可以合一，而神人交往或合一的那一剎間的心理狀態，就是直覺。至於道德的直覺，是指人間可離卻經驗，而直接領會道德的原理或悟及各個行為之道德的性質。不過道德的直覺能否成立，至今尚為直覺派與經驗派爭論不休。而康德❷亦嘗設經驗的直覺

❷ 康德 (Immanuel Kant 1724–1804) 法國哲學家。先世出自蘇格蘭。其父業鞍工，家甚貧，父母皆篤信基督教。十六歲入哥尼斯堡大學，攻哲學、神學、數學、以及物理學等，而以哲學、數學為主。一七五五年升為哥尼斯堡大學講師，主講倫理學、純正哲學、物理學、數學等。後來還兼授人類學、地文學等科。一生除了教書，就是著述，至多四十餘種。

與純粹的直覺之別。前者是後天的，後者是先天的。他所謂的經驗的直覺，有指感性的知覺；而純粹的直覺，則指時間及空間。康德說：「苟欲獲物自身之積極的認識，必然人間具有知的直觀之能力。然而機械論之與目的論，可能之與現實，必然之與偶然，所由矛盾紛知不能融解者，以人間悟性中，缺乏此能力也。」康德和諸多哲學家一樣著重人類的悟性，人由悟性直接感受真理，而不必轉手於推理、經驗等作用。

詩的境界，一則靠作者與讀者之間的共同架構起的「感知」作用，一則也靠作者的表現能力。而作者的表現能力之高低，是築就詩的境界之高低的最重要的一環。朱氏說：「詩的境界是理想境界，是從時間與空間中執著一微點而加以永恆化與普遍化。它可以在無數心靈中繼續複現，雖複現而卻不落於陳腐，因為它能夠在每個欣賞者的當時當境的特殊性格與情趣中吸取新鮮生命。詩的境界在剎那中見終古，在微塵中顯大千，在有限中寓無限。」❸一個偉大的詩人，他所創造的詩中的形象，是鮮活的、明朗的。它能帶給人豐繁的聯想，「它是千變萬化的，它能使各種事物由大變小，由小變大；由動變靜，由靜變動；由有變無，由無變有；由有生命的東西，變成無生命，將無生命的東西，賦予生命。它是複雜而又單純，能發揮詩裏潛在的魅力。」❹

❸ 見朱著《詩論》第四六頁。

形象之塑造，全賴於詩人的高度表現技巧。詩內的形象鮮活與否，詩人的學養最為重要，所謂戲法人人會變，各有巧妙不同。一個有才能的詩人，他不但能隨時創造新鮮的形象，而且能把形象神化，它能使讀者從各種角度去欣賞它、鑑別它。使它產生各種不同的情趣和意義，在龐大而複雜的宇宙中，不可能有絕對相同的兩粒沙子。在千變萬化的世界中，不可能有絕對相同的情景。情景不同，詩人的感受力自然不可能完全相同。在不同的情景中，詩人所創造的意境自然就有大小、高低、深淺，以及王國維所說的「有我之境與無我之境」，和「隔與不隔」等界限。王國維在《人間詞話》中，一開始就說：「詞以境界為最上，有境界則自成高格。」這已說明「境界」之重要性。接著王國維特別闡釋了有我之境與無我之境的含義，他說：「有有我之境，有無我之境。『淚眼問花花不語，亂紅飛過秋千去。』『可堪孤館閉春寒，杜鵑聲裏斜陽暮。』有我之境也。『采菊東籬下。悠然見南山。』『寒波澹澹起。白鳥悠悠下。』無我之境也。有我之境，以我觀物，故物皆著我之色彩。無我之境，以物觀物，故不知何者為我，何者為物。」❺

王氏所謂的「有我之境」，是指作者在創作藝術品，以「自我」為中心，一切以自我的主

❹ 引自覃子豪著〈詩的表現方法〉一文。

❺ 見王國維著《人間詞話》第一頁，開明書局校注本，五十四年九月臺六版。

觀觀點去表現藝術。於是，在作品中總是著上自我的色彩。在十九世紀末葉的時候，法國詩壇上曾興起一個流派叫「頹廢派」(The Decadents)，這是繼象徵派後的一個重要的流派，以波特萊爾❻，范來奴❼，休斯曼❽等人為主。他們否定了自然科學的經驗論，也摒棄了一切以物質為本位的唯物論。然而，他們感覺否定科學的實在論後，已沒有任何的外來的憑藉，乃急切地追尋自我的存在。在當時有一句很流行的話，就是「自我崇拜」(Le Culte de Soimeme)。他們極端地執著以「自我而藝術」的信條。當時常常為頹廢詩人發言的詩人兼批評家的白蕾(Maurice Barres)說：「我們在世界上能夠真的知道而且的確真的存在的，只有一

---

❻ 波特萊爾(Charle Baudelaire 1821–1868)德國象徵派詩人，又被稱為惡魔派詩人。他著有惡之華(*Les Fleur de mal*)，有人譯成《罪惡之花》，內容包括其最重要的長短詩篇八十首。拙著《二十世紀的文藝思潮》一書中，第一章就討論到這位一直被世人爭論不休的偉大詩人，請參閱臺北廣文書局出版的拙著。

❼ 范來奴(Paul Verlaine 1844–1896)法國象徵派詩人之一，他的詩特別注重音樂性，他不但重視句子的均勻和諧，也特別重視詩內的內在節奏，和聲韻的協調，我國早年的象徵派和創造社的詩人，都受他的影響很深。

❽ 休斯曼(Joris Karl Huysmans 1848–1907)，他是道道地地的頹廢派詩人，他比波特萊爾年輕了二十七歲。他的詩受波特萊爾的影響頗深。

種。這種可以接觸的實在，就是「自己」。宇宙不過是因「自己」的如何而看作美醜的一張壁畫而已。我們非執著於我們的「自己」不可。」

自我的尊重，自我的認知，和自我的發現，不但成為二十世紀初葉的一股狂流，而且一直蔓延到二十世紀中葉整個西歐的學術界和思想界，二十世紀中葉被我國年輕一代喊得最響的「存在主義」(Existentiaism)，就是以自我意識為本位，以情意我為中心來尋求自我的發現，和自我的認知，他們認為一切都應該以自我為主體，如沒有我，就沒有事物的存在，也就是說我之存在，萬有亦存在，我之死亡，萬物亦該隨之而消失❾。王國維的「有我之境」，也就是把自我溶入作品中，而所謂「無我之境」，是在作品中盡量不涉及自我，盡可能超脫。英國詩人兼批評家T·S·艾略特說：「藝術家發展的過程是繼續不斷地自我犧牲，繼續不斷地泯除自己的個性。」❿所謂泯除自己的個性，就是要作家們在創作藝術品時，盡可能減

---

❾ 拙著《現代文藝論評》一書中，有一篇約一萬字的短論〈論文藝中的自我存在〉，特別闡釋了近代文藝思潮中的以「自我」為中心的主要作品，讀者可參考。臺北五洲出版社出版。

❿ 見艾略特著 *Selected Essays* 一書，有關〈傳統和個人的才具〉(Tradition and Individual Talent) 一文，已有多種譯本，中譯本亦有好幾位詩人、學者翻譯過。英文本的《美國文學批評選》(*American Literary Essays*) 中亦選入此文，由 Lewis Leary 主選。香港今日世界出版社出版的《美國文學批評

少自我意識的主觀觀念，也就是王國維說的「無我之境」。

王氏另一個論及「境界」時的重要論點，就是「隔與不隔」，他說：「問隔與不隔之別，曰，陶謝之詩不隔，延年則稍隔矣。東坡之詩不隔，山谷則稍隔矣。『池塘生春草』，『空梁落燕泥』等二句，妙處惟在不隔。詞亦如是。即以一人一詞論，如歐陽公〈少年遊〉詠春草上半闋云：『闌干十二獨凭春，晴碧遠連雲，二月三月，千里萬里，行色苦愁人』，語語都在目前，便是不隔；至云『謝家池上，江淹浦畔』則隔矣。白石〈翠樓吟〉『此地，宜有詞仙，擁素雲黃鶴，與君遊戲。玉梯凝望久，歎芳草萋萋千里』，便是不隔，至『酒祓清愁，花銷英氣』，則隔矣。」⓫王氏所謂的「隔與不隔」的基本論點，就是著重於作品中所現示的事物的「顯」與「隱」上，所謂「語語都在目前，便是不隔。」換句話說，詩人能在詩句中現示的事物，能一下就被讀者直覺出來的，就是不隔，譬如讀謝靈運的〈登池上樓〉中的「池塘生春草」，讀者的眼簾，立即就可顯示一種滿池春草的情景，這就謂之「不隔」，相反的，如霧裡看花，就是「隔」。例如讀歐陽脩的〈少年遊〉中的「謝家池上，江淹浦畔」則隔矣，因為讀者根本不能確切地認知謝家池上，江淹浦畔的情境。事實上，王氏這種分別法，在現代詩

選》中第一篇就是這篇論文，由夏濟安教授逐譯。

⓫ 見註五第二七頁。

人中已不適用，尤其是自十九世紀末葉的西歐的象徵派的詩，流入我國以來，大家都感到那種神祕色彩，和朦朧美的可喜。有關這一論點，讀者可參考拙作〈詩的意象〉和〈詩的象徵〉各章，在此不多贅述。

不過，有一點我必須伸說的是王氏認為不隔，大都是指肉眼所能見的具象的事物，而所謂隔的是指肉眼所不及的抽象的事物，我將在另一章中，專題討論「詩的具象與抽象」問題。而我們現在就有關現代詩的境界，提出來共同欣賞。我前面已經談到詩中的形象的重要性，一首詩如果缺乏了形象，它就不會有什麼深度。沒有深度的詩，不是流於陳腔濫調，就是流於散文式的說白。這種近似散文式的說白詩，自然不會有什麼意境，缺乏意境的詩，當然不會使讀者進入美的境界，更不會使讀者沉醉於一種忘我的境界。譬如我們讀英國愛爾蘭詩人葉芝的〈當你老了的時候〉[12]，你就會感覺出那種超脫的情愫：

---

[12] 葉芝（William Butler Yeats）一八六五年六月十三日生於愛爾蘭的都柏林附近的桑地蒙特，父親是個畫家。葉芝曾從他的父親習畫，後來加入 The Rhymers' Club 詩社。他曾經致力於愛爾蘭文化復興運動，一九二三年獲得諾貝爾文學獎金。一九三九年六月二十八日逝世於法國南部。一九四八年九月，愛爾蘭派軍艦把葉芝的遺骸運回國安葬。〈當你老了的時候〉一首共三段十二行，筆者節譯自 Oscar Williams 編的 *Modern Verse*, p. 172。

And bending down beside the glowing bars,
Murmur, a little sadly, how Love fled
And paced upon the mountains overhead
And hid his face amid a crowd of stars.

面對熾灼的火爐盤腿而坐，
喁喁自語，一股淡淡的哀愁，愛情是怎樣消失的
步上那最高的山峰
他就把臉埋隱在群星之中。

從這首詩裡，我們可以看出作者對年青時代的愛情的懷念，與他的高尚的情愫和偉大的人格。作者沒有半點做作，只是用極其平實的手法寫出昔日的愛慕和戀痕。尤其是最後兩行，作者所創造的形象，「步上那最高的山峰」，這山峰給人一種崇高的感覺。「把臉埋隱在群星之中」，群星所造成的意境之高超，使人有超脫的忘我狀態，這是詩人高度的表現技巧；所塑造的境界。令人有永遠攀升不及，而又急切企圖要攀及的感覺。我們再來看覃子豪的〈花崗山掇拾〉之一：

花崗山上沒有釋迦牟尼的菩提樹
不羈的海洋，是我思想的道路

我是海岸邊一顆椰子樹的同夥
孤獨的旅人，並不寂寞
沒有人會驚訝的發現我的存在
我有不被發現的快樂

第一行作者用釋迦牟尼的菩提樹，來襯托意境的超脫，但作者說在花崗山上沒有釋迦牟尼的菩提樹，這就更現示出作者所構築的那個境界的超絕脫俗。於是，接著作者以自己的思想的道路，比喻成不羈的海洋。海洋便成為作者的人格、心境的化身，那種澎湃、遼闊、雄渾的境界，正是王國維所謂「大」的境界。這個「大」的境界，多少含有偉大、壯闊、雄渾的感覺。「我是海岸邊一顆椰子樹的同夥」，這是象徵詩人的孤絕的超脫。但它是屬於「小」的境界，這個小的境界，給人以細緻、孤寂、憐憫之感。「沒有人會驚訝的發現我的存在。」但他又有不被人發現的快樂，這是作者刻意把自己孤立起來，讓一切繁華置之度外，自沉於孤寂中，把自己皈依於自築的淡泊的境界中。誠如周夢蝶的〈豹〉⓭，一方面是象徵著人性的情慾，一方面也是暗示著詩人的自我逃避。

你把眼睛埋在宿草裏了！
這兒是荒原——
你底孤寂和我底孤寂在這兒
相擁而睡。如神明
在沒有祝禱與馨香的夜夜。

歐尼爾底靈魂坐在七色泡沫中
他不贊美但丁。不信
一朵微笑能使地獄容光煥發
而七塊麥餅，一尾鹹魚
可分啖三千飢者。

⓭ 原詩四段二十二行，我僅摘錄其前後二段。原文請參照《藍星》詩刊第二期。

雪在高處亮著
五月的梅花在你愁邊點燃著——
由盧騷街到康德里
再由雞足山直趨信天翁酒店
琵琶湖上，不聞琵琶
胭脂井中，唯有鬼哭……

終於，終於你把眼睛
埋在宿草裏了！
當跳月的鼓聲喧沸著夜。
「什麼風也不能動搖我了！」
你說。雖然夜夜夜心有天花散落
枕著貝殼，你依然能聽見海嘯。

這首詩，作者立意是以豹的花紋來象徵情慾，以豹的勇猛的性格，象徵人類對情慾的無法抗拒力。第一段表現詩人已追尋到人的存在的根本問題，一種內在精神世界中的自我孤絕，他無視於一切，無視於人們急於要攀越的物質的彩樓，他說：「這兒是荒原」，這裡多少含有作者心境的孤寂與荒涼。「你底孤寂和我底孤寂在這兒，相擁而睡。如神明，在沒有祝禱與馨香的夜夜。」兩個「夜」字聯綴在一起，有一種永恆的感覺，這個形象所造就的境界，給人一種高超和對世俗的漠視的孤絕感。

在第一段有一小段引子，引自《維摩經．問疾品》說：「會中有一天女，以天花散諸菩薩，悉皆墮落；至大弟子，便著不墜。天女曰：『結習未盡，故花著身。』」這是暗示人類中的情慾是像花一樣，黏在人的身上，永遠也無法洗淨的，但詩人總是企圖自情慾中淨化自己。於是，產生了自我的矛盾，既想淨化，而又無法淨化。既要逃脫，而又不能逃脫。

「歐尼爾底靈魂坐在七色泡沫中，他不贊美但丁。」歐尼爾 (Eugene Gladstone O'neill 1888–1954) 是美國現代劇作家，以表現現代人的悲劇性為其主要根源，他特別強調人性中的情慾。他的劇本都多多少少代表著人類的某種企圖，而這個企圖就是暗示著現代人的心理動向，他深切地瞭解到人類的內心的苦悶和痛苦，正是生活的策動力。而但丁 (A. Dante 1265–1321) 是主張靈性的，他否定情慾，他和歐尼爾的觀念恰好相反。詩人把他們兩個人的觀念放在一起，成一強烈的對比。他說：「不信，一朵微笑能使地獄容光煥發，而七塊麥餅，一尾鹹魚，可分啖三千飢者。」這是一種嘲弄，嘲弄但丁所強調的靈性，也是作者極度企圖超脫中的一種自我矛盾。

第三段中的「由盧騷街到康德里」，盧騷 (J. J. Rousseau 1712–1778) 是法國哲學家，主張「人性本無垢」之說。康德是主張先天經驗論，他認為人生解決最深邃最切要之生活者，不在知性而在意志。「再由雞足山直趨信天翁酒店」，雞足山是釋迦牟尼說法處，象徵純淨的境界。信天翁酒店是他表現情慾的泛濫，信天翁酒店出自外國電影《相逢何必曾相識》裡的戀姦之處。「琵琶湖上，不聞琵琶」，琵琶象徵哀惻的情懷，但有琵琶的悽惻，卻不聞琵琶聲，這是作者特別強調的淨境。「胭脂井中，唯有鬼哭……」胭脂井出自古代一個皇帝的一位妃子死於該井，滿懷哀怨，但只留下無限的淒涼。

最後一段是作者企圖把整首詩的思想統一起來，把它歸納在一條貫線上，讓讀者感知他所要展示的內在世界——一個企圖超越而又無法超越的情慾與理性的境界。任何一個較嚴肅的詩人，他的內在世界裡，都多多少少含有一種孤高的氣質。所謂讀其詩，如見其人，這是詩人把自我溶解於詩中。周夢蝶的詩，我們稍一凝視，我們就很快地發現他那近於「禪化」的昇華，他那「雪在高處亮著，五月的梅花在你愁邊點燃著——」的境界，這種境界已靠近於一種淨化的超昇狀態。「終於，終於你把眼睛，埋在宿草裏了！」我們重複唸這句詩，我們的心境很迅速地被帶入到老僧入定的境界。「當跳月的鼓聲喧沸著夜。『什麼風也不能動搖我了！』」這已進入完全超脫的精神狀態，任你有多大的喧嘩聲，任你有多噪雜的鼓聲，也吵不了他。他已完全接納了形而上的心靈世界的淨化，而摒棄那些形而下的物慾的世界。這種淨化使詩人的心境得到幽美的、柔和的、寧謐的境界。

周夢蝶的詩，常常帶有一種佛家的「淨化」的境界，他自淨化中尋覓自我的超脫，自物質世界中隔離自我。所以當全世界在沸騰著一片嘩然，他仍然可以無動於衷，這是詩人自我隔離，自我超昇。「你說。雖然夜夜夜心有天花散落，枕著貝殼，你依然能聽見海嘯。」這種境界已不是常人所能悟及的，必須具有詩人一樣的心境，始能感出，這已近於一種「崇高」。而這種崇高是始自詩人的長期的沉思和反省，所悟及的一種境界。正如羅門在貝多芬的交響樂中感悟出一種超然的境界，他始寫下了〈螺旋形的死戀〉。從這首詩的標題上看，作者就運用了現代詩的象徵的技巧。螺旋形在事象的比喻上，他是寫唱片上的紋路一直是向內旋轉的，而在象徵的意義上，它是象徵著現代人向內旋轉的生命的動向。作者在詩前面有一段小註腳，他說：「詩標題用了『螺旋形』三個字，對於有些讀者應該在此說明一下。顯然的，螺旋形是代表一種向內旋轉的深入的動向——由於此詩是在音樂繚繞的『燈屋』裡寫成，從唱盤生產音樂時旋轉的情形以及精神隨著音樂向心靈深處旋轉的情形看來，都可以聯想出一種多麼華麗且具生命感的『螺旋形』的形象，像建築那樣在我們的靈視中升起，使我們傾心且膜拜，同時螺旋形的東西在活動時更有著一種看不見底的奧祕，鑽進心裏去也比較牢——它象徵著一種特殊活動的精神傾向。」現在我們來看看他的詩：

門窗緊閉示以堅然的拒絕
簾幕垂下完成幽美的孤立
外面是消失在遠方的風
裏邊像波流涉及岸
全然絕緣後的觸及
是驟然在空氣中誕生的鐘之聲　電之光

這是詩人對「物化」的摒絕，而自囚於一個純粹靈性的世界。「門窗緊閉」這是一種具象形象，詩人企圖以具象的形象來隔絕現實的世界，然後把自己投入優美的音樂的旋律中。「外面是消失在遠方的風」，這已暗示著外在的「物化」的世界已被那「堅然的拒絕」摒拒而且消失了，裡邊的世界是「波流涉及岸」的優美的旋律的世界，詩人在自築的音樂的孤境中救醒自己，在純粹的旋律中抓住自我的存有，在那個對外面完全絕緣的孤境中，詩人深深地感到生命是最充實的。因為他已自覺到純粹自我的存有，他已感受到那「驟然在空氣中誕生的鐘之聲，電之光。」這裡，鐘之聲和電之光，都是一種形象，這個形象所構築的意境是崇高的，幽美的，讀者可以感覺到那優美的旋律所射出的外延力——如鐘鳴，如閃電。這給人一種快速而又壯闊的感覺。

這一塊剪裁得多麼華美的空間
養一林鳥聲　著滿天雲彩
在目之外　座標之外　門牌之外
被鑽石針劃著大理石與水晶的紋路
連耶穌的芒鞋也不知它通往那裏
透明似鏡　光潔似鏡
純粹得如手中來回摸弄之物而呼不出其名

「這一塊剪裁得多麼華美的空間」，可能是指作者自己的客廳或書房，或者音樂房而言。

「剪裁」是表示修飾或裝飾的意思，換句話說，就是詩人已完全沉醉他自己所裝飾的華美的「燈屋」裡。在這裡我想順便提示一點，可能對他這首詩了解有助。羅門夫婦租賃一層樓房在臺北市安東街的一條巷子裡，雖然不是市心，但也具有市心邊緣的那種吵雜與喧囂，所以作者一開始就以堅然的拒絕，把門窗緊閉，企圖把市聲摒拒在門外。而他的客廳和書房、臥室都是相連的，客廳和書房都佈置得非常典雅，滿屋都是燈光，而這些燈光，都是作者自己親手設計的，利用種種現代工業的廢料，但經他設計後，這些燈光都顯得非常優美而諧和。我曾經在一篇報導中說：「當我一跨進這座『燈屋』的時候，就發現一座貼滿了來自世界各國的賀卡的高高的燈塔，熠閃著逼人的光芒，它照耀著那一條長長的樓梯，樓梯的頂端是一排矮矮的木欄杆。推開木欄杆，給你的第一直覺，就是滿屋的耀眼的燈光，在燈光下陳列著滿屋的書籍，而最醒目的是兩幅巨大的莊喆的畫，給這個小小的而又佈置極其典雅的客廳帶來了濃厚的藝術氣氛。在充滿著藝術氣氛的客廳裡，有飄自遙遠的貝多芬式的強大的生命衝力，使人沉醉，使人覺出這一代的精神的覺醒。」由這一點對詩人的現實生活的瞭解，我們就較易推斷出他詩中所表現的生命力和精神境界。他說華美的空間，可能就是指他所生存那座現實的環境，「養一林鳥聲，著滿天雲彩」是寫音樂的旋律和優美的燈光所熠閃的光芒，這兩者揉和在一起，產生一種至美的境界。

「在目之外，座標之外，門牌之外，被鑽石針劃著大理石與水晶的紋路」，這是寫電唱機上的唱盤在旋轉，唱頭上的鑽石針劃著唱片的紋路在旋轉。這時，詩人已完全浸沒在優美的旋律中，他已進入忘我之境，「連耶穌的芒鞋也不知它通往那裏」了。「我便愛人般專情，順著旋律的螺旋梯，跌入那把握不住的彎形的傾向裏，直至心抓穩了那快活的死，我方醒來。」這是詩人完全進入到一種超脫的境界。他把他的精神集中於一點，像對愛人般的專情，這不但展示了作者當時的音樂的傾注，同時也暗示了他對他妻子的愛。

鳥目睡醒在一樹綠色裏
　一幢別墅坐著夏日明麗的花園
讓那光輕輕地從葉縫裏灑下來
讓那景靜靜地進入視境
讓那聲無聲地在莫名谷裏迴響

這五句詩所構成的形象，是至美的，這一種化境，作者已完全自物質世界超昇進一個靈的境界。像這種境界正合乎了我國有一句抽象的成語說：「只可意會，不可言傳。」羅門這種造境，已不是具象世界所能告示出的感覺，而是要靠讀者高度的靈的觸覺，用我們的靈的觸覺去感知「那光輕輕地從葉縫裏灑下來」的至美，用我們的靈的觸覺去感知「那景靜靜地進入視境」的華麗，用我們的靈的觸覺去感知那一聲「無聲」地在莫名谷裏迴響。在這裡讀者也許會疑惑於那一聲「無聲」的矛盾語，但我們能稍為放棄一點直覺所感悟的主覺意念(Idea)，我們就不難感出那無聲的境界了。

「我已感知那相握，淚已滴響那靠岸的汽笛聲。」這裡有幾種可能的象徵：一種是象徵作者與貝多芬的心境的相握。一種是象徵作者的妻子遠赴菲律賓講學時，而兩人的心靈同時碰觸在彼此的思念裡。也許是作者從音樂的旋律中，想像到他妻子對他的愛與別離後的哀思。於是，善感的詩人，便自強烈的思念裡，將「探視的眼神沿著紅氈已找到那顆鑽戒」，「紅氈」是詩人在婚禮中踩著的紅色地氈，「鑽戒」是他倆結婚時的定情物，象徵著愛情的牢固、堅貞。所以當作者的妻子遠赴菲島時，他第一個最強烈的意念，就是回憶起婚禮進行曲中的莊嚴與肅謐，但也充滿著無限的溫情與愛戀。

怎樣也流不盡葡萄園裏的甜蜜
怎樣也看不停噴水池裏的繽紛

怎樣也拾不完睡嬰醒時眼中的純朗
驚喜得如水鳥用翅尖採摘滿海浪花
滿足得如穀物金黃了入秋的莊園

詩人把整個的心境都浸沐在愛情回憶裡，像葡萄園裡的甜美，像噴水池裡的繽紛，像水鳥用翅尖採摘滿海的浪花，像秋收時的金黃的穀物的充實。這都是作者對愛情的頌歌，但作者在運用現代詩的語言上，已經由形象進入到造境的境界，它所給人的感受，不是直覺的反應，而是要倚恃悟性。

當荷馬的七弦琴升起七個愛琴海
當音樂的流星雨放下閃目的珠簾
世界便裸於此　死心於此
　像含情的眼睛裸在睫毛的遮篷裏
　像綠蔭死心在光與葉交纏的林中
多麼豪華的幽會　好端莊的風流

在上帝與凱撒都缺席的那次夜宴裏
我輝煌的神　以我的眼睛為座椅
電唱頭不停地啃著唱盤裏不死的年輪
一顆螺絲釘為掛牢一幅畫在心壁上而鑽出聲來
一個漩渦為扭斷鐘錶的雙槳而旋轉的不停
沉靜的光流自燈罩的斜坡上滑下
我的臉容是一塊仰首在忘懷河上的岩石
透明似鏡　光潔似鏡
收容一林鳥聲　反映滿天雲彩

從這裡我們可以看出作者對詞彙的修飾工夫，已到了爐火純青的境界。我們看不出半點矯揉或做作之態，但又似經過一再修飾和剪嵌的感覺。作者所給出的詩中的形象，是多變的、豐繁的。它不是直呈或有所具象的指涉，而是一連串的意象的重疊，我們像仰首望見纍纍的成熟的菓實，急欲從枝頭上掙脫而垂地的感覺。「當音樂的流星雨放下閃目的珠簾，世界便裸於此，死心於此。」這是詩人完全醉心於音樂中的每一個音符的敲擊中。作者所以用「流星雨」這個形象，只是用造境的方式，將貝多芬所創造的急促的節奏展出。這個意境很神祕，給人一種幽玄朦朧的感覺，一如那「含情的眼睛裸在睫毛的遮篷裏」、「像綠蔭死心在光與葉交纏的林中」。

我前面已經說過，詩的境界有深淺與大小之別。羅門在這裡所創造的境界，就是深的境界，他所悟出的世界，是一個夢幻般的境界，似有深不可測的感覺。「一顆螺絲釘為掛牢一幅畫在心壁上而鑽出聲來，一個漩渦為扭斷鐘錶的雙槳而旋轉的不停。」

作者對動詞的運用，似乎特別經過精心的設計，如「裸」、「死心」（原是副詞，被運用作動詞用）、「啃」、「掛牢」、「扭斷」等等，都是非常生動的，而且能給人一種新鮮活潑、確切而又朦朧的感覺。

划入桑塔耶那眼中的藍湖
燈入罩　臉罩紗　陰影藏住光的重量
景物以乳般的光滑與柔和適應我的視度
迴旋槳以千槳搖不醒我的醉舟
圓舞曲盪水波成圈　繞花朵成環

我便昏倒在那看不見圓也看不見弧的圓弧裏
如太陽昏睡在旋轉不停的星系中
再也看不清聖誕樹與火藥樹開的花
只感知在你常綠的銀華樹上
　青鳥是隻很帥的風信雞

這一段仍然和前面的一樣，作者企圖以渾然的意象，造成朦朧的、神祕的美。「燈入罩，臉罩紗，陰影藏住光的重量」。在我國較前輩的詩論家，都主張詩有陽剛與陰柔之分，而現代詩也仍然存在著這兩種分類法。就以羅門的詩來說，他的〈麥堅利堡〉、〈都市之死〉，就是屬於陽剛型的，而〈螺旋形的死戀〉，就是屬於陰柔型的。陽剛的詩，給人壯闊、雄渾之感；陰柔的詩，給人秀美，柔和的感覺。羅門這首〈螺旋形的死戀〉一直是給人幽美、飄逸的感覺，像乳般的光滑和柔和。它使人有搖不醒的醉船的感覺。

「仰望已成塔，眺望已成坡」，是象徵著詩人對他遠離了的妻子的思念與愛戀。「在這一塊較真空還純然無礙的空間裏，連空氣都死去，眼睛也隱入那深深的凝視。」這已說明詩人的情感的專一，以及心境的寂寞，他把視線凝於一永恆的點，這個點就是他對藝術的專一，對愛情的專一。

永恆這刻不需陪襯　它不是燭臺銅與三合土
也不是造在血流上朽或不朽的虹橋
它只是一種旋進去的沒有攔阻的方向
　一種屬於小提琴與鋼琴的道路
　一種站在煙灰上的無限守望
　　一種睡中的全醒
一種等於上帝又甚於上帝的存在
透明似鏡　光潔似鏡
璀燦得如禮拜堂四壁的彩窗

作者以九個整句詩的長度，來形容「永恆」這一個抽象的意念。然而，「永恆」到底意味著什麼呢，沒有人能給予完滿的答案。任何一個詩人或其他藝術家都企圖讓自己的作品能夠永恆。而這裡的永恆，可能是指作者對愛情的永恆，也可能是他對自我的內在精神世界，所探索的藝術的價值的永恆。所以他說：「它不是燭臺銅與三合土」，「也不是造在血流上朽或不朽的虹橋，它只是一種旋進去的沒有攔阻的方向，一種屬於小提琴與鋼琴的道路，一種站在煙灰上的無限守望，一種睡中的全醒……」旋進去的沒有攔阻的方向，一則意味著電唱頭的鑽石針沿著唱片的紋路向內旋轉，一則也象徵著人類的精神世界，愈向裡探索，愈發現它的無限。小提琴與鋼琴的道路是指貝多芬的交響樂中的旋律。站在煙灰上，一則是指作者抽菸的行為，從他妻子走後，企圖自香煙中摒拒寂寞，摒拒煩悶，這是有形的外在行為，而事實上，作者的原意還可能意味著更多的含義。

「一種等於上帝又甚於上帝的存在」，是這詩人建築在靈視中的超昇，一種根本不可能存在，而又似存在的靈性的境界。「透明似鏡，光潔似鏡，璀燦得如禮拜堂四壁的彩窗。」於是，詩人「便像信徒般專誠，緊緊地抓住另一座十字架，去溺死在桑塔耶那的藍湖中，潛入那個沒有什麼真的會死去的螺旋形的世界裏。」

「銀華樹在那裏常綠，青鳥是隻很帥的風信雞。」青鳥是幸福的象徵，而蓉子曾經出過一本詩集叫《青鳥集》，所以詩中的「青鳥」一則指詩人夫婦的幸福，一則也是頌歌她的詩集《青鳥集》而言。

羅門在這首詩中，所要展示的是人類向內旋轉的世界，愈往裡轉，愈能感覺出它的偉大與奧祕。而同時也表現了詩人的愛情的高超與崇美。從整首詩來看，他所創造的境界，是屬於形而上的精神境界。他表現了一種崇高的愛和幽美的情愫，這是詩人所要創造的永恆的生命。

一首詩的境界之有無，取決於詩人對意象的創造與把握，但境界有大小、高低、深淺之分，甚至於有我之境與無我之境，而這些都必須倚賴於詩人的學養與天資，因為境界是一首詩的綜合表現，它不能抽取任一點，而使詩質存在。

第十一章　詩的奧祕

現代科學上的成就，促使人類的視區擴寬，使人們的視覺官能產生了更為精密、更為正確的認知力，也使人更精確地洞悉了有限的具象世界。尤其是現代科學儀器的發達，已能解剖到人類最精微的內藏部份。甚至大至宇宙之奧祕，都已逐漸在科學儀器中顯示出來，譬如太空科學的發展，遠程的紫外線照相，都是現代科學的發達所造成的事實，然而，這些能在科學儀器中所顯示的真境，還是我們肉眼所能直接或間接看見的具象世界。而我們人類似乎並不僅僅生存在一個具象的世界裡，我們還有一個比具象更為真實的抽象世界，這也就是一般人所謂的精神世界，又稱為靈魂的世界。這個靈界，不是我們肉眼所能見的，它不是具象的，但它的的確確真實地存在著，存在於每一個人的意識流動中，存在於每一個人的思想組織中，這也就是現代所急急追捕的靈性的境界。

遠在十九世紀中葉以後，西洋文藝作家和思想家們，都曾特別尊重科學的法則，尤其是到了末葉期間的現實主義和自然主義的小說作家，以及巴拿斯派的詩人們，都特別重視客觀，重視科學法則中所顯示的真境。他們常常把小說題材，人物性格等等置於科學的法則中去分釋、剖解。他們認為小說家處理小說人物或其他事物，都應該像科學家在實驗室中，處理實驗物一樣。科學家和小說家或詩人，對各人所處理的對象，都不應該含有半點喜怒的情緒，他們特別標示「無感覺」的絕對客觀條件。於是，作家們筆下所表現的對象，也僅僅局限於人類肉眼所能見的世界，而這個世界有其具體的形象存在。事實上，在瞬息萬變的宇宙裡，在人類的意識流變中，正不知蘊藏了多少我們肉眼所不能見的寶藏。這些不能見的，或者說還沒有被發掘的寶藏，也就是我們所謂的無限的抽象世界，因為它不能給出一個具體的形象。具象的世界，是有限的世界。無具象的世界，才是超越時空的無限世界。而我們任誰都是生存在這兩個世界中：一個是有具體形象的自然世界。一個是無具體形象的精神世界。所謂精神世界，也就是詩人所探索的靈境。也只有這個靈境才能使人類有永遠挖掘不盡的奧祕。也只有這個奧祕才能促使詩人、小說家把筆尖自科學實驗報告中，轉向更為神祕，更為深邃的靈魂深處探索，追捕，認定。也只有如此，才能使人類的精神世界重建，也只有如此，才能使人心底裡的真境，被發掘、被示出、被認知、被肯定。人類的肉體的生命，畢竟是有限的。而精神的生命，卻是無限的。我們企圖要我們的生命永恆、不朽。這並不是指肉體的生命，而是指精神的生命而言。

現代詩人，大都已揚棄了科學實在論，而從事人類內在真境的探險。換句話說，他們已放棄了歷來文藝作家們所重視的外在世界之描摹，而著重於比外在世界更為真實的內在世界之發掘。尤其是自象徵派以降，如表現派、未來派、達達派、意象派、超現實派等詩人，大都否定了科學萬能的絕對客觀的論點，而恢復了以自我為中心的主觀觀念。他們不表現已成的經驗世界，而是在拼湊一個嶄新的世界，這個嶄新的世界，就是現代詩人所探求的無限的抽象世界。也只有在這無限的，不可認定的境界中，才能真正發掘到詩的奧祕。因而，我們說詩內的奧祕，是展示於詩作品的本身的豐繁，並不是由於詩人所運用的語言的曖昧，或者表現技巧的複雜，更不是那些刻意堆砌的晦澀。雪脫維爾 (Edith Sitwell)❶說：「詩人展示所見事物的奧祕，其意象非空洞之幻想，而是真實境中之隱祕。」現代詩人，大都是自現實中取材，然後經過理性的壓縮，而予以表現出其中的奧祕。例如秀陶的〈夜歸〉。

---

❶ 雪脫維爾 (Edith Sitwell 1887–1964) 英國女詩人、批評家、社會改造者。「她和她的弟弟奧伯特 (Osbert) 與莎氏維爾 (Sacheverell) 等形成一個偶像破壞團，掀起了近四十年間英美文化界的騷動。她的詩，自形式奇特的至氣勢浩放而主知的，無所不備。作為一位批評家，她是眾所週知的詩的衛道者。」（語見一九五八年十一月十五日的 *The Saturday Evening Post*。）

冷冷地歸於冷冷
我的手緊握著一街的寧靜
緊握著一己的孤獨
一枚小小的門匙

夜，敲門前一瞬那樣地，煞有介事那樣地靜著

冷冷地歸於冷冷

遠方，有或者沒有一兩聲犬吠
遠方，有或者沒有沁人的霧如她沁人的絮語

這首詩是表現一個孤獨的夜歸人的寂寞，悽涼的處境，以及對愛人的思慕和眷戀。

第一行「冷冷地歸於冷冷」，是一個意象很美的獨立單元，它給讀者一種循環性的延續感，作者是運用中國文字的特殊效果，產生的一種意象的重疊的奧祕。前面「冷冷」是比喻

現實的冷寂，形容那個夜歸人的孤寂的心境，後面兩個「冷」字，是暗示那個夜歸人，將要歸向一個更為冷寂的世界，或者解釋為更加蒼白、空乏、愴涼、冷寂的處境中。這一句詩，作者沒有給出一個確切的意義。它所帶給讀者的意義，是豐繁的，飄忽的，可以供人作多種解釋的聯想效用。

第一段是延伸第一行的含意，「我的手緊握著一街的寧靜，緊握著一己的孤獨。」「一街的寧靜」與「一己的孤獨」成一相襯相映的效用。這個特殊效果產生於街上的寧靜與一己的孤獨，兩種情境遙遙呼應，使人越感覺到那種孤寂的情境的悽涼。「一枚小小的門匙」，這裡不但暗示了那個夜歸人的孤寂心靈，同時也告示了那個夜歸人，所要歸去的地方仍然是冷清寂寞，他沒有人等著他歸去。他手裡緊捏那一把小小的門匙，有著無限的茫然之感。他將歸向何方？他有些茫然。歸去吧，仍然是那樣的冷清寂寞。不回去吧，滿街的寂寞仍然在圍困著他，他感到茫然若失，無所適從之慨。

第二段又是獨立一個單元，它展示出那個「夜」的奧祕。那個夜的寧靜，像「敲門前一瞬那樣地，煞有介事那樣地靜著。」這是很獨特的創造，形象產生於那敲門前的剎間的寧靜，這個比喻使整個形象鮮活起來。

第三段的「冷冷地歸於冷冷」，在文字上看是重複第一行的意象，而其實它的本身意義比第一行更豐繁。它不但加強了第一行所展示的冷寂感，而更重要的是在音樂節奏上，產生了一種特殊效果。

第四段把夜歸人的心緒推向遠方，推向一個空靈的世界，這可能是一種幻覺，可能是一種真境中的隱祕。「遠方，有或者沒有一兩聲犬吠。」這是表現一種寂寞的情境。但作者在操作語言這一工具上是很成功的，「有或者沒有」，它給人一種朦朧美，這種美是由不能正確給出具體形象所造成的奧祕。「一兩聲犬吠」，是說明那遠方可能還不是絕對的無，如果是絕對的無，那就不見得寂寞了，正因為有一兩聲犬吠，所以才顯得那種情境的孤寂感。「遠方，有或者沒有沁人的霧如她沁人的絮語」，這是對遙遙的愛的呼喚，喚起那如霧般的虛幻的眷念。這一句用得最好的是那個「霧」字，它既可以比喻愛情的縹緲，也可以比喻愛情的不可捉摸的變幻無常。

從整首詩看，它的奧祕是作者運用極淺顯的文字，而構築了一種縹緲的、虛幻的情境，這個情境就是雪脫維爾所謂的「非空洞之幻想」，而是在真實情境中的隱祕。詩的本身沒有給出一個確切的意義，但它能帶給讀者豐富的聯想，由聯想而產生各種不同的意義，使讀者感到有永遠咀嚼不完的餘味。下面我們看趙天儀在〈杜鵑花〉詩中，所展示的奧祕。作者在同一標題下分第一、第二。而兩首所表現的主題相似，且有連貫性，因而，我把兩首詩同時錄出。

其一

一番風雨，昨夜的冷鋒遲遲未去
而盛開的春季，已有花落的遺跡

宛似戀者永恆的繫念
不因凋謝而憔悴

啊，泥土的知音
勁草的殉葬者
我守望著一片蒼白，一片難忘的記憶

其二

使我又想起了初戀的徬徨
香味撲鼻，在輕盈的霧氣裏
好久，我不敢仰視的記憶
不敢撩起創傷，又浮現著

再一度繁花的季節
粉紅如昔，雪白如昔，而片片的花瓣
落在高麗草的地氈上，落在我憶念的心上

哦，在驪歌響起以前
在夏天的花陽傘舉起以前
這裏，我又摘下一朵紅白相配的雜種
有些花紋，有些斑點，有些被遺忘的麗容
使我又想起了少年的慾望……

這首詩是以杜鵑花來比喻一個人對失去的戀情的懷念與哀思。在字裡行間流露著濃重的愛戀，使人倍覺無限悽涼之感。

「一番風雨，昨夜的冷鋒遲遲未去，而盛開的春季，已有花落的遺跡。」這雖是寫景、寫風雨、寫冷鋒過境，但風雨所帶來的無情的摧殘，正是他們愛情觸礁的悲劇的肇端。「冷鋒」原是氣象學上的一個名詞，是由一個冷氣團推動另一個熱氣團，在兩個氣團中間，自然形成一個「界面」，這個「界面」特別冷冽。「昨夜的冷鋒」既是現實的情境，也是作者暗示愛情受創的因素。春天原是一個花季，一個百花齊放的美好季節，卻因為冷鋒過境，使那些花兒有了落痕。緊接著第二段的意象銜接著第一段的意象而貫穿下去。雖然有了落花的凋零，但它並不因凋謝而憔悴，一如戀者永恆的繫念。換句話說，就是他的思念，他的愛戀，絕不會因外來的風雨，或者因兩人的決裂而有所減少或喪失。

第三段用「泥土」和「勁草」來比喻他的愛情的不滅，比喻他的愛心的堅貞，固執，這是很恰當的比喻。最後一句很有力量，「我守望著一片蒼白，一片難忘的記憶」。「一片蒼白」說明他失去了戀情以後的心境，說明他目前的處境，及其悲哀的終局。然而，無論如何，他不會忘記過去的那一段戀情，這是一首情意綿綿的抒情詩，詩的奧祕產生於作者對失去的愛情的追思與戀念。這似乎是一種癡情，但癡得令人可愛，也可憫。

第二首〈杜鵑花〉，仍然是貫穿第一首的意境，而伸展出來的對昔日戀情的懷念。「使我又想起了初戀的徬徨」，這是一片難忘的記憶。香味撲鼻，「香味」象徵著過去的戀人的體香，或者女人特有的香色等等。在輕盈的氣霧裡，這是他好久不敢企望仰及的記憶，因為，他怕撩起過去的創痕。但是你越不想記起他，他卻會在你不經意間浮現在你的腦海裡，使你抓不住，也扔不掉。詩人在看見杜鵑花凋落的點點血紅裡，又驟然想起他過去的戀痕。「再一度繁花的季節，粉紅如昔，雪白如昔，而片片的花瓣，落在高麗草的地氈上，落在我憶念的心上。」這是作者企圖以杜鵑花瓣的片片飄落，來比喻他往日的戀情，這種比喻並沒有什麼不恰當，尤其是用杜鵑花瓣的飄落滿地，令人倍感悽楚。「再一度繁花的季節」給人一種延續性的聯想，使懷念的情意加濃，「再一度」也許是已經有過好多次的春花盛開的季節。這不僅僅指今年或去年或前年而言，它可能已經有了許許多多的「去年今日」的感慨。

最後一段，詩人把整個思維拉回到往日的幻夢中，「在驪歌響起以前，在夏天的花陽傘舉起以前」，他摘下一朵紅白相配的花，有花紋、有斑點，也有些被遺忘的麗容……這種情境完全是浸溺於甜蜜的回憶，浸溺於昔日的夢幻中。因而，使他又想起了少年的欲望。

這首詩沒有什麼特別堆砌的意象，也沒有套用什麼典故，但它一樣表現了詩境的隱涵力，它能使人感覺出愛情的魅力，縱使是消逝了的愛情，它仍然令人戀念不已，仍然令人無法忘懷，這就是詩的奧祕。它能使人覺出一種悽楚，一種苦痛，一種永遠也咀嚼不完的餘味。有苦、有樂、有悲哀，也有歡愉。人類精神的活動，也就是在不斷的聯想，幻想的一連串的循環旋轉中存在著。人類的物質生活愈繁複，精神生活就愈貧乏。現代科學的發展，的確幫助了現代人解決了不少物質上的難題。然而，科學儀器愈到精微的程度，人類的內在奧祕，也就愈來愈稀薄，而人類在精神上所遭受的損失，也就愈來愈大，所受的壓力，也就愈來愈沉重。於是，詩人企圖發掘人類的內在奧祕的心意，也就越來越熾烈。

現在我們來看看夐虹的〈白鳥是初〉，這是一首年輕的少女憧憬著優美的愛情的詩：

而不退潮的念在
島，你雕像的四周昇起
而距離是隻太長的手臂
撒下網，網住一九五七
我們的初遇

那無窮白正成熟著完美

豐盈著生命。從南方的晨裏走來
一棵小草，在足邊
（而許多小草也是如此的）
為它的未定的方向顫慄
所以神，我選擇了你
　從南方的晨

永恆必要地存在
在極地的白裏
而雕刀說

　用你堅定的立姿
　紀念那藏放我的柔弱的心——

在這首詩的後面，作者有一段小註說：「白鳥，代表著我至遠至美的憧夢，那幾乎是不可追尋的幸福。孩提時，我常夢見白鳥，體態嬌小，翎羽瑩潔，靜靜地跳躍於桂樹的細枝間，葉蔭使空氣變得清冷。這一直是我最珍愛的祕密。謹以此詩贈給藍。」她這一則小註說明了作者寫這首詩的動機和目的，以及「白鳥」所暗示的意義。最後一句特別標明贈給藍，這個藍可能就是她心目中的戀人，或者是她詩中所謂的「神」。

第一段寫他們的初遇，寫他們在遙遠的距離中拉在一起，這是很神奇的。人與人之間的相遇往往是一種偶然，一種無法預測的巧合。有些人近在咫尺，但不能相識，有些人卻遠在天涯，而能相遇、相識，甚至於相愛，相結合在一起。詩人用距離來比喻人與人之間的空間，雖然相距甚遠，但他們還是被距離網住，不管這段空間有多寬、多廣，他們畢竟在一個距離中相遇了。換句話說，作為人永遠逃不了一個空間的距離，無論這個距離有多長，他終於要相遇的，還是相遇了，佛家所謂的「緣」。其實，這就是生命的奧祕。第一行用「不退潮的念在，島」，這個「念」字是因印刷工人的手誤，還是作者刻意用的，如果是作者刻意用的，那麼，這一行所構築的形象，就很糢糊。如果是用「存在島」就較易於讓人理解。這是隱喻著詩人的幻覺中的一個塑像的存在，「不退潮」含有恆久的意味。

第二段寫作者對她所想像的白鳥的傾慕，對白鳥所帶給她生命的豐盈的喜悅。「那無窮白正成熟著完美，豐盈著生命。」甚至於所有圍繞在白鳥旁邊的小草，都為它的未來的方向顫慓。為她的未來的幸福而跳躍，「所以神，我選擇了你，從南方的晨。」這個「神」可能就是心目中的戀人，也可能就是那個藍，那個幸運者。也許這個「神」根本就是一種幻覺，一個詩人心目中的夢。她憧憬著他可能會給她帶來幸福、帶來快樂、帶來永恆的愛。從南方的晨中走來，晨曦象徵著希望、光明、歡樂。

「永恆必要地存在」，這可能是詩人刻意打破文法的秩序，重新組織心象，因而使傳統上的文法有了衝突。在固有的習慣性的文法，「永恆地存在」的本身，就已經含有「必要」的成份，用不著特別加重「必要」的語氣，這樣反而使詩句晦澀。「在極地的白裏」，這種句子也不夠優美，語法也不佳，雖然可以給出一個較為確切的形象，但終不能趨至完美的境界。「而雕刀說，用你堅定的立姿，紀念那藏放我的柔弱的心——。」作者以「堅定的立姿」和「柔弱的心」成為一種對比，一種強與弱的情境的對比。由對比而產生一種隱祕，這是詩人苦心創造的意象，有意象就必有美感，有美感就能給讀者無窮的回味，有回味就能感覺出詩境內的奧祕。奧祕使詩的內容充實，使詩的意義豐繁，可以歷經各種解釋而不損失它的質素。

就夐虹的詩來說，她是較近於沉靜、溫柔的女性美的類型，她的詩充滿著對生命和愛情的幻想，她很少堆砌那些晦澀的意象，她所創造的意象，也是極其明朗的，至少是盡可能趨向明朗的。她的詩句的本身就有一種奧祕，一種對青春的頌歌的奧祕。在《六十年代詩選》

中，有一段簡介中說：「敻虹的詩給予人的印象是感情真摯，調子輕柔，清澈、精巧、纖美而又奇幻。一般說來，她比我們另一些創作生活開始較早的女詩人顯得更為重視技巧，其對速度、張力、韻與諧音均有細緻的體認；在表現上，她具有克臘西克的節制和勻稱，並呈備一種向為女性詩人所欠缺的理性的深度與嚴密的組織力。」而我國另一位現代詩人碧果的詩，是採取空間與空間所構築的奧祕。給人在視境內獲得一種繪畫美。一種被設計的構圖的奧祕。而這些詩，往往是在詩人感到有限的語言不足以表現其內在語言時，所採取的另一種表現途徑，這是源自於法國阿堡里奈爾❷所創造的圖象詩而來的。

總之，詩的奧祕，是源自於詩人對瞬息萬變的宇宙的探討，對人生的體認，對自然和生命的關注所產生的一種靈性的昇華。奧祕的本身沒有具體的形象，但它能給出一種形象。一

---

❷ 阿堡里奈爾 (Guillame Apollinaire 1880–1918) 為法國立體派詩人，曾創造圖象詩，給讀者在視覺與靈覺的雙重感受。使現代詩發展到另一途徑，也就是所謂「詩的繪畫美」，它從空間給出一種美感，一種形象的意欲。阿堡里奈爾係私生子，生於羅馬，後來隨其波蘭籍的母親 Kostrowisky 氏隸籍波蘭。七歲時隨母親寄居巴黎，在法國南部受教育，一九〇二年進一家銀行任職，並開始從事詩的創作。第一次世界大戰期間，曾加入法軍作戰，不幸於一九一八年患西班牙傷風症而與世長辭。他是西洋第一個取消詩中標點符號的詩人。

種美。一種隱祕中的真境。它給讀者展示了一個無限的境界，正如我們站在山崗上看落日的那一剎間的感應，我們只覺得那是一種華美。一種玄幻中的真境的存在。然而，我們的確無法給予一個固定的形象，或者像某種具體的事物的那種概念，這就是我們常常聽人說的：「只能意會，不可言傳」。詩中的奧祕就是要讀者「意會」，而不是要讀者去「言傳」的。

第十二章 詩的真境

現代詩的確已被拒於釋義之外，而進入到一種近於自我覺醒，自我感悟的內在真境之呈現，前輩詩人所關切的往往是外在世界的表象之描摹，而很少關注到人類較為原始的內在真實之展示。現代詩人感悟到這一真實之可貴，乃揚棄了諸多前輩詩人的陳舊法則，而援用了本世紀以來的科學上和心理學上的嶄新發現。如語言學，語意學，比較語言學，語構學，以及心理學上的社會心理學，變態心理學，人格心理學，文化人類學，民俗學，神話學等等有助於詩創作的學問。尤其是近代心理學上的發現，的確大大地改觀了現代詩人的視域。

前輩詩人所重視的往往是外在的物質界的現象之描述，或許是那些承受過科學洗禮的實在論。他們所表現的往往是靠視覺官能所能洞察的世界，而不是靠心眼去感覺的世界。於是，他們詩中的面貌只是一個人人都能見的物象世界。事實上，人類卻有兩個面貌（世界）：一個是肉眼完全可見的外在面貌（物質世界）；一個是肉眼所不能見的內在面貌（精神世界）。物質世界是外在的自然界，而精神世界是內在的心靈世界，前者是有具體形象的，雖廣漠而其實是有限的，而精神世界雖沒有具體形象，但它是超越於時間和空間之上。而人類在物質的自然界，生命是短暫而迅速可逝的，但在精神世界裡，卻是永恆而無垠的。現代詩人們大都已感悟到外在的世界，已被前輩詩人們描寫得太多，因為外在的物質世界畢竟是有限的。所以，現代詩人們急切要探索的是人類的內在世界，這是一個螺旋型的世界，愈往裡轉，就會愈覺出那個世界的真實性，也愈覺出那個世界的深不可測，正因為如此，才使現代作家們有永遠挖掘不完的深埋在人心底裡的真實。

現代詩的真境，並不在於其能運用科學儀器所能測定的真實，也並不在於人類的肉眼所能窺見的真實，而是依賴於人的感悟力所獲取的詩的本身的真境。我們讀一首詩，往往會覺得它對現實社會毫無功用，但我們又會覺得它有所存在的價值，其價值就是詩的本身的價值。所以，現代詩除了其本身所給出的快感，是不應該有任何目的的。如果一個詩人在未創作詩之前，已立下某種目的或效用的話，其創造出來的詩，充其量也不過是次等貨。就目前的現代詩來說，固然還有部份是滯留在唯美和科學實在論的舊夢裡，但也有絕大多數的詩人已轉向於內省的世界，而且都已自傳統的，陳舊的世界裡躍出，而轉入到較為純粹的抽象世界。他們都幾乎完全擺脫了原有的一些陳規，而著重於自我表現，傾聽自己的內心的衝動，以「自我」為中心建立起新的秩序和新的傳統。他們要求超越，要求創新，只是對已成的方法感到不足以表出其內心的真境，因為每一個夠格的現代詩人都急於要傳真出他自己（也許是這一代人）的心靈動向，和那隱藏在心靈深處的真實。於是，他們不得不苦心竭慮地發掘那些新的表現方法，無論在形式上，語言上，語法上都是在不斷地求新，求變。這也是現代詩進步的最大因素之一。

中國古代詩人常常有「情動於中而形於言」的創作信條。而古代詩人所謂的「情」，也就是現代詩人所強調的「情趣」和「情意」，而這種「情趣」和「情意」都是源自於詩人的敏銳的感受力，對外在事物的吸收和內省所醞釀而成的一種意象，這種意象的展示和鋪陳都有助於現代詩的本身的深邃和奧祕。不過，我國現代詩人所創造的意象，大都是師承西洋象徵派以降所築就的意象本身的神祕性，音樂性和它的暗示性。因此，現代詩最初給讀者的感覺是深奧而晦澀，是難懂而費解的，這也是現代詩遭受非難的原因之一。由於意象本身難以捕捉，而詩人們又苦苦著重於意象的鋪張。甚至有些詩人為了急於傳出那些未經過理性的整理的內在真實，已完全揚棄了昔日的抒情詩的創作方法，而運用其獨特的嶄新的表現方法，將人類內在的心境展示出來，瘂弦在他的《詩人手札》中說：「此種潛意識，世界極為混亂未經整理。也無法整理。現代詩為求『傳真』這個沒有『過渡到理性』的世界，每每不再透過分析性思想所呈備的剪裁和序列，便立即採用快速的自動言語，將此種經驗一成不變地從它自身

的繁複雜蕪中展現開來。」❶

人類潛意識的發現，是本世紀以來的文學創作上的最大轉位。昔日文學家所強調的一語說，科學的準確性，都被現代詩人們，小說家們所否定，他們擊破了傳統的語法。他們所尋求的語言的準確性，並不重視其對事物的「表象」的描摹的確切，而是尋求一種表現其內在的完整性的確切，它不是對「貌」的敘述，而是對「靈」的展示。現代詩人所運用的文字工具是既成的，但他必須擊破傳統的語法，重新組織新的語言秩序。例如杜國清的〈雪崩〉：

我們的意志像雪崩
心的缺口冒著一縷縷情煙
脈搏裡冰河滾動

女人啊，我的淚溝裡
洪水暴漲……

❶ 見《創世紀》詩刊第十五期，民國四十九年五月出版。

河邊草，夜來香。在黑暗中擁抱著一夜
不是不知道錯誤只是錯誤已使手臂麻木
蛇。妖。桃。烏。蜈蚣啃著枕上的骷髏
惡夢驚醒惡夢又在大風冰雨中驚醒惡夢

我的眼珠是一隻無槳的連環船
載浮著我的女人
急湍。險灘。以及愛的冰山

女人啊
洪水衝毀了靈魂的土牆
我們的天國崩潰了

這首詩的立意是表現作者對愛情受挫的傷感。他透過雪崩這個具體形象，比喻個人意志的消沉和泯除，這個形象構築得很美，也很確切。「我們的意志像雪崩，心的缺口冒著一縷縷情煙，脈搏里冰河滾動。」前一句是寫個人意志消沉的頹喪，第二句、第三句是寫個人情緒的激動，這兩者雖然一個是靜態的，一個是動態，但兩者都是表現同一的際遇，表現一個人在愛情上受到挫敗後的悲哀和憤怒。「女人啊，我的淚溝裡，洪水暴漲……」這是用的明喻法，把洪水比喻淚水，這雖然是過份誇大其詞，但也不能說不是他的悲痛之感。

第三段，我們第一眼所見的是形式上是散文的形式，作者打破了一些合理的句法，而獨創了屬於他自己的語法，「河邊草，夜來香。在黑暗中擁抱著一夜，不是不知道錯誤只是錯誤已使手臂痲木。」這是疊式句法，它所構成的意象有一種渾濛，幽玄的感覺。河邊草，夜來香原是兩種植物的名稱，如果我們把它們兩個聯貫起來，我們又可以發現到另一種形象的美，而且在節奏上也有其特殊的效果。「蛇。妖。桃。鳥。蜈蚣啃著枕上的骷髏，惡夢驚醒惡夢又在大風冰雨中驚醒惡夢。」一個人在失意，或在某方面慘受挫折的時候，總是會有很多不如意的惡夢，而作者透過具體的事物——蛇、妖、桃、鳥、蜈蚣——構成一個恐怖的夢境，「惡夢驚醒惡夢又在大風冰雨中驚醒惡夢」，這和前一句的重疊式句法一樣，但這一句給人一種豐繁的感覺，這種豐繁意義是由作者創造的重疊式的句法，使意象重疊。

第四段仍然寫夢境中的幻覺，寫作者所眷戀的那個愛人的幻影。「我的眼珠是一隻無槳的連環船，載浮著我的女人，急湍。險灘。以及愛的冰山。」這一段是一種幻想，卻隱涵著作者無限的情意。在他的心目中，永遠是那個女人的影子，他載著她泅過急湍，穿過險灘，越過冰山。還有什麼力量能使一個男人如此奮勇，只有愛的力量是無比的，這就是作者所要表現的愛的真摯，情的真實，也就是詩中所要現示的真境。

最後一段是呼應最前面一段，「女人啊，洪水衝毀了靈魂的土牆，我們的天國崩潰了。」這句中的洪水並不完全指眼淚，而是悲哀的比喻。我們的天國崩潰了，天國也許是暗示作者的理想，也許是他對未來的憧憬。總之，這一首詩所要表現的，都已經在作者的確切的意象中現示出來，而詩中的真境也在渾濛的意象，和詩人對愛的摯誠中展出，這種愛的摯誠不是衣飾，而是包裹在衣飾裡的純真，裸露的真實。

往日，我們窺探一個詩人的成就，往往太過重視於他的華麗的衣飾（華麗的詞彙，刻板的韻律），而忽略了其內在的真境。現代詩人所要傳出的卻是內在的真境，並非外在的衣飾。因此，當我們估價一首詩時，我們常常會不觀其貌，而透視其內在的真境。現在我們再來看看藍菱的〈那夜，我走入深深林木裏〉：

那片烟火已遠，甚至風也不再來了
我將告別此地——

此地葉成蔭，水成湖，茅屋成千株樹
而不絕的鳥鳴便很自然的成歌
我在一個夜裏迷路
那片烟火正冒入我的雙眼

我不是獵者，不是伐木的人
那夜，星落得很紛然，山鎮縱橫著
一簇小小的燄在心上碰擊著另一簇
腳步便如斯錯落在交疊的巷弄裏
如斯踩亂了青草的酣睡
露的纏綿
山鎮縱橫，那片摸索還很茫然
山鎮縱橫，路在千里
竟不知我已立姿在那片烟火裏

此處何處，不見那把追尋的碎屑閃爍
卻撞見曙色匆匆而來；那線光
啊那線光，便成旅人心中不褪的懷念
曾經有這麼一個地方，寧謐平和如原始

我欲久留，但我即將歸去
不知去路何在，我會記得這麼一則故事
雖則那片烟火已很遠了
我們不再陌生
我們不再陌生

如果說寫詩需要天才，藍菱是一位天才詩人，她生長在異域，一個很難接受到祖國文化的異域，但靠她的天份和努力，在承受極少的中文教育中，她自己摸索著去寫詩，當她十四歲那年就出版了《第十四的星光》，在這本詩集裡，雖然有些稚嫩的感覺，但已經展露了她的才華，後來又出版了她的第二本集子《露露》，這時她的詩才已被認定，被祖國前輩詩人所肯定，《中國現代詩選》中評介她說：「至此，詩人內在的星光已被認定，她不僅彈著一己的心曲，而且對生命，對愛情，對一切足以滋養自己的事物，她都真純而欣喜地把一己感情的春泉通盤傾出，她洗滌了自己，同時也溫馨了別人，雖然在用語和氣氛上還不能完全抖掉別人的投影，但她能強固地另行開闢一片鳥語花香的幽徑，那份喜悅，那份驅之不去的少女的輕愁，是多麼地透明啊！」

就這篇〈那夜，我走入深深林木裏〉來說，我們就可以肯定她的詩的地位，這是一首上乘的抒情詩，但作者透過那幽幽的情調表現了一個少女的情思，表現了一個少女的淡淡的憂戚，一種莫明的憂戚。「那片烟火已遠，甚至風也不再來了」，第一句就點明了作者已遠離家鄉已經很遠很遠了，用「烟火」來比喻故鄉，給人的印象是較為含糊的，但這一句的形象很美，而且從後面一再出現烟火這個具體形象，使人越發加深思念之情。「我將告別此地——此地葉成蔭，水成湖，茅屋成千株樹，而不絕的鳥鳴便很自然的成歌」。這種句子不但有鮮活的形象，而且在節奏上也非常優美。

第二段的意象較為零亂，而筆調卻非常輕快，「一簇小小的燄在心上碰擊著另一簇，腳步便如斯錯落在交疊的巷弄裏，如斯踩亂了青草的酣睡。」這一段整個是表現作者的情緒的紊亂，像縱橫的山鎮，像纏綿的露，像踩亂的青草，像零亂的腳步。

「我不是獵者，不是伐木的人。」但她走入了那深深的森林裡，她感到茫然，感到迷亂，似乎有一種被流失的悲哀，這是現代人的一種時代病，常常會覺得自己無所適從，會毫無目的地去做一些自己都不能自圓其說的事。她不是獵者，也不是伐木者，為什麼要走進那叢林？是為了追尋那鳥語？花香？抑是一座座縱橫的山鎮？她不知道，她也無法確切地認知自己的方位。「此處何處，不見那把追尋的碎屑閃爍，卻撞見曙色匆匆而來；那線光，啊那線光，便成旅人心中不褪的懷念，曾經有這麼一個地方，寧謐平和如原始。」這一段暗示了人生的希望，雖然在那黑夜裡，在叢林中，一切都使人迷離暈眩，甚至於不知自己置身之感，但遠遠的一道曙光卻帶來了人類的新希望，這就是詩中的真境。

最後一段是重新喚起詩人對故鄉的懷念，對那段似夢似真的深深林木的懷念。

人生是從無數的點貫穿起來的一條彎彎曲曲的線，而在漫長的人生旅途上卻有無數的驛站，當你停靠在一個驛站上，你總是想著即將奔向的另一個驛站。人的一生就是在這一個驛站奔向另一個驛站所完成的。藍菱在這首〈那夜，我走入深深林木裏〉，就是暗示一個人當他遠離了家鄉以後，必然會有另一驛站逐漸向他靠近，而當他到達那一個驛站，另一個驛站又遙遙地向他招手，人就是這樣一個欲望，一個欲望地向前奔馳。

從整首詩來看，這首詩有其最大的特色，就是在本質上是抒情詩，而在表現技巧上卻是現代的，它不是純抒情的，它滲入了現代詩的主知和理性。而所運用的語言，也非常獨特，例如：「此地葉成蔭，水成湖，茅屋成千株樹，而不絕的鳥鳴便很自然的成歌。」「那夜，星落得很紛然，山鎮縱橫著，一簇小小的燄在心上碰擊著另一簇，腳步便如斯錯落在交疊的巷弄裏，如斯踩亂了青草的酣睡。」這些句子都是很新，而且意象渾圓。尤其是第九行中的「燄」字，特別具有內涵力，作者把它象徵成人類的內心的各種欲念，這是很恰當而又確切的。現在我們再看一看白萩的〈雁〉：

我們仍然活著。仍然要飛行
在無邊際的天空
地平線長久在遠處退縮地引逗著我們
活著。不斷地追逐
感覺它已接近而抬眼又是那麼遠離

天空還是我們祖先飛過的天空。
廣大虛無如一句不變的叮嚀

我們還是如祖先的翅膀。鼓在風上
繼續著一個意志陷入一個魘夢

在黑色的土地與
奧藍得不見底部的天空之間
前途祇是一條地平線
逗引著我們
我們將緩緩地在追逐中死去死去如
不知覺中夕陽冷去。仍然要飛行
懸空在無際涯的空中孤獨如風中的一葉

而冷冷的雲翳
冷冷地注視我們

白萩這首詩的立意，是企圖透過「雁」作為人生的對照，一個人就如一隻孤雁翱翔在遼闊無垠的天空，無論是日是夜都得向前飛行，這是無可避免的，祖先們如此，我們也如此，可能那些路都是祖先們走過的，但我們仍然要走過去，只是各人的方式不同而已。

作為人，總有活下去的冀圖，而活著就必須工作，必須像雁一樣飛行，在無邊無際的天空，在無邊無際的廣大空間裡，我們要活著，活著去不斷地追逐，追逐一些人性的本能的欲望的滿足。然而，當我們奮力地向前掙扎時，我們常常會感覺到有一個既在眼前而又非常遙遠的境界在招引我們，「感覺它已接近而抬眼又是那麼遠離。」人，就是這樣不斷地追逐又追逐，人的一生也就是這樣不斷地向前走完了一段空白又一段空白。

「天空還是我們祖先飛過的天空。廣大虛無如一句不變的叮嚀，我們還是如祖先的翅膀。鼓在風上，繼續著一個意志陷入一個魘夢。」路是我們祖先們走過的路，甚至我們走路的腳也是我們祖先們有過的，但我們有異於祖先們的走路方式，一如我們寫詩，也許我們所使用的文字工具都是我們祖先們早已使用過的，然而我們要創造異於祖先們的詩。

鼓著我們的勇氣，「在黑色的土地與，奧藍得不見底部的天空之間」飛行，向前奔馳，繼續著一個意志陷入一個魘夢。而前途就只是一條地平線，在無垠的前面逗引著我們，使我們緩緩地在追逐中死去，一如夕陽在不知不覺中冷去。縱使是如此，我們仍然向前奔馳，仍然要不斷地飛行，這就是「人生」。

最後一段中的「冷冷的雲翳」可能是比喻現實的人生，當我們活著向前奔馳，向前掙扎的時候，可能會遭受許許多多的困擾，像冷酷的現實時刻都在注視著我們，但我們不能就此退縮。正如作者一開始就說的「我們仍然活著。仍然要飛行。」這是不變的，自古以來都是如此。

從整首詩來看，不論在主題和表現技巧上都有其獨特的表現，用「雁」象徵人生，用「冷去」形容夕陽西下後的情境，都是很美的形象，這是苦心構想的新的詞彙，表現了新的概念，新的意象。在我國現代詩人中菩提也是喜歡多想多思考，而寫得少的詩人，現在我們來看看他的〈在水中播種〉：

　死亡　是短暫的痛苦加短暫的暈迷加長遠的睡　他是一系列的春日　他是永遠沒有
帽子的好人　當黑色的密流入血管　流入每一快感的分裂　則上帝　讓我死吧　讓所有
你的神奇在一陣顫慄中得到結語像兒子　用哭聲頌揚你和子宮的溫暖

　春天就在血管裏看到　我的朋友像一隻慵懶的獅子那麼著急　當那一封紅彩尚禁閉
著一季春潮　神哪　那有多尷尬　而我也很著急　也很在一封紅彩之後　神哪　那有多
麼慵懶

活著原是企及一種分裂的　而我總是把水的種子　種在水裏　像把火　種在火裏
永遠沒有第二種長大　永遠是浩淼的單調　長安遠嗎　少年們　當你把一隻鞭子　從腿
下拔除　則再也沒有進步　像侍者　在宮中　永遠不為自己活著

這是一首表現人類的情慾，表現人類生存的原始意念，表現人類本能的需求的詩。作者一開始用死亡來肯定人類的生存過程，肯定死亡本身的價值，他認為死亡只不過是短暫的痛苦加短暫的暈迷再加長遠的睡眠而已。這是一系列的春日，任誰也無法逃脫。「春日」通常是象徵希望，象徵快樂，象徵美好的，而在這裏作者是把各種情緒揉合在「春日」裡，有歡樂、有苦痛、有遙遠的希望。他是永遠沒有帽子的好人，他能給人以溫暖，給人以快悅。

菩提是一個善於追捕意象的詩人，在他的詩中所表現的是人性的真實，而不是人生的事實，他所創造的不是有限的物質世界，而是無限的精神世界。他詩中所現示的可能就是一個宇宙的廣度、深度和密度，他和其他的現代詩人一樣，透過他的詩，不斷地反射出人性的真實，宇宙的奧祕。「當黑色的密流入血管，流入每一快感的分裂」，啊，上帝，讓我死吧！還有什麼能比這更真實，更純粹的呼喊。而在詞彙上他也一直要求創新，例如「快感的分裂」，「像兒子，用哭聲頌揚你和子宮的溫暖。」

「春天就在血管裏看到」，這是暗示生命的萌芽和滋長，這個意象使人聯想到生命本身的豐繁意義，以及那原始的真實的裸呈。作者不但露呈了自我根柢的真生命，同時也和整個宇宙的生命交融起來，已進入到完整的生命境界。

「活著原是企及一種分裂的」，分裂並非是生命的停止，分裂是生命的綿延，生命的繁殖。然而，詩人卻認為他的生存是非常單純的，像水的種子，種在水裡，像把火種在火裡。水溶在水裡，火熔入火中，水仍然是水，火仍然是火，並沒有水變成火，或火變成水的奇蹟。他渴望自我的成長，也渴望自己的生命的豪華，所以他時時都在警惕自己，提醒自己，鞭策自己，他說「當你把一隻鞭子，從腿下拔除，則再也沒有進步」啦，像一名侍者在宮廷中，永遠不能為自己活著一樣。這裡也暗示生命成長的悲哀，他認為最好是永遠不要長大，永遠停留在純真的階段，一個三歲的嬰兒，總是要比三十歲的青年，為自我活著的成份多。而現代詩人，大都企圖抓住自我的存有。他認為人除了自己以外，已經沒有任何足以依靠的東西，這就是現代詩人所尋求的詩的真境。

總之，現代詩中的真境，不表現於外在的形式，而是表現內在的實境；不在於表象的事實，而在於心靈的真實；不在於物質的有限世界，而在於精神的無限境界；不在於表現常識的豐富，而是表現生命的豐繁，智慧的超絕。莎士比亞說：「詩人的眼睛，在神奇不羈的迴轉中，能從天上看到地下，從地下看到天上。當那想像把未曾被世所知的事物形態具體化了，詩人的筆尖再使它們定了形象，並給這些虛無烏有的東西，以住所和名稱。」❷也就是詩人們的廣漠的視境，他不是觀看世界中的一個點，而是注視宇宙的整體，然後將其所見之真實展示與人，這就是詩的真境。

❷ 見莎士比亞（William Shakespeare 1564–1616）著〈仲夏夜之夢〉（Midsummer Nights Dream）。

第十三章　詩的具象與抽象

概凡吾人直覺所感其存在者，都可稱為具象的(Concrete)。故吾人在日常生活中，第一個映入吾人視覺官能中的形相，都是具象的。而一切具象的事物，都是從人類意識活動所認知的，從種種因素所組合的一整體之存有。日本美學家荻原朔太郎認為「一切具象的東西，都是從各種複雜的要素成立的。所謂具象的（具體的）存在，實係『多』融合於『一』之中，部份的滲透混合於全體之中，因而得到統一的東西。」接著他又說：「在吾人生活上，常常為吾人所感、所思、所惱的東西，其自身都是具體的東西。這是由環境、思想、健康、氣氛等等的雜多條件所構成的。」❶意大利美學家克羅齊在他的《美學原理》中的第一章就談到直覺的知識。他認為「知識有兩種形式：不是直覺的，就是邏輯的。」他所謂「直覺的」就是吾人所見到的任何一事一物，心中必產生一種形相，或者意象。而這個形相是沒有經過理性的認知的最初的心意活動。換句話說，就是尚未經過思考的過濾的最初階段的心意活動，

❶ 見荻原朔太郎著《藝術的若干基本問題》一書談「藝術的抽象觀念與具象觀念」第二節。

這就是直覺。如果將這最初階段所見的形相，推入理性的思考，並確定它的意義，尋求到與它相互的關係和差別，則成為概念，或者稱為邏輯的知識。所以克羅齊特別強調知識的形式，「不是從想像得來的，就是從理智得來的；不是關於個體的，就是關於共相的，不是關於諸個別事物的，就是關於它們中間關係的；總之，知識所產生的不是意象，就是概念。」

至於抽象(Abstraction)一詞，根據哲學辭典中的解釋是：「就多數事物中，特注意一事物，或就一事物之若干部份若干性質中，特注意其一部份一性質，而其餘姑弗措意，如是心意作用，謂之抽象。」這種解釋，讀者似難理解，而荻原朔太郎有一個較為易懂的註釋，他說：「理智的反省，是把具象的東西，由概念加以分析，把有機的統一，換為無機的各部份，將各部份置於各個壁櫃之中，加上有卡片的抽屜，作成索引。有必要時，吾人可由索引找到一個壁櫃而抽出之。這就是抽象。」換句話說，抽象是片斷的，它是自完整中抽取出來的一部份而已。事實上，抽象的原質，在作用上還可分為：單純的抽象觀念，和一般觀念，以及複合的抽象(概念)。而單純的抽象觀念，是從多數事物之若干性質中，解離其一性質，而造成一種觀念者。一般觀念，是由若干具有通性之事物中，揚棄其非通性，而僅取其通性，以造成一概括式等通性之觀念者。至於複合抽象觀念，是由一般觀念，進行抽象作用時，所造成的一種觀念。「而觀念的文字本身，就是暗示著一個什麼概念，其自身即指示一種抽象觀。」❷因此，我們說語言的本身是抽象的，而由語言所構築的概念，則是具象的。任何一首詩，在未完成之前，都僅僅是詩人的一種概念、一種意象。而當他運用語言，或文字所構築詩時，他已經在進行一種觀念的完成。最後，當一首詩完全築就後，則成為一種具象的藝術品。

現代詩人常常自自我的孤絕中，進行其抽象的世界之探索。是因其發現人類在直覺的具象世界裡，已日漸被物慾所圍困，人類的精神活動的空間已越來越狹小。而人與人之間，人與物之間，物與物之間的距離也越來越狹窄。而各種關係，已日漸繁綜複雜。於是，現代詩人，大都企圖自繁複的世界中超脫，追尋一個純粹的自我世界。因此，有形的具象世界，已不能滿足現代詩人的心靈，而探向虛無，探向一個近乎靈性的抽象世界，是現代詩人創作作品時的最大指標，這是現代詩人的最大轉捩。這樣作是否更能透視或者呈現這一代的心境，現代藝術家們（包括現代詩人，現代小說家，現代劇作家）並沒有作任何的闡釋，但一切的現代藝術作品確已自人的形而上學為中心向外輻射，是無可否認的事實。因此，現代詩自具象的世界中抽離雜質，而表現一種近乎抽象的更為純粹的精神世界，已成為一大主流。現在我們來看看覃子豪的〈域外〉：

❷見註一。

域外的風景展示於
城市之外，陸地之外，海洋之外
虹之外，雲之外，青空之外
人們的視覺之外
超 Vision 的 Vision
域外人的 Vision

域外的是一款步者
他來自域外
卻常款步於地平線上
雖然那裏無一株樹，一匹草
而他總愛欣賞域外的風景

這首詩，我們首先可以假定作者所要呈現的，僅僅是一個感性的世界，它是由作者的純粹自我的孤絕中所表現的一種極致，這是一個完全沒有具象事物的世界。第一段「域外的風景展示於，城市之外，陸地之外，海洋之外，虹之外，雲之外，青空之外，人們的視覺之外……」這是一貫下來的意象之重疊，「域外」的本身已經給人一種虛玄、幽祕、迢迢的空茫之感，而屬於域外的風景卻又展示於「城市之外」，展示於「陸地之外，海洋之外，虹之外……人們的視覺之外。」這幾乎是一切的一切之外，已使人無法想及的那種遙遠之外。這個遙遠的境界幾乎是無垠的，是人類永遠不可觸及的一個境界。

「超 Vision 的 Vision」，這個 Vision 似乎很難用確切的中文譯出。就一般通常的譯法，有視力、視覺、想像力、幻想、夢想……等等意義。而詩人所以不用中文表出，也可能就是沒有一個中國的字眼，能替代它的內含。譬如我們用「超視覺的視覺」，或者「超視力的視力」，或者「超幻想的幻想」……都沒有用 Vision 來得美好。這也是詩人所以要用英文的原因，而且以我個人的研判，前面的 Vision 和後面的 Vision 還不能作同義解。前面的可以作動詞，而後者就必須作名詞或受詞，始可把詩意表出。而第三個 Vision 又不同於前兩個 Vision，它比前兩個富於肯定的語氣，它給出一種極限的感覺。

第二段是貫穿第一段的意象，「域外的是一款步者」，這個「款步者」給出一個具象的形相，但「他來自域外，卻常款步於地平線上」，這個具象的形象的形相又被拋在縹緲的煙霧中，使人可望而不可及，可感知其存在，而又無法觸及其實體的存在。作者在其詩集《畫廊》

的自序中特別強調〈域外〉一詩「是由抽象到抽象，沒有觀念，沒有情感，沒有感覺的無中之無。無中的無，乃有之極致。抽象為具象至極的純化所造成的一個純粹美的世界。」詩人特別強調這首詩是沒有觀念，沒有情感，我想是有點誇大其抽象的效果。事實上，沒有任何一件藝術作品，能夠在沒有觀念，沒有情感中產生的。我們看〈域外〉的最後兩行：「雖然那裏無一株樹，一匹草，而他總愛欣賞域外的風景。」這已經有了幾個觀念，第一個是那裡（指域外）沒有一株樹，一匹草。這個觀念隱喻著域外的空茫、荒漠之感。第二個「他」意味著有一個人的觀念，那個人在域外。在那荒涼、空漠的域外款步，在那裡欣賞著域外的風景，這個「風景」的出現，構成了域外的第三個概念。所以作者特別強調「域外」是沒有觀念，是有些過份其詞。再說沒有情感也是不可能的。任何一首詩的創造，它的最原始的動力，就是情感，何況「域外」所展示的也正是一個人對世界的孤絕感，一種未知的，而又無可攀越的幻美的境界。

從整首詩來看，這是一首表現一個由抽象到抽象的世界，一個幻美的世界。但抽象的本身還是具有部份的具象的形象的性質，只是這種形象，我們不能給出一個確切的名義，不能給它一個具有傳統習慣性的意義。譬如一株樹，我們見到了就知道它是樹，而這個「知」已經是由直覺經驗，過渡到理性的有意識的知，這是自習慣性產生的一種知——是一種概念。

然而覃子豪這首〈域外〉，並沒有給出一個具體的境界，但我們還是可以覺出一種美感，一種屬於意識境域的美，這種美感是尚未過渡到理性世界的美，但這種美仍然令人產生快感。誠如朱光潛在《文藝心理學》中說：「如果一件事物叫你覺得美，它一定能在你心眼中現出一種具體的境界，或是一幅新鮮的圖畫，而這種境界或圖畫必定在霎時中霸佔住你的意識全部，使你聚精會神地觀賞它，領略它，以至於把它以外一切事物都暫時忘去。」在哲學上有所謂「捨象」，這原文與「抽象」一詞相同。意識凡構成概念時，必有各個對象。在這眾多的對象中，必然要抽取其共同屬性，概括在一個概念之下，在這抽取其共同屬性的同時，也要捨棄其餘所有的非共同屬性者，故抽象與捨象在作用上是相同的。英語哲學家、美學家喜歡用抽象，德語哲人、美學家喜歡用捨象，這是習慣用法，沒有多大差異。

因此，我們說覃子豪的〈域外〉，是具有形相的具象美，並無不可。這種美感的經驗，是直覺的經驗，它還沒有過渡理性的世界，所以這種美是最為純粹的，最為單純的，它沒有附帶任何功用，或目的的美。這也就是作者自認的「由抽象到抽象」的表現。現在我們來看一首胡品清的〈夢季〉，這是由具象到抽象的表現的詩。

又一個此山中春寒的日子　冷且濕

天很低　雲也灰濛濛
斜風交融著微雨
灑下一窗幽暗　滿院淒迷

獨立廊前
看落葉的身影
看面目憔悴的雨中花。
聖誕紅洗去了胭脂
纖麗的石竹花揉皺了多彩的裙裾
一些傲岸的橘黄和青翠也都容顏寂寞淚闌干

面對一園姣好的凋零
猝然驚悟
我的夢季也有著敗葉殘花之意境

很豪華又很悽愴
像風中葉　雨中花
預知自己是命定了委泥塵的
然後無可奈何地等待辭別枝頭
在確知不容再留戀的時候

我向來介紹詩作的時候，都沒有涉及私人的生活範圍的事物，也很少介紹詩人的本身際遇，但現在介紹胡品清的〈夢季〉時，我不得不稍微涉及一點她的生活環境，因為她的詩，大部份是她個人的生活的寫照。一種真實的自我展示。

胡品清自法國回國後，就一直任教於中國文化學院研究所。而該院位於臺灣北部的陽明山，是一個風景優美，環境清靜的聖境，一年四季都有盛開的各種花卉，如杜鵑、茉莉、牽牛花、美人蕉、聖誕紅、銀桂、櫻花……等等，在她的屋子裡也有各種花卉，如洋椒、長蔓、螃蟹蘭、高石斛蘭、矮石斛蘭等等，在她的山居中，沒有市聲，沒有喧嘩，沒有機械的噪音，「沒有庸俗、沒有家常的超現實之象；也因為那個常常為她靈感洒落滿地的播種人；所以她的詩總是那麼沒有廿世紀的煙塵味，令人讀了有花香滿室的感覺。她的聲音總是那麼美麗、純潔、溫柔、敦厚，真摯，不沾染一點污穢、憤怒或怨懟，因為她迷信著美和愛。」❸胡品清在愛情和婚姻上，都曾受創。於是，她企圖自極度寧謐中淨化自己，把塵世的一切世俗都拒之窗外，拒之門外，拒之一切之外。把自己皈依一種純美的幻境中。

第一段寫景，也寫境，她呈現一個春寒料峭的季節，在山上顯得寒冷和潮濕，天很低，說明雲層很低，灰濛濛的一片迷茫，能見度已達於零，這是表現山與天相連的朦朧情境，是一個具象的境界，這個具象的境界，就是由雲層下降，使山巔與雲天相連。「斜風交融著微雨，灑下一窗幽暗，滿院淒迷。」斜風，微雨都是具象的事物，它構織了一窗幽暗，滿院的淒迷。幽暗和淒迷是抽象的景象，但給人一種美感，這個美感，是因為有微雨被斜風飄落，才能產生的景物。如果沒有風，沒有雨，可能那山上的情景又要不同了，也許是可以一目千里的晴朗，明澈的情境。

第二段，作者仍然運用諸多具象的事物，如落葉、雨中花、聖誕紅、胭脂、石竹花、裙裾等等。「獨立廊前」給人一種孤寂、空茫、超絕之感。「看落葉的身影」，由落葉而使人聯想到飄零、垂暮的哀愁。一個主觀性較濃的詩人，常常會把個人的自我意識，個人的內在心境流露在字裡行間。「看面目憔悴的雨中花」，多少是帶有幾分自傷身世的感慨。「聖誕紅洗去了

❸ 引自創世紀詩社出版的《中國現代詩選》。

胭脂」，這個「洗」字用得很美。它給人一種具象的感覺，暗示著時光的不再，「洗」字代替「褪」字，但比褪字更具有深度。它同時也隱喻著美人遲暮之慨。「胭脂」象徵著女人的青春，然而，她已經被歲月洗去了，它隱含著一種幽怨的哀戚。而「聖誕紅」和「胭脂」都是具象的事物，但它所暗示的意象卻成了抽象的。譬如「纖麗的石竹花揉皺了多彩的裙裾。一些傲岸的橘黃和青翠也都容顏寂寞淚闌干。」這正暗示著一個人的青春的消失，雖然某些傲岸的橘黃和青翠，但都無法避免那些寂寞的愴涼。

第三段的意境更趨於純淨，她表現一個美好的青春的老去，使人倍覺淒涼之感，「面對一園姣好的凋零，猝然驚悟，我的夢季也有著敗葉殘花之意境」。「敗葉殘花」原是具象的，但它象徵著一個生命的萎縮、凋落的情境，而這個萎縮、凋落的情境就是抽象的，它不能給出一個實感世界，只能使人想像其衰老的處境。「很豪華又很悽愴」，這原是一種矛盾語法，但它能使人產生種種不同的意念。既豪華又很悽愴，這不就是告示著我們對生命的無可奈何。有出生必然就有死亡，人類自呱呱墜地開始，就是一步一步挪向死亡的終站。死亡，已經成為生存的另一個境界，任誰也無法逃脫。雖然詩人企圖以夢中的生存，來奢望生命的不衰、不老。然而，夢畢竟是夢，夢醒的世界仍然是現實的，而現實的一切都能使他驚悸，驚悸於自己的年華不再，驚悸於如落葉般的生命衰亡，「像風中葉，雨中花」，它的結局必然要歸於泥土，歸於塵。這是無法挽救的敗局，也是無法逃脫的厄運。

最後兩句寫得很悽慘，一種無可奈何的等待著生命的衰亡，我相信沒有什麼壓力能比這更沉重，更令人不可抗拒。然而，人往往是最富於韌性的動物。雖然明知自己未來的生命必將毀滅，但他仍然會在活著的時候，堅持到最後一秒鐘，一如那風中的黃葉，雖然明知它立刻就會被吹落，但它仍然堅持到最後，到最後不得不離開枝頭為止，這就是生命的韌度。

從整首詩來看，胡品清這個「夢季」，似乎並不是夢，而是一個垂暮的生命的感慨，一個對生命的肯定的警語。我們可以從作者的夢中感知那個生命的嘆息，那個青春年華被歲月吞噬後的嘆息。這首詩有著作者的投影，有她濃厚濃厚的憂鬱和哀愁。

現在我們再來看看蓉子的〈我的妝鏡是一隻弓背的貓〉：

我的妝鏡是一隻弓背的貓
不住地變換它底眼瞳
致令我的形像變異如水流。

一隻弓背的貓　一隻無語的貓

一隻寂寞的貓　我底妝鏡
睜圓驚異的眼是一鏡不醒的夢
波動在其間的是
時間？　是光輝？　是憂愁？

我的妝鏡是一隻命運的貓
如限制的臉容　鎖我的豐美於
它底單調　我的靜淑
於它底粗糙　步態遂倦慵了
慵困如長夏！

捨棄它有韻律的步履　在此困居
我的妝鏡是一隻蹲居的貓
我的貓是一迷離的夢　無光　無影
也從未正確的反映我形像

「妝鏡」和「貓」都是具象的事物，作者透過貓來形容她的妝鏡，這是運用具象表現具象，而產生出一種抽象感，這種方法一般詩人都不易把握，也不是常常能被運用的。「我的妝鏡是一隻弓背的貓，不住地變換它底眼瞳，致令我的形像變異如水流。」一隻貓當牠弓起背的時候，常常是預作獵取什麼，或要企圖有所行為的時候的動作，因此，牠的瞳眼經常在這個時候，都是骨碌骨碌地轉動。而這時，變化最多。詩人把牠來形容她自己的形像的變化，然後又用水流的形態來比喻那形像變化的外形，這是由外形的具象性到內在的抽象性，使讀者在感覺上有著一種交錯的美感。

第二段是完全以具象的形象來表現詩人的內心的律動。「一隻弓背的貓，一隻無語的貓，一隻寂寞的貓。」弓背、無語、寂寞都是用來形容那隻貓的形象。而這些形象又是用來表現那面妝鏡的，而那面妝鏡又是用來反射人生的歲月、光輝、和憂愁的種種內在情緒的變化。這是一連串的內在的情緒的波動，「時間」能使人老去，能使人一步一步在它的背上挪完生命的旅途。「光輝」使人聯想到青春、美貌、事業、前途、功勛……等等在人生旅途中可能遭遇到的事件，但光輝大都是象徵美好的。「憂愁」正好與光輝成相反的效果，光輝往往是令人得意的象徵，而憂愁卻常常是失意的代表。人生不可能是一條直線，他的情緒的變化，任誰都是一條曲線的，而有些人的曲線變化較小，有些人的卻很大。這與各人的際遇不同，但都能在一面鏡子裡反映出來。因此，詩人說：「我的妝鏡是一隻命運的貓」。

命運使人生規範於某一種的局限，這個局限不一定有固定的形式，但在隱隱中，它似乎是永遠在捉弄著人生，「如限制的臉容，鎖我的豐美於，它底單調，我的靜淑，於它底粗糙，步態遂倦慵了，慵困如長夏！」任何一種鏡面都有縮影的效用，女人妝檯上的鏡子也不能例外。當你站在它的面前，你就被它吸取，並把你限制於它的體內。它能鎖住你的豐美，鎖住你的麗姿，鎖住你的笑貌，鎖住你的憂愁和幽怨。

最後一段是貫串第三段的「步態遂倦慵了，慵困如長夏」的情緒。所以詩人說「捨棄它有韻律的步履，在此困居。」這多少帶有一種無可奈何的幽怨，一種不得不被困的哀戚。「我的妝鏡是一隻蹲居的貓，我的貓是一迷離的夢，無光，無影，也從未正確的反映我形像。」這可能是暗示一個生存在現代工業社會裡的人，有諸多真實的自我被扼殺的悲劇性，所以詩人嘆息著妝鏡從未正確地反映她的形像。我相信，在此機械工業日夜爭吵的動亂的世紀裡，自我能不被完全扼殺，多少已經存有一點微倖了。而如果能夠完全現示自我，認知自我的，似乎是杳杳無幾的。蓉子的作品和胡品清以及其他女詩人的作品一樣，總是帶著濃重的女性的典雅與溫淑。蓉子被稱為「中國詩壇上一座由《聖經》、自然與存在觀所造成的三角塔」。她已經自寧謐的聖堂裡走向現代，走向現代的騷動的世界，在這個騷動的喧嘩中聽取人類的內心的悸動，聽取人類的內在心聲，所以她的詩也自具體的形象中，構築起高度的抽象境界。

第十四章 詩的明朗與晦澀

現代詩的最原始質素，就是抒洩個人情緒的一種表現，它和詩的本身明朗與晦澀無關。一首明朗的詩能成為好詩，成為不朽；一首晦澀的詩，也同樣能成為好詩，成為不朽。諸多詩讀者，往往侷於詩的「懂」與「不懂」，或者「能解」與「不能解」的狹小的天地裡，而忽略了詩人的感覺性的無限視境（包括詩讀者的本身的聯想所造成的無限視域）。

一首詩的明朗與否，常常被人誤認為詩句的本身文字的易解與否。以為容易解釋的，甚至於說能使人一目瞭然的就是明朗的詩，而明朗的詩是易懂的，所以是好詩。而相反的，那些不易懂的，甚至根本無法解釋的詩，是壞詩，因為晦澀難懂，這種推理，這種論斷是非常危險的。詩的好壞，應該是取決於詩的本身的質素，而不應該就明朗與晦澀來界定它的價值。就我國近六十年來的新詩的發展看來，既是有明朗的詩，也有晦澀的詩，甚至還有半明朗，半晦澀的詩。而只要它們真的具有詩的內涵力，具有詩的質素，我們一樣稱它為好詩。最糟的是那些近於散文分行或說白詩，它既沒有詩的質素，也缺乏詩的內潛力，但它仍然架著詩的形式出現。而其次是那些玩弄文字的積塔詩，故意使詩句晦澀，使內容虛玄。刻意鋪張意象，使讀者墜在五里霧中，這類詩看似晦澀、深奧，其實是空洞無物，僅有其難懂晦澀的外層，而缺乏艱奧深沉的內在真實。

現代詩的易懂與難懂，並不在於其外表文字的釋義，因為文字的本身只是一種符號，如果詩人不賦予其意義，它是毫無意義的。因此，現代詩的易懂與難懂應該是視其內在的真境之充實與否來區分的。有些詩是文字非常淺顯，但內容非常充實，非常豐富，使人有永遠掏取不盡的寶藏。有些詩是文字非常深奧晦澀，但內容貧乏無物，像這類詩，自然不是詩的正途，一首詩的晦澀艱奧，不外乎是詩人運用艱奧的表現方式，如象徵、比喻、隱喻、暗示，以及意象的鋪陳等等。是早年法國象徵派詩人，最常用的一種手法，他們特別強調一種朦朧美。一種神祕感。一種謎一般的玄幻。例如古爾蒙、馬拉美、波特萊爾等人，都曾不斷地運用象徵、隱喻、暗示種種法則，來創造詩。另一種好詩的晦澀，是在詩內刻意嵌進的深奧難懂的哲理，如T・S・艾略特的〈荒原〉❶、梵樂希的〈海濱墓園〉❷。尤其是艾略特的〈荒

---

❶ T・S・艾略特(Thomas Stearns Eliot 1888–1965)美國詩人，後來入英國籍。詳文可參照拙著《孤寂的一代》一書。〈荒原〉(The Waste Land)一詩有單行本。中文譯本，見中華民國五十年元月出版的《創世紀》詩刊（葉維廉譯詩）和民國五十五年出版的《現代文學》（杜國清譯）。據說遠在抗戰

原〉，還運用了五六國文字，使詩的內容充實，深奧，晦澀。這可能就如他自己說的：「一個詩人可能有其個人的因素，而不得不以艱奧方式來表現他自己」時，所採取的一種表現方式。當然像〈荒原〉這樣的詩，並不是人人都能創造的，作者必須具有真正的豐富的學識，和超人的才具。否則，反而成了畫虎不成反像犬的尷尬情況。在我國現代詩作中，也擁有不少艱奧晦澀的詩，如洛夫的〈石室之死亡〉、瘂弦的〈深淵〉、余光中的〈天狼星〉、羅門的〈第九日的底流〉、覃子豪的〈瓶之存在〉、葉維廉的〈賦格〉等等，都可算是我國現代詩中的好詩，但都很晦澀艱奧，不易被一般人解釋。事實上，這些詩也很難用常理去釋義，我們僅能用靈覺去感受他詩內的奧祕。現在我摘幾節，以供大家共同鑑賞。

末期趙蘿甦女士已譯過此詩，但我手頭沒有此種譯本。

❷ 保羅・梵樂希 (Paul Valéry 1871–1945) 是法國後期象徵派詩人。胡品清女士在其《胡品清譯詩與新詩選》一書中，介紹梵樂希說：「梵樂希的詩，比做花朵時那便更恰當了，因為他是一個否定靈感，注重錘鍊的詩人。他的詩有音樂的節奏，數學的精確，繪畫的美麗，雕像的冷靜」。〈海濱墓園〉(Le Cimetiere Marin) 有中譯，刊於一九五六年八月一日出版的《文藝新潮》(香港環球出版社發行)。

宗教許是野生植物，從這裏到那裏
讓一個無意的祝禱與另一個無意的懺悔相識
且親額，在互吻中交流著不潔的血液，
且在我的咳嗽中移植一株靡刺
我悃倦，舌頭躺著如一癡肥的裸婦，

他們以火紅的眼球支持教會的脊樑
從不乞求，他們以薪俸收購天國的消息
於是他們嚼著夏天，消化了秋天，
把春天的渣滓吐在祭壇上
而將剩下的冬天賣給那被賣的猶太人

這是洛夫的〈石室之死亡〉第二十六首，全詩共六十四首，都是以同樣的形式表現，我在第三章〈詩的語言〉中曾引述過一節，而每首都有每首所要繪出的意象，甚至每一句都能形成一個單元，一個獨立的意象。這首詩，作者是在對宗教的一種嘲弄，認為宗教不過是一株野生物，隨處都可以植根，可以散發那些無意的祝福和無意的懺悔，「在互吻中交流著不潔的血液，且在我的咳嗽中移植一株靡刺。」

「我悃倦，舌頭躺著如一癡肥的裸婦」。這是詩人對宗教的一種厭倦，認為「他們以薪俸收購天國的消息」，詩行中的他們，可能是指那些執迷的教徒，也可能是指傳遞天國消息的傳教師，「他們嚼著夏天，消化了秋天，把春天的渣滓吐在祭壇上，而將剩下的冬天賣給那被賣的猶太人。」現在我們再來看看他的第三十一首，我們就更能肯定是詩人對人性，對宗教，對於生存和死亡的苦痛。

甲板上，你們大膽地以海的怒色背叛自己，
認定暈眩是個最好的情婦
在顛波中你們互相宣揚對方的劣跡
並駭然在此裸陳出一片毛髮的新生地
人子啦，上帝焉能不焚海圖於你們的舷邊
別以測錘去探量船長的微笑
或以水手的命運去賭暗礁的脾氣，

因繩端繫著的正是一個憤怒的明天
祇有對死亡一無所知的人
纔會愚昧得在逆流中去瞭解一隻錨爪

李英豪在論及〈石室之死亡〉時說：「洛夫或一些現代詩人的詩，讀起來之所以Difficult（晦澀，艱難），主要是由於詩質的稠密，作者要求意象具有更大的濃度和密度，以造成詩的聯想底不斷的跳躍，表面上好像含蘊巨大的戲劇性之混亂，但內裏卻瀰漫詩人強烈的對自己的苛求：苛求表現之經濟，意象之豐奇；苛求詩素價值的壓縮，想像活動之無止流動……。」❸洛夫的詩，一直是企圖將眾多的概念壓縮在一個心象的呈現中，他極力表現出現代詩人的處境，那種存在與不存在的困境。「別以測錘去探量船長的微笑，或以水手的命運去賭暗礁的脾氣，因繩端繫著的正是一個憤怒的明天，祇有對死亡一無所知的人，纔會愚昧得在逆流中去瞭解一隻錨爪。」我們讀洛夫的〈石室之死亡〉，絕不能採取字義的剖釋法去讀它，我們必須先植根於他的內在真境，然後採取一種靈性的觸覺，向詩內探觸，探觸其對人生的苦悶和掙扎力。他的詩是隱藏著一股巨大內流力的，在表層只能窺其平靜、寧謐的形貌，

❸ 見李英豪著《批評的視覺》第一四九頁。

而真正的生命的激流，是在於詩內的深處。於是，我們想用常情去理清他紊亂的秩序，是很危險的。

瘂弦的〈深淵〉一詩，共九十八行，分成十四小段，在這十四小段中，有一個共同的主題，就是表現現代人的迷失，掙扎，苦痛，以及一種無可奈何的困境。

孩子們常在你髮茨中迷失。
春天最初的激流，藏在你荒蕪的瞳孔背後。
一部份歲月呼喊著，肉體展開黑夜的節慶。
在有毒的月光中，在血的三角洲，
所有的靈魂蛇立起來，撲向一個垂在十字架上的
憔悴的額頭。

這是荒誕的；在西班牙
人們連一枚下等的婚餅也不投給他！
而我們為一切服喪。花費一個早晨去摸他的衣角。

後來他的名字便寫在風上，寫在旗上。
後來他便拋給我們，
他吃賸下來的生活。

我們著實無法用有限的文字，來詮釋瘂弦的〈深淵〉所要呈現的豐繁的意義。「孩子們常在你髮茨中迷失」，這些孩子們到底是指誰呢？而詩中的「你」又是指涉於誰呢？作者都沒有給出確切的意義。也許孩子們是暗示著全人類的無知與天真，也許是比喻全人類的徬徨與愚昧。

他們迷失於紊亂，迷失於秩序的雜陳。「春天最初的激流，藏在你荒蕪的瞳孔背後。一部份歲月呼喊著，肉體展開黑夜的節慶」。「春天」象徵著旺盛的生命力，以其最初的激流，隱藏在荒蕪的瞳孔背後。春天使荒蕪了的復甦，使枯萎了的再度萌芽，茁長。「在有毒的月光中，在血的三角洲，所有的靈魂蛇立起來，撲向一個垂在十字架上的，憔悴的額頭」。「有毒的月光」和「血的三角洲」到底是意味著什麼？我們很難揣摩出作者的原意，但我們隱若中感受到一種存在，感受到那月光的不溫柔，不美。正如那許許多多的肉體，在黑夜中展開一個慶典的下賤，卑微。在這個令人顫慄的苦痛的夜裡，所有靈魂都像蛇一般地站立起來，而撲向那個垂在十字架上的憔悴的額頭。十字架象徵一種莊嚴，一種神聖不可侵的威嚴。靈魂是聖潔的，真誠的表徵，它撲向十字架，正是撲向一個神聖的莊嚴。這是很荒誕的，在西班牙，人們連一枚下等的婚餅也不投給他，而我們卻為一切服喪。花費一個早晨去摸他的衣角。這是多麼無聊，而又可笑的行為。

去看，去假裝發愁，去聞時間的腐味。
我們再也懶於知道，我們是誰。
工作，散步，向壞人致敬，微笑和不朽。
他們是握緊格言的人！
這是日子的顏面；所有的瘡口呻吟，裙子下藏滿著病菌。
都會，天秤，紙的月亮，電桿木的言語，
（今天的告示貼在昨天的告示上。）
冷血的太陽不時發著顫，
在兩個夜夾著的
蒼的深淵之間

「我們再也懶於知道，我們是誰。」這是現代人遭受時空浩劫後的迷失，是在物質文明所壟斷下的徬徨與無所適從，甚至連自己的姓氏都懶得去招貼，去追認。他把名字寫在風裡，寫在旗上，揀拾著別人吃賸的生活。

而我們為去年的燈蛾立碑。我們活著。
我們用鐵絲網煮熟麥子。我們活著。
穿過廣告牌悲哀的韻律，穿過水門汀骯髒的陰影，
穿過從肋骨的牢獄中釋放的靈魂，
哈里路亞！我們活著。走路、咳嗽、辯論，
厚著臉皮佔地球的一部份。
沒有什麼現在正在死去，
今天的雲抄襲昨天的雲。

生存，是這一代人急切追尋，而且急需肯定的一個答案。任誰都有活下去的責任和義務，雖然活下去會令人有諸多的不愉快。誠如作者引在前面的一句沙特❹的名言：「我要生存，

除此無他；同時我發現了它的不快。」生存使人類苦痛，是因為他必須承受諸多的外在條件，而這些條件，又不一定是他甘於接受的，或者是適於他接受的，但他沒有理由去抗拒這些條件，例如親友的生離死別，戰爭，車禍所帶來的急速的死亡率，以及機械工業的爭吵所加在人心裡的煩燥與緊逼……都是使人心感到難以承受的苦境。然而，人除了勇於活下去以外，似乎已沒有可循的途徑。於是，詩人喊出：「而我們為去年的燈蛾立碑。我們活著。我們用鐵絲網煮熟麥子。我們活著。」活著原本就是一種苦痛，原本就是一種艱苦的掙扎，我們無論在任何的艱苦中，我們都必須生存下去，只有活下去才是唯一的希望，才是唯一的理想。縱使有一天我們被陷在鐵絲網的困境中，我們還要活下去，這就是人類生命的韌度，而我們中國人的生命是最富有韌性的民族，「生存是風，生存是打穀場的聲音，生存是，向她們——愛被人膈肢的——倒出整個夏季的慾望。」生存是風，是說明生存的飄忽不定，古人也常常說：「人生如過客」，這正告示出生存只是綿延不滅的歷史過程中的一個據點。然而，它像「打穀場的聲音」那樣緊逼著我們，像倒出整個夏季的那種熾烈的狂熱。我們活著只是「為

---

❹ 沙特 (Jean-Paul Sartre 1905–1980) 法國哲學家、劇作家、小說家。著有《存有與虛無》、《牆》、《自由之路》、《嘔吐》等書。一九六四年獲諾貝爾文學獎金，但他拒絕接受那筆獎金。詳文可參閱拙譯〈沙特——我的自白〉（刊文壇月刊）及拙著《現代文藝論評》一書，五洲出版社出版。

生存而生存」，「為看雲而看雲。」我們「穿過廣告牌悲哀的韻律，穿過水門汀骯髒的陰影，穿過從肋骨的牢獄中釋放的靈魂。」我們「厚著臉皮佔地球的一部份」，「今天的雲抄襲昨天的雲」，「今天的告示貼在昨天的告示上。」

〈深淵〉這首詩很長，我無法一一加以剖析。其實，任何的剖析，對詩人本身來說都是一種屈辱，有一種被割裂的悲哀，對詩的原質是一種損傷。而執行解剖者多少要引以為咎的。例如：我們說：「今天的雲抄襲昨天的雲」，就是表示今天的生活方式因襲昨天的生活方式，或者說今天的一切行為都是沿襲過去的形式，這樣解釋，乍看起來都似乎很合理，但我們稍一沉思，我們就會發現我們的曲解或誤解原作的過失。我們就會發現損傷原作的苦痛。然而，我們在這〈深淵〉中不難找出作者的意圖；是源自於現代人在物質文明所壟斷下，採取的一種積極的反叛生存壓力的抗拒，他以沙啞的聲音喊出現代人的苦悶，焦慮，不安和苦痛，但他也同時喊醒了生命的悸顫，以及追求與幻滅，生存與毀滅，愛與恨之間的種種矛盾。這是一首感覺性非常敏銳的詩，詩人以其銳利的目光注視了這一代人的困境與危急，更積極地是企圖用其細膩的纖手理清這一錯綜複雜的困境。

而余光中在〈天狼星〉裡所造成的晦澀，是由於其援用豐繁的知識，廣博的經院中的典籍。羅門在〈第九日的底流〉中的晦澀，是因其自身的創作的轉位，使詩內本身產生了一種艱奧，晦澀。而覃子豪的〈瓶之存在〉和葉維廉的〈賦格〉的晦澀，是由於作者企圖將詩內的意境超昇，使其本身產生一種豐繁，聯想，以及無窮的向前伸展，因而不得不堆積一些意象。意象的鋪張和堆砌是造成詩的晦澀的最大原因。然而，晦澀並非是一種不幸，而是因為詩人不得不藉晦澀來達到某種特殊效果。因此，我們說晦澀也是一種美，並不為過。問題是在於晦澀得是否合理，是否是因其不得已而為的晦澀，如果是一種故意，一種謎語的玩弄，那就成為贗品了。

現在我們來看看幾首明朗的現代詩，也許讀者較易辨清明朗與晦澀的這一真義。首先我們看看鍾鼎文的〈夢裏的池沼〉：

又一次，我夢見了故鄉的池沼，
它在我村子的右側的窪地裏；
在夏天，長滿繁茂的燈心草，
到秋天，開出幾穗零落的紅蓼。

但我所夢見的，是這池沼的冬天，

水草凋零了，祇剩下蕭條的殘莖；
荒池的潦水映下冷月的清輝，
透露出宇宙間最淒冷的情味……

一小隊寒雁，棲息在池沼邊入睡，
它們也像我一樣地善於做夢嗎？
夢是一份額外的寂寞與辛勞，
使我們的魂魄，在夢裏的天涯漂泊。

我夢裏的冬天的池沼，該也有夢——
夢見夏天的燈心草和秋天的紅蓼；
而那池沼邊的寒雁，更該有夢——
夢見稻粱，伙伴，和蒼茫的雲天……

鍾鼎文的詩，始終是保持著他一貫的風格，一種近似浪漫主義與寫實主義之間的色彩。

他的詩段落分明，具有懷古的幽情，一股淡淡的哀愁溢自字裡行間。詩內的節奏受西洋十四行詩的韻腳的影響頗深，尤其是這首〈夢裏的池沼〉乍一看使人很快地就敏感想到我國早期的新月派的詩，那種注重工整，腳韻的法則。

這首詩的立意，是表現一個人漂泊異鄉，在夢裡回歸到故鄉的情景，是追思，也是夢幻。令人讀了不禁有些黯然之慨。第一段敘述他故鄉的情景，有池沼。池沼裡有繁茂的燈心草，每到秋天都會開著朵朵紅蓼。蓼有各種蓼，有水生的，也有土地裡生長的，屬於草本科植物，這裡作者所指的是水中生長的蓼。紅蓼暗示著季節的變換，是夏去秋來的時節。前一句「又一次」說明這個夢已不止一次，至少有過二次以上的經驗，用這類語氣開頭，給人一種延續的感覺。

第二段寫一種幻覺，一種想像，想像著現在的大陸蕭條，淒涼的情景。「水草凋零了，衹剩下蕭條的殘莖；荒池的潦水映下冷月的清輝，透露出宇宙間最淒冷的情味……」詩句中的「潦水」是指荒池裡的積水，它照映著冷月的清輝。

第三段作者用詢問的語氣，向一群寒雁詢問，問牠們是否也和他一樣有個夢，夢見那池沼的冬天，夢見那夏天的燈心草和秋天的紅蓼，以及那些稻粱，伙伴，蒼茫的雲天……等等，第三段和第四段是貫穿下來的。第四段等於是自問自答。

從整首詩來看，這是一首很明朗的詩，沒有刻意堆砌的意象，也沒有故意賣弄的知識，更沒有那些晦澀難懂的句子，但他一樣傳達了作者的心境，它展示了他的思鄉的情懷，也嘲弄了目前中國大陸的凋零與淒涼。現在我們再來看看上官予的〈在船上〉一詩，這是和鍾鼎文的〈夢裏的池沼〉具有相似主題的詩，同時，我們就可以發現詩本身的表現方式的多面性，同樣題材可以用各種不同的方法表現：

那兒的泥土有甘味；
毡的長靴踩過。

我們永遠停留在十二月，
十二月的黑眼望著我們。

對於泥土的記憶，
冰雪覆蓋著誕生的春天；
時間沒有變，

咬著下唇，在此笑的女子仍舊。
而我的心總是這樣哭泣著，
雨聲總是如祖母在紡紗。

我是遠航的水手，
你們也是；在吊鐘似的船上。

在船上，砌起幻覺中的泥土，
誘惑我們，以破碎了的愛；
荒蕪的白骨上的災難，
也沒有變。

泥土總是泥土；
血也總是血。

因此，那兒的泥土總是甜，
海鳥在海上總是悲啼。

這兒是一張牀似的海；
這兒沒有墳墓。

這首詩和鍾鼎文的〈夢裏的池沼〉所要表現的思鄉的主題是完全相似的，〈夢裏的池沼〉是把故鄉自夢中出現，而上官予的〈在船上〉卻是把現實和夢境揉合在一起。「把現實的感懷，與渴想中故鄉的景物人事，交疊表現，一面是故鄉在記憶裏的泥土芳香，另一方面，則是在此的忘情歡笑，自己則是彷彿是一個流浪的水手。」❺這首詩有幾處表現得很好，例如：「我們永遠停留在十二月，十二月的黑眼望著我們。」和第七段的「泥土總是泥土；血也總是血。」都是很美的形象，而且也很明朗，用不著作任何的詮釋，讀者就能意會到那種美境。

其次，作者運用比喻的時候，也是盡可能採用明喻，如雨聲比喻祖母的紡紗，吊鐘比喻作者飄泊異邦的心情，牀比喻海上的平靜、寧謐……都是很明朗的比喻，沒有特別難懂的地

❺見葛賢寧與上官予合編的《五十年來的中國詩歌》第二一五頁。

方。而且這首詩的主題也非常明朗。表現一個遠離了故鄉的流浪者，對故鄉的懷戀與思念，以及感懷今日的故鄉，可能已經充滿著「荒蕪的白骨上的災難」。

彭邦楨的詩，也是採取明朗的表現方法，他和鍾鼎文的風格相近，他不鋪張意象，不運用晦澀的詞彙，縱使要用比喻，也是極明朗的以物喻人，或以人喻物。現在我們來看看他的〈夜鶯之歌〉：

夜夜我守著這份寧靜，夜夜我守著這份沉默，
夜夜我都盼望黎明的到來，帶一份光明給我。

我極端恐懼這夜的黑暗，像巨靈的魔手，
給我空虛、給我寂寞、又給我無情的孤獨。

我常窺視穹空裏的燦爛的小星，像閃閃的燐火，
是有千萬個孤立的荒塚在我悲哀的心頭。

我要衝入這層夜幕，帶著我的抒情的短笛，
與那遙遠的森林裏一隻痛苦的夜鶯唱一支小歌。

這歌聲會響徹原野，這歌聲會傳遍每條江河，
我比夜鶯的抑鬱更深，夜鶯比我的憂愁更多。

滿森林的知更鳥兒都驚醒了，一聲唱，一聲和：
黎明來了，黎明來了，黎明帶來一份光明給我。

這首詩，作者只是藉夜鶯的歌聲來咀咒夜的無情，夜的恐怖，因為它使人們孤獨，寂寞與空虛。它像一隻巨大的魔掌，緊緊的抓著人們的一切，使人們顫慄於它的無情的威脅。

第三段「我常窺視穹空裏的燦爛的小星，像閃閃的燐火，是有千萬個孤立的荒塚在我悲哀的心頭。」這個形象很美，用天上閃爛的星光比喻燐，由燐光而聯想到荒塚的孤寂與淒涼。荒塚與燐火原就是相聯的物象，而作者把兩者交疊表現在詩中，倍增無限淒涼之慨。

第四段，第五段是寫詩人的同情與憐憫，他不忍心看夜鶯的孤獨，不忍心聽夜鶯的悽楚

的啼哭，所以他說：「我要衝入這層夜幕，帶著我的抒情的短笛，與那遙遠的森林裏一隻痛苦的夜鶯唱一支小歌。」讓歌聲響徹原野，響徹每條江河，因為他有比夜鶯更憂鬱的情懷，更為淒涼的際遇。在這裡作者運用人物互喻的感覺交錯，在表現方法上雖然稍為陳舊，但仍然不失為一首好詩，最後一段，詩人把自己的歌聲溶在滿森林的鳥群中，和鳥兒一起歌唱，一起歡和，唱出了黎明的光芒，讓黎明的光輝照耀人寰。這首詩的立意和表現都不俗，尤其是作者能抓住夜鶯的特性的呈現，使人深深的感到那夜鶯為黎明所唱出的悽厲的歌聲，是如此的懾人心弦。

在我國現代詩中，明朗的詩還是佔絕大多數，尤其是像葛賢寧、鍾雷的詩，都是非常明朗的，因為他們都是以長詩見稱，限於篇幅，不能引述，另外如王祿松、鄭愁予、秀陶、林泠、蓉子、胡品清、葉珊、丁穎、趙天儀、古丁、李莎、張秀亞諸家的詩，都是較為明朗。就以紀弦和余光中的詩來說，也是明朗的佔絕大多數，而真正晦澀的好詩，不過是杳杳數首而已。因此，我們可以獲得一個結論，明朗是每一個詩人力求表現的一種意圖，晦澀是詩人在表現上的一種不得已的方法。就明朗與晦澀的本身來說，它對詩的原質沒有什麼影響，明朗的詩，有其內在的真實，縱使字句明朗，也有其含蓄的晦澀，而晦澀的詩，縱使語言曖昧，也有其意思明晰的真境。所以我個人認為明朗與晦澀，對詩的本身價值是沒有多大意義的。

但我始終認為一個好詩人，一個真正夠格的詩人，應該採用最淺顯的文字，表現其最深刻的思想，傳達其最晦澀的內涵，這樣始能誘使詩讀者從各種層次來鑑賞詩作，也只有如此，始能使詩讀者從各個層次中體認出詩意。

第十五章　詩的創造與表現

創造是想像力的組織功能，表現是技巧的運用功力；創造是屬於情感的，而表現卻是理性的。所以創造需要豐富的想像力和真實的情感，而表現卻依賴於超人的學養和明澈的洞察力。這兩者在現代詩人們創作時，會經常交互運用，當他苦心竭力去創造一首詩時，也就是那首詩的最高表現。當一個詩人，在他的心中蘊蓄著豐富的情感和意象，如果想把這些意象呈現出來，就必須依賴於一種文字語言，然後透過某種形式，始能表現出來。換句話說，表現乃是將蘊藏在人心底裡的真實，藉某種工具呈現出來而成為一種形式，從這一形式裡使人覺出其中的奧祕，這便是「表現」，也就是美學家克羅齊所謂的「外達」(L'estrinsecayione)。

現代詩的創造和表現，是現代詩人最為重視的一環，他們認為藝術就是一種純粹的表現。這也正說明了現代詩的獨創性的表現，是不能因襲或模仿已成的作品，無論在語言和形式，都必須求新的表現，新的創造。例如楊喚的〈夏季〉：

白熱。白熱。先驅者的召喚的聲音。
下降。下降。捧血者的愛情的重量。
當鳳凰正飛進那熊熊的烈火，
為什麼，我還要睡在十字架的綠蔭裏乘涼？

在這短短的四行詩中，我們可以讀出作者對夏季所創造的詩的形象，以及詩中所展示的意境，「白熱。白熱。」連續運用，不但在語言的旋律上給人一種美感，同時也加重了「白熱」所象徵的夏季氣溫的升騰。「先驅者的召喚的聲音。」所造成的夏季的燠熱，煩囂。這不啻是詩的感受，也是人類的感覺。詩人常常被譽為時代的先驅者，或者是時代的代言人，這多少是指他的感受力比一般常人要敏銳，而且能製造新的語言來表現新時代的產物。第二行「下降。下降。捧血者的愛情的重量。」和第一行是兩種情境的對比，這是一種內流力的對比，第一行代表上升，第二行代表下沉力。這兩種完全不相同的力的對抗，即產生另一種流力的效果，這個效果就是詩人所要給出的夏季節候的形象。

第三行是為襯出第四行的境界，而第四行是自己追問自己的語式，這句詩給人的聯想是豐繁的，我們無法從有限的字義釋出它的全盤意義。我們只能慢慢地嚼，嚼出那豐富的詩味，也許詩人自感自己過於慵懶，過於自囚於某種侷限中，或者是安於某種逸樂、某種舒適之境。因此，他向自己發問：鳳凰都已經飛進那熊熊的烈火，而自己為什麼貪戀於十字架的綠蔭。這個十字架可能象徵著某種人類的意志或期嚮，也許是人類的某種裁判與處決的象徵，這全賴於讀者的聯想和感受。如果以當年楊喚的時代背景而言，是象徵著時代的新生，人類的復活，民族處在苦難，而同胞們都紛紛湧向時代的前端，而我們還能苟且偷安嗎？所以這首也是象徵著民族復興的號角，同時也展示了詩人的苦悶。現在我們來看看羊令野的詩，他的詩句受中國古詩詞的語式影響頗深，楊喚的詩句是獨創的，而羊令野的詩句多多少少是受中國傳統語法所感染。現在先看看他的〈貝葉〉：

雞啼五點時刻上。
讀窗額一角星圖，
瞳遂在十字座醒駐。

沒有風。
髮梢蝴蝶想飛。

踩在腳底的太陽想飛。
而窗裏。窗外。
雞聲鎖住五點時刻。

飲我第一杯曙色，復妝飾
你額。你瞳。你唇。以及振動的，
蝴蝶翅羽之上。而雞聲鎖住五點時刻，夜不再銹。

欲望的神祕洩漏於樹葉每一齒緣，
而星子們不再渴想星座的睡眠。
仰視我的神，夜在唇際。這瞬間
光輝，遂有化石的輕柔。

建築。不銹。
夜，不銹。

我手觸覺我自己，這時刻，
一種飢餓壓迫我吃一本書的故事。
而我的神，顫慄於時鐘五點上。

髮梢無語。
床第無夢。
不銹夜，折疊於貝葉之上。

〈貝葉〉一共有八葉，我僅摘錄第二葉。而這八葉中有一個共同的主題，那就是展示其一己的情感的戀，也許在他未著筆寫詩之前，心中已有了某種默契，某種愛的對象。

第一段寫他的直覺世界，一個「雞啼五點時刻」的世界。這個世界充滿著希望，充滿著光明的信念，但也有無比的神祕，那就是詩人在讀一則窗前的星圖時的奧祕。在這一段裡，我們可以看出作者在用字方面的苦心推敲，「窗額一角星圖」，這個「額」字就是創造給人一種新鮮的感覺。

第二段依舊是那個雞啼五更天的風貌，但已經滲進了他對愛人的一種眷戀與幻想。「髮梢蝴蝶想飛。踩在腳底的太陽想飛。」這個形象構造得很美，而且能給讀者多種的聯想。正如第三段「飲我第一杯曙色，復妝飾，你額。你瞳。你唇。以及振動的，蝴蝶翅羽之上。」詩中的蝴蝶，也許就是作者所眷戀的那個女孩的髮上的蝴蝶結，但詩人賦予它生命，使它真的像要飛的樣子。而第三段用得最美的是最後一句「而雞聲鎖住五點時刻，夜不再銹。」這句詩和第二段的「踩在腳底的太陽想飛」，是一樣的美好，這不但在造句上很獨特而新穎，尤其在意象上已給出了一個極其豐繁的意義。羊令野在運用語言上都有其獨到之處，例如「第一葉」中的「兩顆舍利，植我瞳中之瞳，映我心中之心，綴於菩提樹頂。」和「第四葉」中的「我之無揖核舟，航於唇。航於眼。航於你正直不說謊的鼻子之岸。」都是令人可感、可品的意象。這個意象的產生，就是詩人在創造詩的語言中所提鍊出來的。這也就是現代詩人們特別強調的創新。「欲望的神祕洩漏於樹葉每一齒緣，而星子們不再渴想星座的睡眼。」這是可感而不可釋的境界。「仰視我的神，夜在唇際。」詩中的「神」，也正是詩人以膜拜的愛神，愛使一切都溫柔，像夜在唇間，像化石般的輕柔。這種隱喻運用得非常確切。

第五段以七個字構成一個單元，構成一個形象，「建築。不銹。夜，不銹。」「銹」在這裡多少含有腐蝕和敗壞的意義，而建築不銹，可能就是比喻愛的永恆，而「建築」含有愛情的建立，也含有人與人之間的情誼的建立。如果我們說愛情不朽，就顯得陳舊而庸俗，但詩人以建築不銹，就顯得很新。「不銹」與「不朽」在字義上雖然有分別，但在詩句中所給出的意象是相似的，而且用不銹更能呈現出一種至美的境界。

第六段在文字上都用得很淺顯，「我手觸覺我自己，這時刻，一種飢餓壓迫我吃一本書的故事。」那本書的故事是什麼，必須靠讀者的聯想，讀者的再創造，可以想得很美，也可以想得很醜，但以這首詩所表現的整個題旨看，是很美的故事。「而我的神，顫慄於時鐘五點上。」五點是黎明前的最美的時刻，也許過了五點就要天亮，天亮使他不得不與他的神分離。而緊接著作者推出：「髮梢無語。床第無夢。」這是貫穿前段的「五點」以後的情景。不銹的夜，折疊於貝葉之上。

從整首詩來看，這首詩不但在意境上表現得很超脫，在語言的創造上，也擺脫了所有陳舊的語法，因而產生了一種特殊的效果。法國詩人保羅‧梵樂希 (Paul Valéry) 說：「詩人的職務應當去苦心焦思，費盡心血至尋到一種特殊的語言能代表詩的效果而後已。」現代詩人常常苦於有限的語言不足以表現其繁複的心境，因而有些詩人運用符號，或圖象，或外國語文，這在詩的表現上來說，並沒有不可用之處，只是怕某些膚淺的詩人不明其意，而一味創新，使符號，或圖象變質，反成為不倫不類。羊令野的語言，依舊是中國傳統的語言，但他表現了現代的精神，表現了現代人的情感意識。

現在我特別選出一位從小就成長在外國的華僑詩人雲鶴的作品，他以一個現代人的孤絕感，對現代人的精神的荒漠提出檢束與批判，而他所採取的是純粹的現代語言，且以一個接受極少的中文教育的水準來創造詩，但無疑的，他的詩多多少少是受祖國詩人的影響，例如他的〈海〉：

終於我變得像一個頂會預言的吉普賽老婦人。那時，我正被孤寂囚禁在如此小小的一方室內，迫使我不得不面對窗外如此小小的一塊方形的海。海。海。我見到我自己，我的淚是頻頻濺起的浪花，海嘯是我的呻吟。

忽然，我的黃昏是鍍金的了。

這首詩所表現的是他年輕的生命中的多愁、憂鬱、和一種無可奈何的傷感。

而最先映入我們的眼簾的是形式上，他已採用了自由的形式，也就是一般人所謂的散文的形式。這種形式很多詩人都在試圖運用，但很少人能表現得恰到好處，有些詩人不是流於說白，就是落入散文的窠臼。而雲鶴這首詩沒有散文的說白的弊端，他創造了形象，他創造了意境。例如「終於我變得像一個頂會預言的吉普賽老婦人。」以及「我見到我自己，我的淚是頻頻濺起的浪花，海嘯是我的呻吟。」作者將浪花比喻眼淚，海嘯比喻呻吟，雖然稍嫌有些誇大其詞，而缺少確切感，但至少他已創造了一種形象，一種生動的形象，一如他的最後一句：「我的黃昏是鍍金的了。」在這裡我們所感到的海，和其他詩人所表現的有著絕大的異同。一般人所謂的海可能是澎湃的，洶湧的，要不然就是寧謐，平靜如鏡的海，而雲鶴筆下的海似乎已超出了這兩種常態，而是一座他心中的海，一座僅僅在窗口上窺視的，如此小小的一塊方形的海。

我們再看看他的另一首〈贖〉，就更能感覺出這位年輕的華僑詩人的「現代感」。

在喜劇的邊緣，誰以一襲黑衣掩蓋太陽？
那光企圖透過，像你企圖越過夜，
一粒麥子的下播，是一種難以猜測的表徵，
陰雨日，我們便為自己的靈魂舉行葬禮。

迸裂的血膚裏，你我將訝然發現，
真理只是美麗的謊言，

而你效忠於愚昧的信仰，盜墓者，
總在冬塚中掘得夏日的炎熱。
在鮮花與骨灰之間，我們的夢是去年的虹，
為著等待一個贖罪的機會。

我們的血總塗滿秋林的墓碑，
向一低級的哺乳動物示愛，
死亡便沿我們的椎脊襲擊腦袋。

此地鳥屍是唯一的祭品，
在遺像之下，你將看見祖先眼中射出的怒色，
你的臂上佈滿齒痕，體裏儘是灼傷。

而春夜，你的眼睛是大戈壁沙漠，
關節裏隱有昨日的悲痛，年代以左目視你，

假若銹爛的釘子能夠表達愛情，
你就該把那襲黑衣掛在上面，高高地……

這首詩有一個鮮活的內容，雖然缺乏確切的形象，但作者已竭力表現了現代人的苦悶、迷亂與無所適從的失落感。「在喜劇的邊緣，誰以一襲黑衣掩蓋太陽？」太陽象徵光明，象徵著希望和歡樂；而黑衣象徵悲傷，失望和灰暗，這是兩種情境的類比，由類比而產生矛盾，由矛盾而苦悶、徬徨，這是現代大多數的年輕人的情緒病。「那光企圖透過，像你企圖越過夜」。夜是黑暗的表示，光象徵人類的奮鬥力和勇氣，換句話說，就是人類要有勇氣和堅毅的奮鬥力，去衝破一切屏障，一切阻力。

人類是永遠生存在不斷浮顯的希望中，一粒麥子的下播，就是給人無限的希望，人們在那無限的，而又難以猜測的冀想中生存搏鬥。所以作者說埋下一粒麥子，是一種難以猜測的表徵。而「陰雨日，我們便為自己的靈魂舉行葬禮。」這就是說人類都是崇尚有陽光的日子，都是愛好光明，而不願有陰雨的日子，這是貫穿前兩句的意象而來，貫穿那「誰以一襲黑衣掩蓋太陽」的意境而來的，這是很高明的表現技巧，乍看秩序很亂，細看卻能理出一個統一的形象。

第二段作者已有了個人的憤怒的情緒，這已經不是純粹的詩的表現，而是透過詩去表現個人的愛情了。「迸裂的血膚裏，你我將訝然發現，真理只是美麗的謊言，而你效忠於愚昧的信仰，盜墓者，總在冬塚中掘得夏日的炎熱。」「在鮮花與骨灰之間，我們的夢是去年的虹」，這兩句詩都一樣的美好，一樣新鮮活潑，一樣發人深省。作者雖然沒有給出一個確切的形象，但具有一種渾然的意象美，它不是給出某種意義，而是給人一種感受，我們可以感覺出詩行中的奧祕，卻無從理清其真正的確切的含義。正如第三段中寫的「我們的血總塗滿秋林的墓碑，向一低級的哺乳動物示愛，死亡便沿我們的椎脊襲擊腦袋。」像這種形象，我們都是苦於無法作較淺近的釋義來闡明它的含意，但我們實在可以感覺到那詩中的豐繁的意義，例如「我們的血總塗滿秋林的墓碑」，這個畫面會令人回味無窮，也會令人有永遠咀嚼不完的餘味。它既可以使我們觀，也可以使我們想，甚至可以使我們靜靜地去感出其中的奧祕。

這首詩雖然在形象上，我們發現它過於紊亂而又複雜，但在語言的創造，意境的提鍊，技巧的運用；都超越了前輩詩人們所慣用的法則，而且給人一種濃重的現代感。詩句雖然晦澀，但晦澀得能令人感覺出其中的奧祕，不是晦澀到深不可測的境界。「此地鳥屍是唯一的祭品，在遺像之下，你將看見祖先眼中射出的怒色，你的臂上佈滿齒痕，體裏儘是灼傷。」這是多麼令人剁心的痛楚。生存在這一代的年輕人，多多少少總是含有對上一代的因忤逆而感到的內疚。這一代並非存心要對上一代有所漠視，而著實上一代有些地方表現得太令人失望，正如上一代失望於下一代的某種行為一樣。在這兩種新與舊的觀念衝突下，年輕一代總是作著某種犧牲，以造就其可能的理想，在這造就理想過程中，必須有所掙扎，有所搏鬥。於是，他的臂上佈滿了齒痕，內心裡積滿了創傷，甚至於連關節裡都隱有昨日的悲痛。

「假若銹爛的釘子能夠表達愛情，你就該把那襲黑衣掛在上面。」用銹爛的釘子來比喻愛情的表達，是對愛情的本身的一種嘲弄。因此，詩人才會說，假如連銹爛的釘子都能夠表達愛情的話，你就該把那襲象徵死亡的黑衣掛在上面。

從整首詩來看，詩中的每一句都能自成一個獨立的意象，而如果把這許許多多的意象貫穿起來，我們又可以發現一個共同的渾然意境。就結構的本身來說，這首詩仍然是很謹嚴的，很緊湊的。它表現了現代人的諸多新的觀念，也呈現了現代人的苦悶和徬徨，德國詩人歌德(J. W. Goethe 1749–1835)說：「詩應該從現實得到暗示，以現實為基礎，盡可能避免憑空虛構。現實必定能供給動機，表現點與核心，但由此造成完美的生動的整體，那就是詩人的任務與才氣。」歌德所謂的由點與核心，所造成的美的整體，也就是現代詩人所要表現的單元意象，所組合的渾然的整體的意境，而雲鶴正把握了這一現代詩的特質而予以表現。

在現代詩的諸多表現方法中，抒情的創作法是較為普遍，而容易令人接納的一種。例如丁穎的〈走在雨中〉：

走在雨中，想著某些……
沒有燃煤，沒有遮風的籬

頂的海草下，有涼涼的鹽澀流過
鞋子與腳互相抱怨著
夜，說我給路以虐待
匆匆地，地上有影子哭泣

唉！那隻老錶又做著零時的夢
平交道上，有飛快車南駛
我乃想起明天，想起我未出嫁的妻
於是，把蒼白藏在領子裏
把饑寒，把微微地顫抖拋在背後

濛濛裏，在遠方——
有綠燈閃爍，有金色的鈴聲
昇起

抒情詩的創作，最重要的必須是詩人本身先有所感觸，有所抒寫的對象，這是詩人的內在情意的一種表現，他可能將他在日常生活中所想、所感、所知的種種形象凝塑成一個形象，而這個形象正是足以表現其內心的語言的形態。因此，我們說抒情詩是人類的內在語言的一種展示方式，也未嘗不可。

而丁穎這首〈走在雨中〉，無疑的是他現實生活的寫照，是他個人對現實生活的諸多感觸而寫，「沒有燃煤，沒有遮風的籬。」這正暗示著詩人的窮困與處境的悽涼，連遮風的籬都沒有，他的處境是可想而知的。

第二段是寫他孤獨地走在雨中的情境，也是他個人的獨白，「鞋子與腳互相抱怨著」，而夜卻埋怨他對路予以虐待。其實，他所以要在雨中獨行，是一種無可奈何。作者在寫這首詩時，正好居住在山間，而交通不便，只好用步行，所以才會有鞋子與腳互相抱怨的情景。「匆匆地，地上有影子哭泣」，這個影子就是詩人的投影，而影子哭泣，也正是他在哭泣。

第三段和第二段一樣，作者把現實的感觸與個人的幻想綜合在一起，「那隻老錶又做著零時的夢」，可能是指他手上帶的手錶已過了午夜，而「平交道上，有飛快車南駛，我乃想起明天，想起我未出嫁的妻。」由平交道上的飛快車的速度，聯想到時光的流逝，想到他自己未知的明天，和那個遙遠的愛人。這種種聯想都足以構成他的處境的悽涼，因為他貧窮，所以不得不在雨中徒步走路，沒有錢搭乘火車。於是，他始把蒼白藏在領子裡，把饑寒交迫的顫慄拋在背後。

最後一段寫出作者的希望，寫出那遠方的光明，以及那金色的鈴聲。這種結構很有功力的，雖然前面一再地令人傷感，令人失望，但最後能給人希望，給人一種光明的遠景，那是作者在本性中所流露的一種善良的啟示，他不願讓讀者在一連串的傷感之後，仍然感到絕望。他給予一個光明的遠景，讓人類走完了那漫長的黑夜，而獲得陽光，獲得光明的前程。這是作者的本性的啟發，他的詩雖然都帶有一股淡淡的哀愁，最後總在隱約中可以見出光芒。他的詩有別於雲鶴、羊令野也就在此，雲鶴的詩是採取直截了當的手法，將這一代的苦悶、徬徨嘔吐出來，而羊令野卻是在自我美化，美化他生命中的戀。他的詩裡看不出現代一般青年人的迷失感、苦悶感，他的詩是一種成熟，正如一個少女看男性，在她的眼睛裡羊令野的詩是代表成熟的男性美，而雲鶴的卻顯示出年輕人的那種世界，而丁穎的詩本身就很女性化，軟軟柔柔的，但他們都各有各的風格，各有各的獨創性。

總之，現代詩的創造性，特別重視的就是個人風格的樹立，無論在語言和形式，它都必須是透過詩人的藝術技巧所完成的作品。它的內容必須是新穎的、豐繁的。無論是抒情詩，或現代詩它所表現的都是抽象的事象。詩人除了把他自己的思想和情感加以壓縮與提鍊，然後作完整的表現以外，似乎已沒有別的相等詞，美國當代批評家史平格 (J. E. Spingarn) 說：「文藝除了表現之外別無其他目的；表現得完整無缺，就是達到目的；『美是文藝之所以存在的理由』。詩並無促進任何有關道德或社會運動的附帶功用，正如它不能作推廣世界語的橋樑。歷史家、哲學家和立法者，不能有正當的理由不把文藝作品看作是文藝，而把它看作社會的證明文件，就像採石匠可能把一個雕像只看作多少磅重的大理石，但他們應該了解，這樣的看法是漠視了作品的主要目的，及其力量的基本來源。」❶昔日的所謂「抒情」與「理性」的爭執，在今天來說都已經成為去日黃花，而現代詩人們所重視的是純粹的表現，和藝術的獨創性。詩的本身不可解釋，並不能否定它沒有詩的價值，如果是不可感的詩，則其價值就值得懷疑。

---

❶ 史平格是美國當代文藝批評家，著有《新批評》(*The New Criticism*) 等書，本文即引自該書。其中「美是文藝所以存在的理由」，是引述意大利美學家克羅齊的話。

第十六章 詩的外延與內涵

外延 (Extension) 與內涵 (Intension) 源始於哲學上對某種事物的概念之詮釋。譬如一部書，我們可以稱它為哲學的、文學的、科學的、史學的、或者說它是英文的、中文的，而這些意義都是外延的。除此一部書必然有其紙張、印刷、文字、以及其所記載的內容和資料等等，這些內容、資料就是內涵的。再如我們看一座建築物，我們不但認識它是一座建築物的本身意義，如房屋、體育場、戲院，但我們同時也要透視其所構成這座建築物的鋼筋、水泥、沙石和磚塊。而我們說鋼筋、水泥、沙石是內涵的，而體育場、戲院應該是外延的。

一個人，他的本身意義是外延的，而一個人同時也具有他獨立的人格、品德、學識和修養。而這些人格、品德、學識、修養……我們就可以稱為內涵的。因此，我們說外延與內涵都是構成一個人的完整意義，並無不可。一首詩，就如一個人，它的存在，必然有其詩的外延力和內涵力。在德文裡有一個字 Inhalt，可以同時被解釋為內容和內涵力，而一首詩的內容是否能具有內涵力，這全賴於詩人本身的創造力。

詩的內容並不等於內涵力，但一首詩的內涵力必須有詩的內容。

一首好的現代詩，常常遭到知識的誤解，就是因為一般人只把它作為內容的解釋，而忽略了它的內涵力的展示。例如張默的〈期嚮〉❶：

不斷生長，在綿延的萬山與萬山之間
如流的翅翼，撲撲自我們的半野
閃然降落
不為什麼的雲，不為什麼的時尚
捕食我的未經鍍過的紫
於思想的邊陲
嚐嚐被輾過與被喧笑過的餘韻
瞧我心中的真神於焉蒞止

❶ 見《中國現代詩選》第五六頁，全詩八十六行。中華民國五十六年二月初版，限印五〇〇冊，臺灣高雄大業書店出版。

讀張默的〈期嚮〉，首先我們就必須放棄其詩中的字義之詮釋，而抓住其詩中的意象之組合。第一句展示的外延和內涵的力量都非常強烈，暗示著生命的不滅，歷史的綿延不息。個體的存有，就是歷史的伸展。「如流的翅翼，撲撲自我們的半野，閃然降落」，這裡的「撲撲」、「閃然」都是具有強烈震動力的動詞，像撼動一個宇宙般的使人怵目驚心。

不為什麼的雲，不為什麼的時尚
捕食我的未經鍍過的紫

我們常常看見人們用行雲流水比喻人生之變幻無常，以及生命之苦短，而詩人張默先是漠視行雲，漠視生命，漠視時尚的陋俗，但他也同樣感悟到被行雲、生命、時尚所捕食過的「未經鍍過的紫」。這裡的紫可能是象徵作者的生命或者愛情。

已不是髮，已不是柳樣的腰肢所能敵擋
床與世紀與風
紫堇三角蛇與花鼓

一切總是這樣，現代永無間阻
而我們流連在流連裏

美國現代小說家海明威(Ernest Hemingway 1898–1961)早年對他理想中的女人，總是從她的長髮中描出她的魅力。詩人張默用髮和腰肢來暗示女人的誘惑力，由女人聯想到床、世紀、風，這是一連串的意象的突現，讀者不難感出他詩內的張力。「紫堇三角蛇與花鼓」，這是對這個年代的嘲弄，「一切總是這樣，現代永無間阻，而我們流連在流連裏」。

遠離人世的紛囂，萬有與寂靜蜂湧而至
它要在我們內裏築起燦爛的花房
陽光虛無與影子
棕髮步伍與烏鵲
從這無人之域，沒有聲響的聲響
滑過去。於是河川接住
　　於是旅人冥憶

於是花卉稱奇
而時間的眸子不識我們推進的一切
與及揮之毋忘的鬱戚
蒼蒼，如水上之浪，如舟中之鼠
如被壓榨於地底的奔湧之沸流
我把身子劈出，如寂靜在無回聲的空谷
總想擠掉一扇窄門
以之好讓我們築長長的路，挖長長的希冀
而希冀總是滿溢在鹹濕的淚裏

遠離人世的煩囂，是生存過現代機械工業所爭吵的噪音裡的人們，都有這種自我逃避的衝動。詩人也不例外，他總是企圖逃脫世俗的紛擾來孤絕自己。詩人的孤絕感是始自於其內心對世俗的漠視，對物質文明所壟斷的社會的內在抗拒力。

「萬有與寂靜蜂湧而至」，這是詩人自我孤絕後所拾取的孤寂的世界。凡是稍具自我創造力的詩人，都常常擁有這樣一個自我孤絕的寂靜世界。在這個寂靜的世界中，他完成自我的建築，建築起燦爛的花房。

陽光虛無與影子
棕髮步伍與烏鵲

這兩句作者並沒有給出一個具象的形象，我們僅能從作者所創造的意象中感出一種形象的美。如果讀者一定要用具象的事物來解釋，可能是很失望的。

「而時間的眸子不識我們推進的一切」，這是詩人內心的獨白，說明他默默創造宇宙，「從這無人之域」中，他工作。他創造。他向著遙遙的理想世界給出自己的能力，「把身子劈出，如寂靜在無回聲的空谷，總想擠掉一扇窄門，以之好讓我們築長長的路，挖長長的希冀。」然而人生的路是遙遠的，是崎嶇的，要想築就這條長長的路，必須付出相當的代價，因此，詩人無限感慨地說：「希冀總是滿溢在鹹濕的淚裏」。

就是這樣，諸神不再回響
不再鳴應，不再淒泣

於偉大的萬山與萬有與萬樹的摺疊之中。

詩人一直企圖自層疊的意象中，給出世界的諸貌，他以「一步是一種聲音，流星雨閃自我們的腰際斬斷，迸裂，然後縫合。」今天稍涉獵過現代詩、或現代小說、甚至於現代繪畫的讀者，都知道現代作家們所企圖擊破的舊有形式，同時也苦心焦慮地努力於新的形式之拼湊、縫合。他們自傳統中走出，但他最後必然要回皈到傳統。他們走出傳統，是走出上一代人的傳統法則，而回皈到傳統，是回皈到自我的傳統。譬如他們抗拒了前輩作家們的舊有法則，但他仍然創造了他自己的法則，而他自己的仍然成為一種傳統。

似來自一抹出產濃蔭的世界
參禪如典當佳麗般的纖俏
無為富庶，任一切凝聚在深不可觸的眼中
　任一切旋轉在闊大勁力的掌中
　任一切聆聽在謎樣笑渦的神面中
呼出。呼出。而期冀驚飛，頻撲

這一節的語言非常曖昧，我們很難讀出作者所要表現的意圖，反不如「天河傾倒行人，行人以濁髮探路」來得具有形象之完美。尤其是第六十三行「一眼草，一籃河究有幾多戲劇」中的「眼」字和「籃」字，用得不但曖昧，而且已近於虛設。

詩的語言的駕馭與運用，是詩人呈現意象最佳手段，一個詩人對意象的把握與呈現，語言的確切性是握有絕對的權力。一個詩人，如果失去了語言的駕馭力，也就失去了一切。在我國現代詩人中，最能駕馭本國語言的要算是瘂弦、鄭愁予、林泠、商禽諸人。張默在〈期嚮〉一詩中所把握的語言，一直沒有集中焦點。於是，他所呈現的意象是飄忽的，零亂的。

牽帶我們的心空，與風攜手
然山是無情地跨過，纜綣與鯨呑
欲為宇宙的種種弧線撥開叉道
穿過慾望射透的重門
一切的金光，銀粒，都已為大地之歌所糾集
說是糾集，說是震撼，說是成熟的石榴要情愛
然呼喚舉起毛茸茸的毛，呼喚在記憶裏

「牽帶我們的心空」中的「心空」兩字，是作者刻意對現代詩的語言的創新，但創新不是無的放矢。否則，任意創新而不能擊中讀者的心靈，這種創新是失敗的，像用久了的鬆緊帶，沒有半點張力。「與風攜手」形象很美，緊接而來的「然山是無情地跨過，纜綣與鯨吞」又出了語病。「纜綣與鯨吞」，能使人聯想到海上的漂泊的生活的孤寂與冒險，但「山是無情地跨過」，山能跨過什麼？山給人的印象是穩定、鞏固、堅強。而作者在這裡的立意可能是一個人坐在火車、汽車、或者船上看見山一座一座地往後掠的直覺概念之展示，但這種展示非常牽強。就沒有「穿過慾望射透的重門」中的「射透」兩字來得有力，而又能給人新的形象。

殷野以巨大的紅掌醒示著黎明
人群如密雲般地陷落，騰起又綣縮
以千年巨樹擋住世界浩瀚的推展
塵砂瞪視著漠空
河渠渴望著春日
被逼扔出一切的我們與夫正在繁衍的子弟
嗄主嗄，該向何處咚咚地撻伐

這一節的形象較完美。作者以意象與意象的層疊，來組成其詩中的內涵力之擴張，殷野以巨大的紅掌推醒黎明，人們便從各個角落向城市密集，「騰起又綣縮」，這是一個具象的形象，是對現代人所處的世界的匆忙與不定的鏤刻。「塵砂瞪視著漠空，河渠渴望著春日。」這是心象與心象所構成的內在張力，「塵砂」隱喻著乾枯、茫漠與愴涼。「河渠」原是擁有水的，但作者用「渴望著春日」來襯托這條河渠，因而使我們聯想到那道河渠也是枯渴的，它和塵砂一樣渴望著春潮帶來的雨水的滋潤，正如一個人，當他的心靈枯渴時，渴望著滋潤。

該向何處咚咚地挺進
一棄嬰，一蛇婦，以豪笑揣測宇宙的隱處
萬物都在譁變，拖長長爭吵的髮
而說這是眾意眾意眾意
具具模糊的面目是不是延佇在昨夕的鏡框上

「該向何處咚咚地挺進」，這是連接前段的未完的意境，前面說出人生的枯渴、茫漠，而這一節作者仍然是採取自問自答的語態追問自己，我們該向何處挺進？這是很多人都感到難以處決的問號。「一棄嬰，一蛇婦，以豪笑揣測宇宙的隱處」，這是對世界的嘲弄，對這個無根無蒂的動盪的世界的嘲弄。作者以「棄嬰」、「蛇婦」來嘲弄這個年代，這個動盪的世界。這是很完美的意象之組合。不過，這一行在標點符號上如果改成「一棄嬰。一蛇婦。以豪笑揣測宇宙的隱處。」可能要更具內涵力。

去握有一個生命，去力逐一個願欲
我是我自己的
管他什麼遠古的西施，嘤嘤

自我尋覓，自我認定是這一代的最真實的存在，也是這一代自迷失中躍出後所追求的最根本問題。作為人，活著多少總被現實割離，但如何去握住一個生命，去追逐一個願望，只有倚重於自己，除自己以外一無可依，這是近半個世紀來，人們歷遭戰火的浩劫以後，所追尋到的結論。

「我是我自己的。」沒有什麼比這更真實了，「管他什麼遠古的西施。」這種結構已全然地把握了整體的焦點，他道出了他所期嚮的是什麼。現代人，承受生存的壓力已愈來愈重了。如何能夠不被物質文明和機械工業所瓦解，迸裂。那只有緊握住自己，握住一個屬於自己的生命和願望。

張默的詩的外延與內涵力，構築在他不定的意象之組合中。他的表現技巧，近似法國二十世紀初葉的新浪漫主義❷所表現的現實感與科學的觀察力，他一面抓住了實際的人生，但又不受人生的事實所約束。他描寫自然，但又不全然表現自然為依皈。

而林泠的詩就不同，她是以自然界的事物呈現其內心的感觸，展示其溫柔的諧和與自然的律動。她詩中的外延力和內涵力都是建構在其內在的律動中，優美的節奏裡。例如她的〈崖上〉❸：

---

❷ 新浪漫主義 (Neo-Romanticism) 是產生在二十世紀與十九世紀的交縫裡的一個文學流派。他們眼看著浪漫主義的主觀、排斥平凡、因襲、規範、理智，而著重於狂熱、神祕、驚奇、空想等純感情的求美，以及現實主義的過份重視客觀性，一切以科學的實證為基線，去正視現實，研究現實，剖視現實，把文學視為科學的藝術，對現實社會的現狀，皆以科學的法則去剖視，把文學建築在科學的基礎上。這種過份尊重科學，偏於客觀和浪漫主義，過份重視情感，偏於主觀，同樣患著偏激的創作態度。於是保羅・鮑爾志 (Paul Bourget)、休斯曼 (Karl Huysmans) 等人提出了「靈底覺醒」的文學，這就是新浪漫主義的興起。

❸ 見《六十年代詩選》第四十頁，五十年元月初版，大業書店出版。

聽說這是個古跡，我來到這裏。
別說我是唐突的客人，邀請我來的
是那塊默然立著的岩石，這兒的主人
和
不佔空間也沒有重量的微塵
我們同是被人間所忽略的

因此，我不寂寞，當我造訪崖上
當我知道，我還有我的夥伴——
我們同是被人間所忽略的

第一句給人的感覺，是一個不確定的形象之展示。「聽說這是個古跡，我來到這裏。」也許這不是古跡，只是一個絕崖峭壁而已。因此，作者來到這個崖上，是被某種誘惑力吸引而來的，「別說我是唐突的客人，邀請我來的，是那塊默然立著的岩石。」這塊岩石象徵著一個世界的孤絕、超脫。作為一個現代人，多少總帶有一點孤絕感和超越性。孤絕是對自我的約束，不被世俗所浸淫。超越是對自我的放縱，放任於自我的躍升，自世俗裡掙脫自己，把自己歸向一個「不佔空間也沒有重量的微塵」的世界。

「我們同是被人間所忽略的」，這是一句很剐心的話。作者從孤絕的岩石中，體驗到自己被世俗所歧視後的愴涼與寂寞。寫到這裡使我驟然想起英國當代詩人奧登 (W. H. Auden 1907–1973) 的〈呵！你要奔向何處？〉❹中的幾句詩：

「呵，你要奔向何處？」讀書人對騎士說。
當谿谷猶如熔鐵爐般焚著致命的熱
那裏的荒塚中的馥郁使人瘋狂時
峽谷是墓穴，我要從那高崖折回

---

❹ 奧登 (Wystan Hugh Auden 1907–1973) 是二十世紀英語國家中，最具有影響力的詩人。〈呵！你要奔向何處？〉(O Where Are You Going?) 原詩被選在奧斯卡・威廉斯 (Oscar Williams) 所編的《現代詩選》(*Modern Verse*) 中。同時也被潘・華倫 (Robert Penn Worren) 選在《詩的瞭解》(*Understanding Poetry*) 一書中，全詩分四段十六行。

我們讀林泠的〈崖上〉，也有著奧登筆下的那個讀書人一樣的感覺。我們會追問她到那絕崖上去幹什麼？林泠回答了這個問題，因為那裡有一塊默然立著的岩石，那塊岩石正是誘使她奔向那絕崖的原始衝力。

岩石的孤絕和脫俗使她內心激起共鳴，激起同情和憐憫。因此，她感到和岩石在一起，她不會感到寂寞，不會感到孤獨和無依。「當我造訪崖上，當我知道，我還有我的夥伴——，我們同是被人間所忽略的。」一個重要的詩人，常常被世俗所漠視，被人們所忽略，這是綿延已久的悲劇。莎士比亞、卡夫卡 (Franz Kafka) 都是死後歷經多少年代始被發現的天才。

林泠的孤獨和寂寞，正是其詩中的外延力逐漸自旋律的震盪中向外擴張，她和鄭愁予一樣，都是透過詩中的優美的節奏，將外延力展出，而其內涵力卻是隱藏在其豐富的詩想裡。例如她的〈女牆〉❺就是外延力與內涵力同時交融在詩內的。

曾經如此地對它寄予希望。
走在那陰影下
我只是一個人

❺「女牆」乃城上的小牆。

這回，我第二次來
第二次，不再夢想遼闊了
我背著手，從這一頭踱到那頭
我在想——
這麼細的繩索，能拴住一個城市麼？

林泠這首詩和前面的〈崖上〉一樣，起始就給讀者一個不定的感覺，「曾經如此地對它寄予希望。」這個「曾經」也許代表多少個年代以前，也許表示數天、數月之前，這全靠讀者個人的感受力和聯想，你要把它視作數天亦可，數年亦可。作者不是給出一個固定的時間，事實上一個成為失去了的歷史的時間，是沒有任何固定意義的，各人有各人的歷程，各人有各人的輝煌的或黯淡的過去。然而，過去了都被一個大的世紀所吞沒了，這是任誰的歷史都一樣，都是被世紀的年輪所輾碎的。「走在那陰影下，我只是一個人。」這個「陰影」可能是比喻女牆在陽光投射下的陰影，也可能是世紀的大黑傘所投影的陰影。作者沒有給出具體的形象，但我們已感受到詩中的美感。「我只是一個人」這是對自我的認知和確定。我是一個人，這是任誰都無法否定的，但詩人常常感到自我在脫逃，在離「我」而遠去。於是，她不得不一再喚醒自我的存在。正如很多人會無緣無故捏一把自己的大腿或眼皮，試圖以痛覺來感出自己的真實存在。

「這回，我第二次來，第二次，不再夢想遼闊了。」這可能是作者已遭受到某種打擊。或者對幼年的夢幻的不可信賴，感覺自己的幻夢過於空乏，而不能實現。譬如我們幼年的時候，常常在課本上讀到偉人的故事，或者在街頭看見偉人的銅像，總是幻想自己長大後能成為一個偉人。但到了自己年歲漸長，在社會上逐漸遭到的阻力愈來愈多的時候，就會感覺幼年期的幻想是很可笑的。

「我背著手，從這一頭踱到那頭。」這是一個具象的畫面的襯出，襯出一個人的默想、追思的形態。所以作者緊接著就以「我在想——，這麼細的繩索，能拴住一個城市麼？」這已觸及到人的存在問題，這是詩的內涵力的呈現。讀者應該從多方面推敲這一根繩索所拴住的城市。在你推敲這個意象的時候，首先要把城市原有的意念揚棄，她詩中的城市絕不是你我肉眼所能見到的有形的城市。城市只是一種比喻，一種被象徵化的世界而已。然而我們如何去瞭解作者的意圖呢？我們不妨先假定「女牆」是作者對生命和愛情的玄想，那麼她緊握的那根繩索，無疑的，是企圖拴住她所追求的生命和愛情，而那個城市，也不過就是她心目中的生命和愛情的世界而已。但作者可能對生命和愛情的追求，曾遭到觸礁。於是，她慨嘆地說「這麼細的繩索，能拴住一個城市麼？」換句話說，就是她所擁有的那麼一根繩索，能拴住一個人的生命和愛情嗎？

現在我們來看一首鄭愁予的〈情婦〉，他和林泠一樣，同樣用優美的旋律展示其詩中的外延力和內涵力。但他的風格有別於林泠，他一開始就給出一個確定地點。他不像林泠老把它從延續中剪下始點。

在一青石的小城，住著我的情婦
而我什麼也不留給她
祇有一畦金線菊，和一個高高的窗口
或許，透一點長空的寂寥進來
或許……而金線菊是善等待的
我想，寂寥與等待，對婦人是好的
所以，我去，總穿一襲藍衫子
我要她感覺，那是季節，或

候鳥的來臨
因我不是常常回家的那種人

第一行作者用明示的方法，點明青石的小城，住著他的情婦。這種手法極其明麗而簡潔，沒有半點拖泥帶水的籠統感覺。「而我什麼也不留給她」，如果是單獨抽出這一句來看，似乎近於告白式的抒情，但作者緊跟著將一畦金線菊，和一個高高的窗口，襯托出那個青石的小城的畫面，就不是告白式的抒情，而是詩人內在詩想的貫連，使詩的外延力逐漸擴張。金線菊使人聯想到它的等待的耐性。高高的窗口，使人聯想起舉頭瞻望歲月的寂寞與等待的淒涼。在〈詩的形式〉中，我曾舉了一首商禽的散文詩〈長頸鹿〉，那首詩也是表現瞻望歲月的寂寞與愴涼。不過，商禽是表現一個囚犯的內心的獨白，而鄭愁予是表現一個情婦的內心的獨白。這兩者都是被扔在長遠的期待中，囚犯期待著刑滿出獄，情婦期待著她情夫的來臨。然而這兩者都要有極大的耐性。「我想，寂寥與等待，對婦人是好的。」這是作者給婦人，尤其是一個身為別人的情婦的女人的一種告示，告示著寂寥與等待，都是必須有的忍耐力。

「所以，我去，總穿一襲藍衫子」，這件藍衫子是象徵著一種季節，也是象徵他必須給他的情婦養成的一種等待的習慣，因為他「不是常常回家的那種人」。這裡有兩種可能的暗示，一種是暗示情婦必須有等待歲月的耐性，要耐得住寂寥和空虛。一種是暗示他根本就是一個浪子，他不是慣於被留在家裡的那種人。

從整首詩來看，這首詩是對不正常的愛戀的一種警告，警告著那些不健全的愛，將會遭到無限的寂寥和等待。作者能在短短的十行中，告示出一個真理，是不能不承認他的天才，尤其是第一段第六行「我想，寂寥與等待，對婦人是好的」，和第二段最後一行「因我不是常常回家的那種人。」都是很富於內涵力的。作者慣用「明麗的詩想，溫柔的旋律，纏綿的節奏，與夫貴族的、東方風的、淡淡的哀愁的調子，這一切造成一種魅力，一種雲一般的魅力。」❻

現代詩的內涵力，一是構築在詩人高度的藝術的表現上，它不是一些直陳、說白的抒情詩所能展示的一種內在潛力。一個夠格的現代詩人，他不斷地吸取外界的豐富知識，然後加以壓縮和提鍊，使詩內產生一種生命力。而這種生命力是不受時空所擊敗的，它像一根扎根在肥沃土壤裡的籐籮，它只有愈長愈繁茂，經歷的時間愈久愈能蔓延到廣大的空間。因此，我們說詩的內涵力，是詩的生命力；而詩的外延力，是詩的生命向外蔓延力。我們確定一首詩的外延與內涵，必須從全詩的完整性去探求。一首詩無論它的內容多麼廣博，語言多麼豐

---

❻ 引自《六十年代詩選》第二〇〇頁，鄭愁予的評介一文。

富，意象多麼繁茂，形式多麼奇譎，它的完整性仍然是不可被割裂的，正如一座龐大的建築物，無論它在建築上多麼繁複，而它的任何一根鋼筋或一塊磚，都是不可抽離的。至此，我們說現代詩是存在於整體的和諧中，亦未嘗不可。它的整體的和諧，就是詩的外延與內涵的組合。

第十七章　現代詩的廣度和深度

人類生活的幅度，是無盡的，是變幻的。每一個人有每一個人的生活幅度，它永遠隨著他個人的經驗，隨著他所接觸的種種有形與無形的感染力而改變，一個生活經驗豐富的人，他的生活幅度一定比人寬闊、廣漠。生活幅度愈寬闊、愈廣漠，他的想像力就愈豐富，愈能超出常人。一個偉大的詩人或者其他藝術家（包括小說家、畫家、雕刻家、音樂家），他的生活幅度一定比常人寬闊、廣漠，他的想像力一定比常人豐繁，複雜。他永遠不會固定於某一特定的生活方式，不會把自己侷限於某一特定的生活幅度中，他常常企圖自己能超越有限的時間和空間（指生存的過程），他常常把自己置身於經驗的世界中，把自己植根於瞬即萬變的世態中，把自我經驗交融在廣大的，無限的宇宙生命中。因此，詩人所經驗的世界，不是他個人的有限視境，而是全人類的無限境界。一首偉大的詩，它是表現人生的無限境界，而不是記載人生的有限視境，當我們欣賞一首偉大的詩時，我們不是讀出詩句的字義的釋意，也不是聽取那字音的旋律，而是在整體詩內感知其生命的永恆價值，感知其整體的創造力和它的獨特性，也就是梵樂希所謂的「純美」(Pure Beauty)。他說：「我們對於『純美』的境界必須是空曠無人。我的意思是說，我是趨向著藝術中極端的嚴正——趨向著一種更明白地意識到它本身的創生的，常常在一切題材中們更獨立的，並且不帶一些感傷或俗陋的趣味的，也不帶一點滔滔雄辯的粗鄙的效用的那種美。」❶追求純粹的美、純粹的詩，是現代詩人一致努力的方向。前輩詩人，往往過於拘束於詩的某種社會效用，而放棄或喪失了詩的本身的純美，然而，今日的詩人，大都已深深地覺悟到宇宙的奧妙，是在不斷的追求、探索中發現的，而詩人、哲學家是唯一具有共同理念：去追求宇宙的奧妙，人類的真實處境的。詩人超脫一切世俗的繁擾，投出主觀的情感，對永恆的，廣漠的宇宙作深邃的探測，企圖發掘那「永恆」的生命。

現代詩人為了探測宇宙的奧祕，探測人類的內在生命的恆久價值，他已不能沿用前輩詩人的任何法則，因為現代人的錯綜複雜，已遠比上一代人，不知要繁複深沉多了多少倍，如果現代詩人仍然堅持上一代的法則，那是很難表現出這一代的繁複的千萬分之一。現代工業的突飛猛進，物質文明的壟斷，機械工業的急速演變，促使現代人無論自精神上言，或肉體

❶ 見梵樂希為 Lucian Fabre 著的《女嬰的誕生》(*Connaissance de la d'e esse*) 所寫序文中。本文有中譯，見商務印書館出版的《現代詩論》，曹葆華譯。

上言，都有著沉荷的負擔。譬如機械的噪音，使人類的精神過度緊張；急速的車禍，使人心有一種死亡的恐懼陰影，甚至有時看見車輛在大街上疾馳，就會有一種意識的恐懼，或緊張、或焦急的心理變化。而這種因機械的噪音、因急速的車禍所引起的心理變化，在上一代人來說，是不可能產生的。T・S・艾略特感傷地說：「我用咖啡匙量出了我的生命」（I have measured out my life with coffee spoons）❷。戴蘭・湯瑪斯說：「倫敦之女嬰死於空襲，拒絕哀悼」（A Refusal to Mourn the Death, by Fire, of a Child in London）❸。像這種名句都是現代詩人，不知經過了多少的折磨和苦難，所體驗出來的深刻表現，他不但說出了現代人性的苦悶，也呈現了現代人在種種劫難的重壓下生存的苦痛，但人類有一種求生的本能，有一種趨向快樂的本能，而這種求生和趨向快樂的本能，常常與人類所生存的社會壓力，有一種相反的作用力。而這兩種相反的作用力所碰擊的力量，就是詩人們所要表現的內涵力，也唯有如此，始能強烈地呈現出人類的內在生命力，也唯有如此，始能深刻地表現出整體宇宙的奧祕。所以，任何一首詩的深度和廣度，都必須依賴於詩人的苦心竭慮，長期的追索和探討，然後再經過長久的沉思和反省，始能產生的，我曾經說過：「詩是成於剮心之痛，淚滴的瞬間」，德

---

❷ 引自T・S・艾略特的名詩〈普魯洛克的戀歌〉（The Love Song of J. Alfred Prufrock）一詩。

❸ 引自戴蘭・湯瑪斯（Dylan Thomas 1914–1953）的名詩〈倫敦之女嬰死於空襲，拒絕哀悼〉的標題。

國哲學家尼采也說過：「動物之中，只有人會笑，因為人所體會的痛苦最深切。」也惟有人是最敏感的動物，他所以能異於其他動物，正因為他有異於其他動物的「靈性」，而表現詩中所要呈現的也就是隱藏在人心底裡的靈性的真實。

現代詩所以能異於昔日的古典主義、浪漫派、甚而至於較近期的自由詩，也就是因為現代詩人已緊握了人性的內在真實。他們大都已盡可能放棄那些淺顯的形象，而著重於意象的傳達。於是，現代詩所表現的都遠較昔日的詩為深沉難懂，因為它有深度，它有無法度量的廣漠和深邃。我們讀瘂弦的〈深淵〉，洛夫的〈石室之死亡〉，羅門的〈第九日的底流〉，我們就會很深切地體認到現代人的悲慘處境，以及他們所承受到的生存的壓力的重荷。瘂弦說：「當一年五季的第十三月，天堂是在下面，而我們為去年的燈蛾立碑。我們活著。我們用鐵絲網煮熟麥子。我們活著。」活下去是人類的最原始的本能，每一個人都有要求自己活下去的權利。然而，活下去，必須付出某些代價，那就是作為人的不斷努力、掙扎，向著一個企圖能抵達的目的邁進。我們現在來看看余光中的〈如果遠方有戰爭〉一詩，這是對漫長的越南戰爭的感受。

如果遠方有戰爭，我應該掩耳，

或是該坐起來，慚愧地傾聽？
應該掩鼻，或應該深呼吸
難聞的焦味？我的耳朵應該
聽你喘息著愛情或是聽溜彈
宣揚真理？格言，勳章，補給
可能餵飽無饜的死亡？
如果戰爭煎一個民族，在遠方
有戰車狠狠地犁過春泥
有嬰孩在號啕，向母親的屍體
號啕一個盲啞的明天
如果一個尼姑在火葬自己
寡慾的脂肪炙響一個絕望
燒曲的四肢抱住涅槃
為了一種無效的手勢　　如果
我們在床上，他們在戰場

在鐵絲網上播種和平
我應該惶恐，或是該慶幸
慶幸是做愛，不是肉搏
是你的裸體在臂彎，不是敵人
如果遠方有戰爭，而我們在遠方
你是慈悲的天使，白羽無疵
你俯身在病牀，看我在牀上
缺手，缺腳，缺眼，缺乏性別
在一所血腥的戰地醫院
如果遠方有戰爭啊這樣的戰爭
情人，如果我們在遠方

這首詩的整個題旨，是在表現戰爭所帶來的人類的災害，而作者是運用越南戰爭作背景，把人類所慘受戰爭的傷害呈現出來。

這是一種互應效用，作者站在一個非戰爭的高地上凝視那片充滿著死亡、流血的戰爭地帶，然後發出人類最原始的呼喚，企圖喚醒那些嗜戰者的迷夢。他認為戰爭並不能帶給人類永久幸福。流血和死亡都足以摧毀人性的真實，導致人心的麻木，這是余光中所要表現的中心題旨。他一開始就用詢問的語氣發問，他不但向自己的良知發問，也向全世界的人類的良知發問：「如果遠方有戰爭，我應該掩耳，或是該坐起來，慚愧地傾聽，應該掩鼻，或應該深呼吸，難聞的焦味？」是的，如果遠方有戰爭，我們該如何來處置自己呢？我們難道能不聞不問聽其自然嗎？或者是搗起耳朵，慚愧地坐在這裡袖手不管呢？或者是去聞那些難聞的戰爭的焦味？這些都不是一個具有良知的人所能忽視的事實。人類有一種本能的同情和憐憫心，我們眼看著人類受到殘酷的摧殘，我們能坐視不救嗎？於是，詩人以他原始的同情心去同情越南人們的遭遇，甚至於發出一種呼喚，喚醒人類的自覺。

「我的耳朵應該，聽你喘息著愛情或是聽溜彈，宣揚真理？」這是兩個情趣的對比，愛情和戰爭在某些人來說，可能都佔有同等份量，而對某些人來說卻有不同的重量，詩人用帶有一點輕俏而詼諧的語意表出，這兩個情趣的異同。「格言，勳章，補給，可能餵飽無饜的死亡？」這是作者對那些格言，勳章的一種嘲弄，嘲弄那些虛榮的飾物，只不過是用無數的死亡所換取的。在那遙遠的地方正喊著戰火的蔓延，而神卻在呼喚著真理，呼喚著人類的生存的幸福。死亡不是一切，但死亡可以帶來嬰兒哭向母親的屍體，號啕一個盲啞的明天。這是作者對戰爭所帶來的死亡的嚴肅批判。他認為戰爭並不能給人類帶來什麼，除了那一連串的死亡，除了那因死亡而號啕的嬰孩哭向母親的屍體，除了那個盲啞的明天。明天，原是象徵著希望，象徵著一個可能實現的企求，但在戰爭的年代裡，明天就成為不可預期的幻滅。成為一個盲啞的明天，這是人類的一大悲劇，誰也無法預期自己的下一刻間的使命。「如果一個尼姑在火葬自己，寡慾的脂肪炙響一個絕望，燒曲的四肢抱住涅槃，為了一種無效的手勢。」越南是佛教徒最多的國家，寺廟林立，善男信女，尼姑和尚幾乎佔去越南大半的人們，當連年的戰火在越南境內發生時，部份和尚和尼姑因厭戰，而企圖以引火自焚來阻止戰爭的擴大，以自我犧牲的精神去喚醒那些嗜戰之徒。然而，死的終是死了，戰火仍然熾烈地焚燒著越南。政治這玩意兒，不是一兩個人的犧牲就能改變的。「如果，我們在床上，他們在戰場，在鐵絲網上播種和平，我應該惶恐，或是該慶幸，慶幸是做愛，不是肉搏，是你的裸體在臂彎，不是敵人。」這裡作者一連串運用重疊的對比，由對比而產生一種嘲弄的情趣。「床上」與「戰場」、「做愛」與「肉搏」這種情境的對比，令人深切體認到作者是含著眼淚地嘲弄這個年代，這個被荒謬的戰爭所傷害的年代。詩人感慨地說：「如果遠方有戰爭，而我們在遠方。」換句話說，如果那個遠方的戰爭是我們的，我們又該如何來處決自己的生命呢？你是慈悲的天使，當你俯身看見我躺在病床上晾晒自己的缺手、缺腳、缺眼、以及缺乏性別的時候，你想你會怎樣？這個問號就像一把利刃般的追殺過來。

余光中這首詩最大的特點是運用明朗的意象，但沒有流於說白，它仍然具有現代詩人的特有的深度。他描寫戰爭，他表現人性的真實，雖然他一直運用明喻的對比，而且是帶著深沉的嘲弄，但詩中所隱含的深意，卻不是明喻的對比中所能全盤給出的，必須靠讀者深切地去體認，在那淺顯的意象中感知詩的奧祕，感知詩中所暗示的人類的處境。作者一直以一個書生的態度去處理那場戰爭，他用悲天憫人的態度詛咒戰爭，詛咒那些製造戰爭的狂徒。這是一首深刻而有力的詩，但作者自始至終都沒有故意鋪張意象，或者刻意製造語句的曖昧，使它晦澀難懂。一般人常常誤認為晦澀就是詩的深度，這種觀念是非常錯誤的，現代詩的深度，是隱藏在內層的精神世界，隱喻、暗示、象徵都僅不過是詩的諸多表現方法中的手段而已，它不能依靠那些來增加它的晦澀，也不能靠晦澀來增加詩的深度。詩的深度是基於詩人對人生的深刻體認和透過藝術的高度表現，所以一個夠格的現代詩人，他的生活方式必趨於豐繁，必趨於遼闊。他的生活愈豐繁，他的詩創作也愈豐富，他的生活愈遼闊，他的視域也愈寬闊，而他對人生的感染力愈強烈，他的作品也就愈有深度。

詩的廣度，是取決於詩人的生活的幅度大小，取決於他的情感和思想的傳達。一個生活幅度寬闊的人，他的視境一定比人遼闊，他的情感、思想、智慧一定比人豐富，而他所表現在詩內的情感和思想，也一定比人豐富。譬如我們讀管管的詩和葉珊的詩，我們就會很快地發現他們的生活形態，和生活方式的不同，管管表現的是粗獷，帶有一種野性的呼喚，而葉珊的卻含著淡淡的幽情，一種少年不識愁滋味的情調。例如他的〈屏風〉：

先是有些牆的情緒
在絲絹和紙張的經緯後
成熟著，像某種作物之期待秋深
掌故屏風上的繪畫
藉一茶壺之傳遞
一微笑之感染
把山水和蝴蝶之屬推翻在
車輛的迅速和
旅店投宿，黯然
罪惡、整裝、熟悉的調子
不知道日落以後露水重時心情又怎樣

我描著雙眉
你去了酒坊

這首詩不是表現詩人的生活的廣度，而是表現他思想和智慧的廣漠，他把人人都可能漠視的一塊小小的屏風，容納下如許豐繁的思想。屏風的本身是一個死的事物，但經過詩人的刻劃，把他的思想和情感灌輸進去，便成為活的事物。

「先是有些牆的情緒」，把屏風視為「牆」，是以物喻物的一種方法，但詩人把情緒冠在牆下，就把牆寫活了起來。就如同第二行的絲絹和紙張所交織的經緯，而沒有「成熟著」這個動詞子句，這行詩就顯得呆板，缺乏鮮活的形象。第三行的「像某種作物之期待秋深」，秋天通常是指涉一個成熟的季節，秋深象徵某種成熟，這是我國歷來的文人墨客所慣用的比喻，沒有什麼新意，唯一的是作者打破了傳統的語法，而重新組織了新的語言，讓人有一種新的感覺。

第四行到第六行所創造的形象不夠確切，不夠鮮明，給人一種濛渾的感覺。「藉一茶壺之傳遞」，「茶壺」是名詞，「傳遞」是及物動詞，但「傳遞」以後並沒有什麼可傳遞的，因而，「傳遞」變成一個虛詞，和第六行中的「感染」一樣，「感染」以後沒有受詞，變成一個浮動子句。以現代詩的語言來衡量這種句子，不能說它不合乎文法，因為現代詩的語言，往往是打破傳統的語法，而創造一種嶄新的語言。

「把山水和蝴蝶之屬推翻在，車輛的迅速和，旅店投宿。」這是一個很完整的形象。山水、蝴蝶、車輛、旅店都可能是那屏風上的構圖，而作者把它形象化，造成一種速率和立體圖面的感覺。日落以後，露水重時，心情又不知會怎樣，那些熟悉的調子，那些躲匿在屏風背後的罪惡，以及整裝時的姿式，都是無可預知的。「我描著雙眉，你去了酒坊。」這是兩性間不同的動作，但兩者並在一起卻成了一種對比。一個是急於整裝赴宴，一個是去酒坊買醉，而這些都不是一塊屏風所能遮住的。

以詩的廣度來說，我國現代詩人瘂弦的詩，是較為遼闊、視域較為廣漠，如他的〈巴黎〉、〈希臘〉、〈倫敦〉、〈芝加哥〉等等。現在我試引他的〈芝加哥〉一詩。

鐵肩的都市
他們告訴我你是淫邪的
——C・桑德堡

在芝加哥我們將用按鈕戀愛、乘機器鳥踏青

自廣告牌上採雛菊，在鐵路橋下
鋪設淒涼的文化

從七號街往南
我知道有一則方程式藏在你髮間
出租汽車捕獲上帝的星光
張開雙臂呼吸數學的芬芳

當秋天所有的美麗被電解
煤油與你的放蕩緊緊膠著
我的心遂還原為
鼓風爐中的一支哀歌

有時候在黃昏
膽小的天使撲翅逡巡

但他們的嫩手終為電纜折斷
在烟囪與烟囪之間

猶在中國的芙蓉花外
獨個兒吹著口哨、打著領帶
一邊想在我的老家鄉
該有隻狐立在草坡上

於是那夜你便是我的
恰如一隻昏眩於煤屑中的蝴蝶
是的，在芝加哥
唯蝴蝶不是鋼鐵

而當汽笛響著狼狽的腔兒
在公園的人造松下

是誰的絲絨披肩
拯救了這粗糙的，不識字的城市……

在芝加哥我們將用按鈕寫詩，乘機器鳥看雲
自廣告牌上刈燕麥，但要想鋪設可笑的文化
那得到淒涼的鐵路橋下

芝加哥位於美國的腹部，巨廈林立，水陸非常便利，成為全世界最忙碌、最緊張的內陸海港，所輸出的物產，有穀物、化學品、重機械機器、煤、石油等，是商業最繁榮的海港，它被稱為全世界最繁榮的「水上都市」。作者寫這首詩時，可能還沒有到過芝加哥，完全憑他在書本上的一點知識和電影畫面中的一些常識，而加以想像所創造出來的。

第一段作者就用直截了斷的手法，把芝加哥的人們的緊張，匆忙的生活形態勾劃出來，用按鈕談戀愛，乘機器鳥踏青，這裡的「機器鳥」可能是指飛機而言，其實芝加哥人多半是坐汽艇上下班。「自廣告牌上採雛菊，在鐵路橋下，鋪設淒涼的文化。」這是作者對現代工業社會的一種嘲弄，嘲弄他們早已喪失了原始的自然美。他們所見的都是些誇大的商業廣告，和那鋪設鐵路橋下的淒涼的文化。

第二段到第三段都是芝加哥這個城市的素描，但作者把現代工業，和現代知識都運用在詩裡，使詩更具有廣度，如數學方程式、出租汽車、電解、煤油、電纜、烟囪等等，有的是類屬於現代科學的知識，有的是類屬於現代工業的產物，當然這些都是構築芝加哥的面貌的產物。「當秋天所有的美麗被電解，煤油與你的放蕩緊緊膠著，我的心遂還原為，鼓風爐中的一支哀歌。」這是作者深感到西方的物質文明，已經完全喪失了人類原有的一點本性，自然的優美已被電解，煤油和放蕩緊緊地膠著在一起，人們所能看到的是那代表現代標誌的烟囪和烟囪的林立。

第五段和第六段，作者都是以一個東方人的優雅心情，去觀看那個鋼鐵的世界，觀看那個巨廈林立，人心焦急的社會形態。當他想起中國的芙蓉花，以及那家鄉的大草原，他便感慨起來，他說：「於是那夜你便是我的，恰如一隻昏眩於煤屑中的蝴蝶。」

「當汽笛響著狼狽的腔兒，在公園的人造松下，是誰的絲絨披肩，拯救了這粗糙的，不識字的城市……」這些句子都是新鮮而又有力的，作者譏笑那些現代工業所帶來的文明，那些所謂現代文明摧折下的文化遺產，已經使它變為盲目，變為荒涼，變為沒有文化，只有鋼鐵的荒涼的世界，在芝加哥的人們，只能用按鈕寫詩，乘飛機去看雲，在鐵路橋下鋪設可笑的文化。

從近半世紀的社會形態發展情形來看，有兩大重心各自圍繞著一個核心，而且逐漸向外擴大，一個是以「物質」為中心；一個是以「精神」為重心。以物質為中心的社會，一切注重功利、效率，重視人力與物質運用的效能，並且盡可能發展其機械工業代替人力操作，加速其工業產品，增進商業流通和輸出量，以達到人力勝天的效用。在這種社會影響下，人的生活方式為物質遠勝於精神，人與人之間只談「效用」、「利益」，不談感情，不談道德觀念，人性的尊嚴就愈來愈貶值，愈來愈往下沉，這是以物質為重心的社會形態。另一個是以精神為重心的社會形態，這個社會大都是指工業稍為落後的而言，他們是以「士」、「農」為主幹。以「士」為主的社會，不是教人以實用，而是教人如何做「人」，重視做人的道理，注重人與人之間的共同生存之原理和應用，他們的一切言行都以禮義為準則，他們的基本做人法則正好與工業社會相反；工業社會重利而輕義，他們卻是重義而輕利，人們都能安貧樂道，其生活方式為精神勝於物質，和以「農」為主的社會是相輔而成，農業的產品一半靠人力，一半靠地利，靠天時，天時和地利都是自然的。於是，農業社會的人們的一半生存條件，是依賴「天時」和「地利」，所以人與人之間特別講求合作，講求互助、互存。他們特別注重人與人之間的倫理關係，文化的延續，其生存方式是精神勝於物質。瘂弦在〈芝加哥〉中所表現的中心題旨，就是眼看著現代物質文明已整個壟斷了西方社會，而人類的原有一點尊嚴已逐漸被機械所吞噬，文化即為鐵路橋下的可笑產物，這是西方的一大危機。

總之，現代詩人所看見的不是一般肉眼所見的事物，他所表現的不是有限的世界，而是無限的境界。詩人不是社會病理學家，他用不著尋求處方，他只要把那隱藏在社會背面的真實呈現出來，就執行完他的任務。因此，任何一個詩人總是企圖把自己的視域擴大，而且能深入，把自己作品能盡力表現得有廣度，有深度。廣度是他的思想和情感能輸入到作品中，而且能超越於自己的思想和情感，然後展示給讀者，讓讀者感知其無限視境。詩的深度，不是詩的晦澀。詩的深度，是詩人對生活的體認是否深刻，而且能否把那深刻的體認現躍於文字，雪脫維爾說：「詩人的任務之一，是將其個人的世界觀宣示與人，將其所見展示與人，詩人猶之畫家，對於不諧和之萬象，使人諧和而且均勻，而成為一宏偉之設計。」她所謂「宏偉的設計」，也就是現代詩人所要表現的詩的廣度和深度。任何一首好詩，它總不能失去廣度和深度，失去了廣度，就顯得空洞無物；失去了深度，就流於說白。所以廣度和深度對於現代詩而言，是非常重要的。

第十八章　現代詩的社會性

人，必然存在於一個社會、一個群體。而群體中的最主要成員，也不過就是人的本身，如果一旦我們把一個社會，或一個群體中的人抽離，我們很快地就會發現那個群體的空無。

我們從人類的發展歷史看來，上溯到最原始的人類，到今天的現代人，數萬年來，沒有任何一個人能離群獨處，沒有任何一個人能逃脫社會組織而存在，我曾經在一篇論文中說過：「社會之形成，全賴於人類的自然相結合。人們在共同的理想、共同的生活習慣、風俗、傳統，以及共同的文化精神等等相互維繫在一起，這就自然而然形成一個有組織的社會形態。而人類是構成一個社會組織的最重要基幹，只要一個人活著，他就自成為某個社會組織中的一份子。」❶而在龐大而繁複的社會組織中，人與人之間的相處，必然有所交通，而交通的最原始的工具是語言的傳遞，由語言的傳遞演變到記號的表示，如繩結、圖象等等，最後始演變到文字語言的現示。由文字語言的發現，使藝術的創造，也由語言文學演變到文字文學。

❶ 見拙著《現代文藝論評》一書第八二頁。

有了文字文學以後，人與人之間的交往，彼此思想的溝通，也就愈來愈廣闊，愈來愈方便了，於是，文藝成為溝通人與人之間的思想的最單純而又最有效的工具。

現代詩人和其他的社會組織成員一樣，他不但生存於他自己的那個社會，同時也在現示或傳遞他那個社會的形態，以及人類的共同意識和情感，法國近代哲學家居友❷說：「藝術的感情，在它的本質原是社會的。成為結果而表現的，是依了使個人的生命與更大的普遍的生命結合而擴大之。藝術的最高目的，即在使發生具有社會的特質的審美感情。」現代詩人處此龐雜的社會裡，他耳目所視、所聞、所感、所染都是這個社會中的種種活動形態，換句話說，社會上的一草一木，一舉一動都可能促使詩人去構思，去表現。如果我們把一切文學作品所表現的，歸納在一個平面上，我們很容易就會找出這是一個社會的立體的呈現，同樣的，如果有人把他所處的社會，將他所視、所聞的種種社會現象，經過其潛心的反省和組織，

❷ 居友 (Jean Marie Guyau 1854–1888) 法國哲學家、美學家，生於拉華爾 (Navarre)，少聰穎過人，在十九歲那年寫一論文，題為「功利的倫理說之沿革及其批評」，而獲得學士院的讚賞。不幸因病輟學，年三十五而卒。其哲學思想受進化論之影響，而多著重於社會問題之探討。其著述有：《伊壁鳩魯與近代學說之關係》、《近代英人道德觀》、《將來之非宗教》、《美學問題》、《時間觀念起原論》、《學人詩集》等。

然後透過文字而表現出來，而成為一部文學作品。居友說：「個人的意識，它自己已經是社會的；而反響於我們的全有機體、全意識內的，必取自社會的形態。……我們說：『我』，也可以用同樣的意味說：『我們』。一切愉快的事物，是應了它在我們存在的各部份及我們意識的各要素間含有結合性及社會性的程度——換句話說，是應了它在『我』中所存，被歸於『我們』的程度而成為美的。」居友這段話正說明了個人意識也就是群眾意識，個體是存在於人類的全體之中。一個詩人所處的社會，和普通人所處的社會相同。

而現代詩人對現代社會的關切，似乎已遠超了他對自身的關懷，尤其是近百年來，物質文明的壟斷，機械工業的演進，急速的車禍，以及浩大的戰爭所造成的死亡的威脅，已使大半的人心近於半麻木狀態。而詩人們最急切的，也就是企圖用他微弱的聲音喚醒那些被物慾所麻醉的人心，他們放棄了歷來詩人們所慣於描摹的外在世界，而著重於人類的內在真實的價值的肯定，他們從物慾橫流的狂瀾裡，撈起那些殘碎的靈魂，然後再度著手人類精神的重建。

前輩詩人所關切的是個人情感的抒洩，社會現象（外在的）的揭示，縱使偶而有所弄嘲或諷譏，也僅僅侷限於政令的施行，社會的變革，民情風俗的改善等等，很少踏入人心底裡的無意識世界。換句話說，前輩詩人所描寫的大都是一個可觀的外貌世界，而很少深入到比外觀更為原始的內層世界。而現代詩人卻恰恰相反，他們大都放棄了外貌世界的描寫，而著手人類內在靈魂的探險。例如在拙作〈作品第十八號〉中所表現的對現實的批判。

醜陋。終究是賣盡了我所有的春天
而令我破產　背負惡性倒閉的招牌
去示眾，去沿門乞憐別人的施捨

把自尊拋棄如一吃剩的菓皮
默默地接納無端的蹂躪
蹲在街邊，捲起襤褸的衣袖，敞著領
咬著昨夜揀來的烟頭默想
想我的麻臉、塌鼻、以及那長長的疤痕

那是很悲哀的，在香港
連一片麵包皮都不肯施捨的英國人

仍要迫著我們去為他服役
為他去毆打我們的族類

終於是一種疲乏被時間的長度
細紮在冷冷的石階下
而不作任何告示

想起戰爭。想起血衣上的構圖
人類仍然是為活著而不願離開地球的表面
（雖然是那樣醜陋得令人發嘔）

倘若你願在暗室裏擁抱我。吻我
你仍會感到我的熱流於你體內的
喜悅

這首詩是表現一群孤臣孽子流亡在香港，遭受異族人的凌辱，「去沿門乞憐別人的施捨」。第一行開始就用「醜陋」來展示香港這個半殖民地的社會形態。「終究是賣盡了我所有的春天，而令我破產。」這是寫出那群孤臣孽子的內心的慘痛，將自己的青春年華浪擲在長年的顛沛流離中，家園的破碎，祖國的淪亡，使這一代慘受過多的屈辱，把自己的尊嚴，連菓皮都不如地拋在街頭，扔在垃圾箱邊緣去示眾，去默默地承受異族人的無端的蹂躪。我相信當年居住過香港的流浪漢，大概都不會忘記那些慘痛的遭遇。「蹲在街邊，捲起襤褸的衣袖，敞著領，咬著昨夜揀來的烟頭默想。」這就是那群流亡者的血淋淋的生活的寫照，他們揀拾著別人吃剩的麵包，別人扔棄的煙頭。然而，他們在嚼著別人吃剩的麵包，吸著別人扔棄的煙頭時，不是毫無感覺，不是一無所感的麻木不仁，他們在承受這過重的壓力後，他們默想，想起那些醜陋的人情，想起那些戰爭，以及戰爭所帶來的人類的災難。

「那是很悲哀的，在香港，連一片麵包皮都不肯施捨的英國人，仍要迫著我們去為他服役，為他去毆打我們的族類。」在香港除了部份政府官員是他們英國人以外，大部份的差役都是僱用中國人或印度人。而那些差役常常為了執行英政府的命令，而與那些寄人籬下的僑胞發生毆打事件，並且常常遭受到無端的毆辱，縱使鬧進官署，吃虧的還是中國人。

我不知道那些差役，是否真的心甘情願去為英國人服役，是否真的心甘情願去為英國人來毆打我們的同胞，但我們有一點可以肯定的就是他們大都是為了自己的飯碗，為了英政府給他們的薪津。而最可恥的是有些詩人、小說家和部份藝術工作者放棄自己的堂堂大國的國籍，而去入英國籍，這就不能不令人痛心疾首了。

第四段是寫那群流亡者慘受長期的折磨下，已顯得疲乏而無可告示了，「終於是一種疲乏被時間的長度，綑紮在冷冷的石階下，而不作任何告示。」他們承受了異族人的蹂躪，承受了異族人的慘痛的毆辱，最先還發生憤怒的抗議，向英國官署，向港督控訴。但等到他們所有的控訴都落空，才知道一切的抗議都是浪費。於是，只好認命，一切歸諸於自己不幸的命運。

「想起戰爭。想起血衣上的構圖，人類仍然是為活著而不願離開地球的表面。」他們所想起的戰爭，並不一定是指那一個戰爭，而在這每一個戰爭中，都不知有多少先烈們的鮮血洒在祖國的河山上，也不知有多少鮮血染紅中國人的衣裳，而那些構圖，那些美得很悽迷的圖畫，都是促使流浪漢不斷的回想、追憶、緬懷的往事。然而，那些先烈們為什麼會那樣壯烈地拋頭顱，灑熱血呢？我們可以給他們一個肯定的答案，就是要活下去，他們不僅是要自己活下去，也是要他同一代的同胞們，以及他們的萬世子孫們活下去，而且要活得很輝煌。很幸福。很愉快。

在第五段的最後一行「雖然是那樣醜陋得令人發嘔」，是用括弧括起來的，這是暗示人生並不都是美滿的，尤其是現代這個複雜而又紊亂的社會中，人性已逐漸被獸性湮沒，人與人之間早已喪失了互信、互助的美德，相反的，已充滿著仇恨和猜疑，這是極其醜陋的世態。

最後一段，詩人為了顯示自己的真摯和熱誠，用「暗室」來比喻詩人對人類的熱愛，他寧可在默默中獻出自己的愛，卻不願張旗擊鼓地向世人宣揚自己，這是詩人的自我犧牲的精神。「倘若你願在暗室裏擁抱我。吻我，你仍會感到我的熱流於你體內的，喜悅。」詩人的熱情隱藏在心底，倘若我們能去擁抱他，我們就會感知他內在的情熱，那怕世態是如此的冷漠，如此的清冷，他仍然有著熾烈地熱愛人類的感情。

從整首詩來看，除了作者強烈地表現他的民族性以外，同時也對現實社會作著一種含淚的嘲弄，他嘲弄那個香港社會的醜陋，嘲弄英國人的卑鄙，嘲弄那些被金錢所奴役的差役。也同樣地揭示了作為人的悲劇性，因為那些流浪漢都是失去了家園，失去了祖國的孤臣孽子，他們含著滿腔的悲憤流徙到香港，他們不但要為著填塞自己的肚皮而揀拾別人吃剩的麵包碎，同時還要忍受許許多多無端的毆辱。這首詩不但是對現實社會的嘲弄，同時也是對人性的批判。T・S・艾略特說：「一個優秀的詩人，無論他是不是偉大的詩人，所給予我們的絕不止是快感而已：因為如果僅僅是快感的話，其本身就不可能是一種最高度的快感。詩不僅具有某種特殊的目的，而且還經常傳達某種新的體驗，或是對某個熟悉事物產生一種新的領悟，或是表達我們無法以文字來表達的某種體驗，這些都可以增長我們的知覺，提高我們的感受力。」❸一個重要的詩人，不在於他對詩的修養的高低，而在於他是否能時刻關切到他所處的環境，是否能時刻關懷到他所處的社會。社會是個龐大而繁複的組織，而詩人也是這龐大而繁複組織中的一個重要成員，如果他不能關切到他自己的社會，自己的國家，自己的民族，那充其量也不過是社會的一粒渣滓而已，甚至是一條寄生蟲罷了。

我們知道任何一首偉大的詩，都對它的民族和語言的發展具有某種意義或價值，古人把詩作為教化之用，而今天的現代詩固然不一定會有「教化」作用，但至少它可以影響一個社會的風氣，艾略特說：「我認為每一個民族都必須有其自己的詩，這不僅僅是為了那些詩的愛好者的緣故（這些人經常都能學習其他語言而欣賞它們的詩），同時遂因為它實際上會影響整個的社會，這就是指那些不愛詩的人，甚至連他們本國詩人的名字都不曉得的那些人也包括在內。」❹

現在我們來看看馬朗的一首早期的詩，這首詩是完成在我國正處於動亂詭變的年代裡，

---

❸ 見T．S．艾略特著 *On Poetry and Poets* 一書中的 The Social Function of Poetry。

❹ 同註三。

作者的立意也就是寫給那群時代的青年，他有一個總標題叫「獻給中國的戰鬥者」，而名字叫〈焚琴的浪子〉：

在巴比崙的水邊我們坐下低泣：當我們記起你，呵，聖城。
至於我們的豎琴，我們掛起了：在那裏面的樹上。

燒盡絃琴
古國的水邊不再低泣
去了，去了
青銅的額和素白的手
那金屬性清朗的聲音
驕矜如魔鏡似的臉
在淒清的山緣回首
最後看一次藏著美麗舊影的聖城
為千萬粗陋而壯大的手所招引
從今他們不用自己的目光

看透世界燦爛的全體
甚麼夢甚麼理想樹上的花
都變成水流過臉上一去不返
春天在山邊在夢裏再來
他們眼睫下有許多太陽，許多春天
可是他們不笑了，枝葉上的蓓蕾也都暗藏了
因為他們已血淋淋地褪皮換骨
一羣赤裸裸的原人
聽晝夜喧嘩如瀑布
永遠呼號著
穿過腥風
亂草似橫疊屍體和交叉著紫烙痕的曠野
我們決然走過
以堅毅的眼，無視自己
今日的浪子出發了

去火災裏建造他們的城……

這首詩的中心題旨，是表現這一代的徬徨，迷失，容易聽信荒謬的謠傳，而最後始悟及今是而昨非，並且後悔當初的盲目與無知。

前面十行是寫那些徬徨的一代最初的決心，他們憧憬那個遙遠的景色，那些美麗的幻想。「燒盡絃琴」是表示他們無牽無掛的去了，「青銅的額和素白的手，那金屬性清朗的聲音，驕矜如魔鏡似的臉，在淒清的山緣回首。」在這四行中，作者用了一連串的物象來比喻那些即將離去的臉譜、聲音。這種創造是很美的，它給人一個鮮活的形象，一種渾然的境界。

創造形象，是現代詩表現技巧中的最重要手段，如果一首詩失去了形象，就失去了意境，沒有意境的詩就等於散文的分行，等於廣告的告白，它完全喪失了美感。而「形象是印象的昇華，印象既是原始的，故粗糙而無意味；形象是純淨的，意味深長。它是將印象予以選擇、陶冶、滲透了作者的個性、情感、想像所混和成的一種產物。它是比印象精美、生動，而有一種客觀的事物和主觀的認識所交織而成的生命。」❺形象的產生是詩的美的呈現，而馬朗這首「焚琴的浪子」所創造的形象是由於作者善於運用詞彙，他能恰到好處的把那些形容詞、

❺ 見覃子豪著〈詩的表現方法〉一文。

名詞、動詞運用在他的詩句中。例如第四行的「青銅」形容那些即將遠行的前額，第五行中的金屬性的清朗來比喻那些聲音，都是很美的形象。

十二行到十七行是寫那些滿懷著幻夢的一群，最後終於幻滅了，「甚麼夢甚麼理想樹上的花，都變成水流過臉上一去不返」了。也許春天還會在山上或者在夢裡再度出現。可是，他們的夢幻早已成空，他們的青春年華再也不會回來了，也許在他們的眼睫下藏有許許多多的春天，許許多多的太陽，可是他們再也笑不出來了，因為他們早已失望於那些美麗的憧憬，「因為他們已血淋淋地褪皮換骨」。

最後兩行寫得很好，把整首詩的題旨呈現出來，「今日的浪子出發了，去火災裏建造他們的城……」這不但指出了當年徬徨的一代的幻滅，同時也告示了所有徬徨的年輕人，如果聽信謠傳而盲目地走去，將是自投死路，正如到火災區裡去建築城市一樣，那不是等於自尋毀滅嗎。

馬朗的詩，大部份是著重於意象的鋪張，而嘗試跳出舊有的抒情的尚美觀念，企圖表現現代人的繁複的內在情緒之變化。而這首〈焚琴的浪子〉和〈國殤祭〉卻是表現五十年代中國青年人的憤怒，和時代帶給這群青年人的徬徨與覺醒。我相信大凡經驗過這次時代風暴的人，都會深深地覺悟到那些徬徨與迷失的錯誤。如果一個詩人不能關心到他自己的那個時代，他自己的民族，自己的社會，那等於是一個盲者對於燭光，他是永遠被拒於光明之外的。例如張健在〈方步〉中所表現的對現代工業社會的感受。

　　在機械與廣告叢中
我踱著方步
　在銅絲舖就的街衢
我踱著方步
而且看著艾克，而且觸著BB，
今天，又一卷曳白的史詩——
教徒們熟練地翻著一九一〇年版的聖經
十七歲的小妞，獻身於明年春天的髮型學
今天，又是號外，又是酗酒的文明！
　在頑童的爆破聲中
我踱著方步

在胎盤的遙憶中
而且呼吸著蒼穹

在現代詩中所創造的形象，最常見的是採用比喻方法：以物喻人，或以人喻物，或以物喻物等等。在比喻中呈現其外貌世界，或展示其內在生命的價值。而張健這首〈方步〉，第一段就是採用以物喻物，和以人喻人的方法襯托出現代社會的形態，使讀者感受到一個具體而生動的形象。「在機械與廣告叢中，我踱著方步。」是兩種情境的對比，「機械與廣告」給人的現代感是匆忙、緊張，物質文明的產物。而「方步」給人的感受是平靜，寧謐。是農業社會中的那種悠閒，這是兩種完全不同的情境，而被作者拉在一起，成為強烈的對比。「在銅綠鋪就的街衢」中的「街衢」，本身是一個無生命的事物，卻被冠以「銅綠」（形容詞）和「鋪就」（動詞）而變得鮮活起來，原是無色彩的變成了有色澤，有生命的形象了。「而且看著艾克，而且觸著BB」，艾克（艾森豪威爾）和BB（碧姬・巴杜）都是當時的新聞人物，一個是一國的元首，一個是電影明星，而他們的畫像都是巨幅巨幅的豎立在臺北街頭，詩人為了傳真這一社會現象（外在形貌），很快地就過渡到他的詩內。在這裡我們可以特別注意的是作者在運用動詞上的工夫，前者用「看」，後者用「觸」，「看」顯得莊嚴，「觸」就顯得輕俏，這是作者有意對他們兩者人格的嘲弄。

第二段依然是對現狀社會的描摹，作者依然帶著半嘲弄的態度告示出今日社會的蒼白，那些教徒們毫無意義地翻著古老的《聖經》，十七歲的少女，急急地學習明年的髮型，這些都是現代社會的失調，所以詩人非常感慨地說：「今天，又是號外，又是酗酒的文明！」酒能使人獲得短暫的痲醉，而很多人就以酗酒來逃避現實，這是詩人對現實的嘲弄。

第三段所採取對比方法和第一段相同，「在頑童的爆破聲中」，這是動態的。「我踱著方步」，這是靜態，作者以兩種不同的情境作對比，而現示出另一種情境。「在胎盤的遙憶中，而且呼吸著蒼穹。」「胎盤」象徵開始，象徵人類的誕生，但對於他已經是很遙遠的記憶了，這記憶也許帶給他純真、平靜、快樂，可是都已經成為遙遠的記憶，而現在所能呼吸的是那茫茫的蒼穹，似乎一切都顯得無可奈何，誠如李白的詩云：「大運且如此，蒼穹寧匪仁。」

現代社會所帶給我們的是匆忙、緊張、繁亂和喧囂，而詩人如何能在急速的車禍中，核爆的威脅下抓住人心的焦急、不安、恐懼和徬徨的瞬息萬變的情緒，的確是非常重要的。自達達主義的詩人以降，都竭力追求一種現代詩的「快速的自動語言」，以便急劇地傳真這一代的聲音，我想這是很值得推崇的，無論任何一種新的語言，對它的社會和民族都有某種無形的價值。我們知道每一個民族與每一個民族之間，每一個社會與每一個社會之間的傳統有所不同，也就是因為它的語言的不同，詩人多少負有保存和擴展，改進語言的職責。現代詩的最大功能，也就是它能和現代社會相結合，和它自己的民族傳統相結合，和它自己的人們的思想、情感相結合。因此，現代詩和現代社會是有著極其密切的關係。數萬年來，人類的語言一再地改變，擴展，而我們的詩也一再地改善、演變，正如我們的社會形態一再地擴展，改良一樣。

第十九章　詩與人生的意義

當尼采向人類宣佈了上帝的死亡以後，人類所能倚恃的精神指標，恐怕就只有他自己了。過去，曾以「神」為中心的人類生活方式中，相信神具有無限權力。如今，已變為以「人」為中心。於是，人便成為一切的重心，成為自己的主宰，不再是上帝的奴隸，「沒有任何為上帝所定的道德原則，可以作為人類行為的準則，也就是說，人完全獨立於任何預定的道德原則之外。」所謂神的絕對權力，已被現代科學所否定了，人成為自己的權威，把那些曾經掌握在上帝手裡的權力和責任，搬移到自己的肩上，而人的負荷也就愈來愈沉重了。

現代精神病學家們認為人只有在「負責任」中，纔能肯定他的生命的意義，唯有在負責任中，始能看出人的存在的唯一本質，他反對那些抽象的生命意義，他認為「在生命的過程中，人人都在他自己的特殊使命或天職，要去貫徹一件具體的需要去完成的工作。其間，任何人替代不了他，而他的生命也不可能反覆重演。」❶這正說明了人只有自己能看顧自己，

❶ 引自奧國精神病學家佛蘭克爾（Viktor E. Frankl）著的《尋找人的意義》（*Man's Search for Meaning*）

只有自己能肯定自己的生命的意義。

一個人能成為無上的價值時，並不是以其有限的生命的本身，而是在於其有限的生命過程中，能創造出無限的價值，這個價值有的決定在他的功業上，有的決定在他對人的體驗價值上。前者是基於人類的需求和幸福，而後者是基於人與人之間的愛的溝通和瞭解。愛的溝通，一則靠性慾，一則靠精神。性慾能展示人類的本質，藉著它完遂人類綿延不滅的生命力。而精神力量能使人類展示出其內在人格，藉著它可以促進人與人之間的瞭解和共存性。如果我們僅僅把愛視為一種性的驅使力和人類本能的衝動，那麼，我們就會誤解，甚至會把性行為視作一種罪惡。尼采非難教會，認為教會曲解了人對於性的嚴肅態度，他指責教會的「禁慾」是滅絕人類的最殘酷手段。倘若人類有所謂罪業 (Sin)，「禁慾」就是人類最大的罪業。海明威也說，禁慾是無聊的❷。

現代作家，尤其是現代詩人，已普遍對性有了正確的認識，不但視性為愛的一種表現方式，同時也證明了性愛是正當的，神聖的。在性愛的行為中，是最能抓住人類內在精神和人

一書，該書譚振球譯成《從集中營說到存在主義》，是根據英譯子題 From Death-Camp to Existentialism 而來的，本文引自中譯本第一二八頁。

❷ 見海明威的長篇小說《再會吧！武器》(*Farewell to Arms*)。

格的核心。於是，現代小說家透過他的小說，展示了人類正當的性的發展，而現代詩人，也透過他的詩，展示了性的高尚和神聖，絕不是像某些卑下的作者將性行為誇大渲染，刻意褻瀆神聖的性愛，以刺激，香艷來吸引讀者，迷惑讀者。

「性」在現代文學中是佔有絕大的地位，正如在一個人的創造功業上佔著絕大的原動力一樣。一個人喪失了性的興趣，也就喪失了創造的能力。一個失去了創造能力的人，任你有多大的理想，也只是一種狂想，一種幻夢而已，絕對不會成為一種功業。我前面已經說過，任何一種功業，都是基於為全人類的需求和幸福而創造的，就是一個作家創造一部作品，也是基於促進人類的幸福而創作的。他絕不是無病呻吟，絕不是憑空架構的空中樓閣，他一定是基於現實的需要，基於全人類的幸福而創造的。一個夠格的現代詩人，必須敢於面對現實，敢於向苦難的現實挑戰。人愈遭受苦難的折磨，是愈能顯示出他生命的無限意義。佛蘭克爾說：「人的生命離開了痛苦和死亡，便不算是圓滿的生命了。」他認為「一個主動的生命，是予人以機會去體驗創造性工作之價值為目的。而一個享用性的被動生命予人以機會，從經歷美、藝術、和大自然之中，去獲致滿足。但那種既無創作性也無享用性，只有高度精神行動可能性的生命，也有它的目的。」換句話說，一個人除了他的創造性和享用性的生命以外，仍然有他的存在意義，那怕是受到任何外在壓制，仍然有其生存的潛在價值。誠如佛蘭克爾說的，「生命雖然被禁止去創造，被禁止去享用；但不只是創造性和享用性的生命才有意義。如果生命畢竟是有意義的話，那麼，痛苦的生命也一定有其意義。」❸

現代詩人常常強調「純粹的表現」，他所關注的不是個人成敗得失，而是整個時代的，整個人類的苦難和幸福。於是，我認為現代詩人必須勇敢地接受現實的挑戰，也唯有在向現實挑戰的苦痛中，纔能顯示出生命的真正意義。人所以為人，是因為他能自己凌駕自己，他能自己主宰自己。因此，在他自己凌駕自己之際，他就能面向他所處的苦難的時代，也唯有在那些現實中尋找的題材，纔是屬於他自己的題材，也唯有如此纔能顯示出他自己的面貌。

我現在試引一首洛夫的〈魚〉，這是一首作者遠在烽火中的越南戰地裡完成的，最早發表在《幼獅文藝》月刊上，後來經過作者再三的刪改，始發表於五十七年十一月出版的《文學》季刊上。

反正他眼中只賸下那麼一朵夕陽
明天摔掉鏡子還不太遲
那漢子仍肅然而立，在H鎮上

---

❸ 見註一所引該書第八二頁。

一株白楊繞著他飛
偶然仰首
從煙囪中飄出來的是骨灰
抑是蝴蝶？

然後想著心事搓著手
當窗戶白成許多顏色的時候
他是千個故事中僅有的主角
洗手可能洗出另一種悲哀
翻過雙掌，你看！
有鱗而無鰭的
算條什麼魚！

然後蹲在屋簷下
吃著一種叫做月亮的水果

嚼碎的果核吐向空中便成星
冰涼的舌尖上
有焚雪的清香

然後踢著石子以三拍子的步度
沿牆垣而南而北而西
而東的一口枯井邊
俯身再也找不到自己的那付臉。

這首詩所表現的是作者在那烽火滿天的越南，看見一個漢子的茫然與那種無可奈何的凝視著自己的破碎的國家，而那個漢子也代表了千千萬萬的越南人們的茫漠與無助。

詩人不是社會學家，用不著傳真那一個社會的面貌。他只要抓住那一個社會的內域，甚至某一個人（足以代表性的）的內在精神的活動面貌，他就等於展示了全境。洛夫就抓住那一個越南漢子，從他的凝立中透視出那個多難的國家，和那個國家的人們的悲哀。

「反正他眼中只賸下那麼一朵夕陽，明天摔掉鏡子還不太遲。」這就是說明那個漢子的茫漠心境，他認為一切都完了，就是那僅有的「一朵夕陽」，明天和今天又有什麼分別呢？要來的總是要來的。「一朵夕陽」象徵那個漢子所擁有的唯一的存在，也象徵那即將喪失的美好的時光。在戰爭的年代裡，死亡是時刻都可以像急速的汽車迎面襲來。而那個漢子也許正在想著明天還遙遠，今天是最真實的存在。還有什麼能比現在擁有那一個美好的黃昏更美好，更真實呢。

「一株白楊繞著他飛，偶然仰首，從煙囪中飄出來的是骨灰，抑是蝴蝶？」在這裡我們看出作者在用字方面的工夫是很著力的，而且一株白楊繞著他飛的「飛」字，和從煙囪中飄出來……的「飄」，這兩個動詞用得很恰切，在一般人都是把形容楊柳的動作，用「飄」字，而不用「飛」，相反的，形容骨灰的飛揚，才用「飛」字。洛夫卻打破了傳統的用法，而把詩的形象點活了。

第二段寫的依然是那個漢子的形態，是貫穿第一段所顯示的茫然，而表現的那種焦慮和不安。他想起那些飄揚的骨灰，想起那些窗戶白成的許多顏色的悲哀，畢竟自己也是那千千萬萬個故事中的悲劇人物，甚至連洗手都會洗出另一種悲哀哩。「翻過雙掌，你看！」這是多麼坦然的一種無可奈何，「有鱗而無鰭的，算條什麼魚！」

第三段所表現的依然是那個漢子的茫漠與空無的心境，但這一段似乎比前一段更有深度。

「吃著一種叫做月亮的水果，嚼碎的果核吐向空中便成星。」吃著叫做月亮的水果，和我國成語裡說的「餐風宿露」，是有相似的悲慘的生活方式。但洛夫這個境界更能超越於那種「餐風宿露」的文字意義之上。將嚼碎的果核吐向空中，果核原是很硬的，詩人用「嚼碎」兩字表現出那個漢子的憤怒和無聊，這是很美的意象。

「冰涼的舌尖上，有焚雪的清香。」這兩句詩的情趣表現在前後的呼應上。冰涼的舌尖顯示出那個夜的情趣，「有焚雪的清香」，作者不用「雪崩」或「溶化」等形容詞，去形容雪的溶解，而用「焚」字，這正顯示出作者在語言上的推敲工夫，是多麼的精鍊而又細緻。

最後一段是這首詩的結語，也是點明那個漢子的空漠感，踢著石子，以三拍子的步度，向著東南西北探索。可是，他再也找不到他自己的那付臉了，還有什麼比這種喪失更悲慘，更無可奈何的呢？佛蘭克爾說：存在的空虛 (existential vacuum) 是二十世紀的一種普遍現象，它是現代的群眾神經病疾 (The Collective Neurosis)，也可以說是共同性的神經病，「可以評述為一種非公開的和個人的虛無主義 (Nihilism) 的模式；對於這種虛無主義，它的爭點可以界說為：人，活著了無意義。」❹於是，現代哲學家和現代詩人，都竭力在追尋人活著的意義，肯定人生存的價值。

❹ 同前註第一五〇頁。

神早已對我們失效，我們所能肯定的，所能把握的除了我們自己以外，已毫無倚恃的助力。因此，現代人所信賴的也僅有他自己。但在戰爭的年代裡，在急速的車禍中，恐怕連自己的生命都無法把握，又如何去信賴自己呢？於是，充滿在這一代心靈中的是一連串的懷疑、苦悶、迷失和追尋。

雖然現代科學幫助了人類探索了諸多昔日所未曾發現的內在精神世界（如無意識的心理世界），但仍然有太多的未知的世界還無法肯定，甚至我們可以大膽地說，科學只能肯定有形的具象世界，而某些潛在的無形的抽象世界，卻必須依賴於詩人和哲學，始能發掘它的內蘊。

我現在再引一首我自己的作品〈禱〉：

右手按在做彌撒用的聖經上
哭了。流著淚。喊著上帝
神哦，恕我吧
我原不是慣於放蕩的野漢
囚衣對我，總不是值得炫耀的標誌

我之不慣於夜夜回家
是半山的夜色過於迷人
罪惡感從交杯中飲盡
醉眼死在女人的谷底
那扇短牆是圍不住春天啦
在這裏上帝早已被宣判死亡
道德的叫價已貶過垃圾箱裏的菓皮
重新粉刷的教堂已誘不進新的信徒

我是不易被赦免的
一如死囚很難贏得刑場的同情
但我仍然這樣做了
閉上眼睛。左手按在聖經上
嘴裏喃喃地唸著一貫的禱詞
企圖把所有的罪惡洗淨

然後揀上一堆黃土
遮住我一生的風流

神哦，恕我吧
我明知你不易於赦免別人
但我仍然這樣做了
左手按在做彌撒用的聖經
哭著。流著淚。喊著你的名字
神哦！

我不是信徒，也不是無神論者，我對於神，總是保持一個適度的敬仰與崇拜。而我這首詩，並非是漠視神的存在，但我也沒有表現如那些信徒們般的著迷，我只是在一切都感到絕望和無助時，就會本能地喊著神的名字。我想這是我唯一所能做的，也惟有如此，能使我的絕望與無依，飄進一絲絲希望與慰藉。

一般信徒們在神的面前，總是承認自己是有罪的，而我不是信徒，我不願承認自己是有罪的，所以我把左手按在聖經上，是一種無可奈何的舉動，是受制於那種無意識心理的驅使，是受制於我個人對神的某種敬仰與崇拜，所以會在不自覺中產生崇拜的動作。「我原不是慣於放蕩的野漢」，這表示我的本質是很受約制的，甚至會甘於某種約制。但我並非願意長遠的受到約制。這是我內心的一種矛盾，一種既不甘於放蕩，也不願受到無限度的約制。

第二段是寫一個人被物慾世界所陶醉，「是半山的夜色過於迷人」。在那醉人的夜裡，一切的罪惡感都在酒杯裡溶化了。在那兒，最美好，最真實的，就是酒和女人，而最貶值的是那些道德的叫價，「重新粉刷的教堂已誘不進新的信徒」了。這樣寫，我多少是帶有一點嘲弄的意味。

第三段是我對世俗的無可奈何，我不是超人，我無法自廣漠的世俗中超越，雖然我也是企圖自我超越的人。於是，我只好和別人一樣，「閉上眼睛。左手按在聖經上，嘴裡喃喃地唸著一貫的禱詞，企圖把所有的罪惡洗淨，然後揀上一堆黃土，遮住我一生的風流」。

第四段是重複那一個單純的祈禱動作，但我是在暗示那個動作的無可奈何，似乎是不得不如此。這也正說明了人活著，有太多的事情是無可奈何的，是不得不如此的，這是作為人的一大悲劇。

我們常常感到自己的茫漠，自己對世界的種種事物，有一種無可奈何的感覺。當我們剛剛從母體裡分割出來，我們就面臨到一大災難，那就是死亡的脅迫。無論你有多大的能力，你總是在一步一步地靠近死亡之黑窗。於是，當一個人發現自己的生命過程中，必然會遭受許許多多的災難而後又必然要死去時，他就想創造一點功業，以功業來延續他生命的意義。

從這裡，我們可以發現一個結論：人，自己絞斷自己的臍帶，只是為了想證實自己的存在，為了企圖創造自己的生命意義。因此，在人類的整個生命過程中，他有人性，也有神性，更有獸性的一面。當他在創建自己的生命時，他是擁有人性和獸性的。當他在完遂自己的生命時，他是具有某些神性的。甚至我們可以更具體的說明這一事實，那就是人類的生活方式和生存條件是人性和獸性的，而當他企圖去創造藝術或完建藝術品時，他就具有一種神性了。

而現代人大多數是缺乏神性和人性，而變成了一群「機械人」。這是物質文明帶來的人類的新危機。現代詩人也許已敏銳地感覺到這一新的危機，乃竭力從事肯定人的意義，探索隱藏在人類的內在精神，和作為生命支柱的真正價值，換句話說，現代詩人所以要苦心焦慮地去發掘人性中的神性，也正因為他已警覺到人性已愈來愈往下沉了，而獸性反而愈來愈向上攀升，這是整個人類墮落的危險訊號。詩人有責任去拯救那個墮落的社會，也必須負起這份拯救的責任。這就是精神病學家所謂的「人只在負責任中，才能肯定他的生命的意義」。也唯有在負責任中，始能發現人的存在的唯一本質。

第二十章　詩與詩的箋釋

倘使一首詩能不為時空所擊敗，而能為悠長的文化歷史所承認，這並非是來自偶然或任何徼倖所能肯定的。它的存在，必然有它存在的因素，它的流傳，也必然有它被流傳的價值，這是任何時空所無法否定的。雖然在漫長的歲月中，難免有些真正的好詩，會不幸被戰火或其他原因所摧毀，所湮沒，但那畢竟是極少數的不幸。

於是，當我們試圖去肯定一首詩的歷史價值時，絕不能驟然下論斷，我們必須苦心竭力地去尋找出其存在的根源，尋找出其真正為歷史所肯定的價值。至於如何去尋找，或者發現它的價值之所在，歷來的詩箋釋家，詩評人都曾苦苦探尋過各種方法，甚至有些人願盡畢生之力，為探求詩的內在奧祕，和它存在的真正因素。

當我們翻開一部文學批評史時，我們會很快地發現歷來中外批評家的立論，都有各不相同之處，但也有相似之處，中國遠自孔子的《詩論》，西洋遠自亞里士多德的《詩學》，這都是文學批評的最早發端。孔子的《詩論》著重於「教」、著重於功利的應用，尚不能稱為嚴肅的文學批評，正如西洋亞里士多德之前的亞里士多芬尼斯的《群蛙》，以及恩皮道克里斯的《修辭學》等等，都不能稱為純正的文學批評。

中國真正有文學批評，可能要算建安時代的曹丕、曹植兄弟對當時諸家的批評。如曹丕《典論》裡的論文，曹植在〈與楊德祖書〉裡的評論，都能抒出其一己的意見，不過，行文過於主觀，幾乎全憑其個人的直覺觀念，作大膽的批評。但他們也肯定了一些批評的典範，例如在《典論》裡說的：「夫文，本同而末異；蓋奏議宜雅，書論宜理，銘誄尚實，詩賦欲麗。此四科不同，故能之者偏也。」這是中國文章分類的最早發端，他把文章分成奏議，書論，銘誄，詩賦四類，而到了晉代的陸機，便把文體擴展為詩、賦、碑、誄、銘、箴、頌、論、奏、說等類。後來到了齊、梁時代，中國文學批評又邁進了一大步，例如沈約、陸厥他們有關音韻的討論，鍾嶸的《詩品》，劉勰的《文心雕龍》等等，都是在中國文學批評史上有著極輝煌的貢獻。尤其是鍾嶸的《詩品》和劉勰的《文心雕龍》，幾乎成為後世文學批評的圭臬。事實上中國自鍾，劉兩氏之後，一直到唐代，都沒有產生過和他們一樣有系統的文學評論。雖然在盛唐時代，詩歌在中國文學史上佔了極重要的一頁，但那時僅有的文學評論都是以作詩法為主，而沒有真正的詩評。一直到了宋代的歐陽脩作《毛詩本義》，和鄭樵作《詩辨妄》，才重振了文學批評的風氣。

自元代以降，文學批評大都流於系統的，條理的論述，很少涉及批評的本身。例如陳繹曾的《文說》、王構的《修辭鑑衡》、楊載的《詩法家數》等等皆是。不過，在楊載的《詩法家數》中，有幾個為詩的立論，都是非常中肯的，例如「詩不可鑿空強作。待境而生，自工。」又說：「詩貴含蓄，言有盡而意無窮者，天下之至言也。」這些都是為後世文學批評家們所推崇的至理名言。而明代的文學批評又大都流於隨筆、詩箋、雜感。在此期間，為後世所重視的有第居安的《梅磵詩話》，吳師道的《吳禮部詩話》，無名氏的《南溪詩話》，以及李東陽的《懷麓堂詩話》等等。清代的文學批評，有一個最大的特色，就是考據，箋釋多於批評，在此期間，較有貢獻的要算是金聖歎、方苞、姚鼐、劉大櫆、以及王國維諸人。

至於西洋的文學批評，自亞里士多德以降，歷經二千多年來，從古典的批評到近代的批評，他們有幾個極明顯的階段。最初的，也是一直被西洋文學批評家們奉為典範的是亞里士多德的《詩學》，這是一部較有系統的文學理論。但以現存的版本與原稿相比，恐怕流失甚多，從這部份的殘留著述，仍然可以窺出亞里士多德的思想體系。亞里士多德認為文學作品必然有其「普遍性」與「永久性」，而所謂「普遍性」與「永久性」亦就是「真實」與「理想」，詩人所要模倣的是這具有普遍性與永久性的真實的理想的人生與自然。並不是柏拉圖所謂的模倣「意象」，亞里士多德的模倣論是反駁柏拉圖的「三度隔離說」的，他認為柏拉圖的所謂「模倣」是要詩人心中先有一個創造意象，譬如木匠要作一張床，他心中必然先有床的意象，然後才能製作床，而亞里士多德認為那種模倣的本身就是一種模倣，所以藝術便成為虛偽。

從亞里士多德死後三百年間，希臘的文化重心自雅典轉向亞力山大城。後來有所謂亞力山大派學人，他們的學術風氣甚熾，但是他們除了作些修辭的批評，很少涉及批評文字，大都集中於考據典籍的珍藏。到了羅馬時代，文化是承襲希臘文化而來。這時在文學批評上出現了何瑞思 (Horace)，他著有《詩的藝術》，是一部對後世影響頗深的論述，他特別強調文字是一種符號，任何文字，只要它能表現一種新的思潮，都能廣闊運用。同時他認為詩與畫是可以相互表現的，也就是說，它們兩者都是一種符號的現示。何瑞思對詩有一個重要觀點，就是詩要能給人教訓，給人快感，或者同時給人教訓和快感。

自何瑞思以後，西洋的文學批評進入到新古典主義的批評，這時代表人物有布窪羅 (Boileau 1636–1711)，蒲伯 (Pope 1688–1744)，約翰遜 (Johnson 1709–1784) 諸人。他們的主張是認為文學是表現真理和自然的，他們認為文學家、藝術家都應該模倣自然，只有自然是不變的，是恆久的。自然是一切藝術的來源，它可以產生生命、美、力量。詩人只有毫無選擇地服從自然，才能創造真正的詩，他們說服從自然，就是服從規律 (Rules)，他們的根本思想，就是理性主義。蒲伯的服從自然，對後來的法國文學批評影響很深，譬如盧梭的皈返自然，就是導源於蒲伯的服從自然的觀點而來。

從新古典主義的批評到浪漫主義的批評，他們之間有一個最大的不同點，就是前者重視理智，後者重視情感。在浪漫主義的文學批評裡，最有貢獻的要算是法國的斯達夫人(Madame de Stael 1766–1817)和英國的華茲華斯(Wordsworth 1770–1850)。前者主張社會的文學批評，她認為文學藝術的發展，必然與時代、社會、政治、和環境有著密切的關係，而華茲華斯卻主張文學是基於想像與情感的。他說：「詩是情感的自然流露」。華茲華斯這種文學觀也正代表了所有浪漫主義作家的文學觀。

繼浪漫主義批評以後，歐洲出現了「科學的批評」(Scientific Criticism)。這是受穆勒和康德的實證哲學和達爾文的進化論所影響，他們視藝術作品如同科學家在實驗室中看實驗物一樣，他們把科學家在實驗室中解剖動植物般的態度，去解剖文學作品。他們認為「美學和植物學是一樣的學問」。

倡導科學批評最力的是法國文學批評家聖・柏韋(Sainte Beuve 1804–1869)和泰納(Hippolyte Taine 1828–1893)。他們的批評，完全是採取客觀的態度，對於社會的現況，皆以科學的精密方法去處理。泰納認為研究任何一國的文學作品，都必須從種族，時代，以及環境上去著手。他說任何的文學作品也逃脫不了這三種因素的影響。

在科學的批評以後，有所謂印象的批評，和人本主義的批評，以及「為藝術而藝術」的批評，而這些都是源自於浪漫主義的批評而來，他們的批評觀點，是反對科學的批評的純客觀性，他們認為一切的真實都是相對的主觀，而不是絕對的客觀。宇宙的一切事物都是恆動的，而詩人或其他藝術家，只是把握住那瞬間的印象而已。今天的印象不同於昨天的印象，個人的印象不同於別人的印象。因此，文學批評應該是主觀的，而不是客觀的，印象派大師法朗士 (Anatole France) 曾經給批評家下過一個定義說：「好的批評家並不是一個判決案件的法官，而是以一個敏銳的感觸心靈，在他的作品中作著歷險的遊歷而已。」法朗士同時指出，作為一個批評家並不需要太多的學問，只要有審美的能力就行。其實，他所謂的批評家，實際上僅不過是一名次等的藝術欣賞者，根本還夠不上批評家的資格。所以，後來極遭人攻擊。尤其是後來的人本主義的批評家認為人性是不變的。一個嚴肅的批評家，最重要的是要把握住文學中的人生價值。阿諾德 (Matthew Arnold 1822–1888) 說：「詩是人生的批評。」他認為詩的題材是從人生的經驗中體認出來的，而不是架空的玄想。一個詩人所表現的人生是經過其選擇過的完整人生，而不是隨意檢拾的生活瑣屑的片斷記錄。因此，我們從文學作品中，可以深切地體認出人生的真諦，宇宙的奧祕，所以說詩是人生的批判，詩人所注視的就是人生的真實面。阿諾德這種文學批評觀，到了二十世紀的初葉，已被新批評學派的休謨 (T. E. Hulme)、李查斯 (I. A. Richaros)、艾略特 (T. S. Eliot)、藍遜 (J. C. Ranson)、泰特 (Allen Tate)、潘・華倫 (R. P. Warren) 等人所援用。

這批新派批評家，除了承襲一部份前人的理論和方法以外，最主要的還是他們大膽地援用了現代精神分析學，和語意學、語言學、語構學、以及民俗學、社會學、人格學、神話學等等。尤其是精神分析學的運用，是促使現代文學批評邁進新階段的最大動力。

我們稍為追溯一下前輩文學批評家的方法，我們會發現大都還是滯留在極其「古老」的方法上。我所謂「古老」，是因為自亞里士多德以降，歷經二千多年的漫長歲月，但所有的文學批評方法，都沒有逃脫他的理論體系，甚至到如今仍有極大多數的文學批評家，仍引用他的理論作為批評的準繩。所以，我曾大膽地界說文藝批評的歷程，不外乎是理論體系的建立和科學方法的判斷而已。

就理論體系的建立而言，它包含了語言符號的認識與運用。而語言的本質是隱喻的，符號的本質是象徵的。隱喻是創造象徵的手段之一，正如語言是符號表現的手段一樣。隱喻不能等於象徵，它只是作為象徵的一種表現方式，而語言也不能等於符號，它只是作為符號表現的一種方法。在現代詩中，我們慣常所見到的語言，大致可以分為兩種形式：一種是直接語言，這種語言是情感的表現，是屬於情緒變化的一種呈現手段；一種是自動語言，這種語言是屬於無意識心理世界的呈現，它的呈現方式是象徵的，是屬於形而上的一種手段，因此，它必須依賴於隱喻或意象的傳達。而現代詩人運用最多的，也就是這種自動語言。這種語式是非邏輯的，它不受既定規範所約束，它為了傳出詩人更為原始的一種心意，往往以其快速的動作記錄下詩人內心的動向，記錄下他內在精神意識的流變狀態。這種流變狀態，是未經整理，也是一種無法整理的狀態。現代詩人所以會常常受到指責，我想最大的因素，也就是他們已揚棄了語言結構的邏輯性，而採取較為自由的非邏輯的語言結構，甚至我們可以說是一種較為真實性的內在心象的現示圖式。而這種現示圖式，除了主要的文字工具以外，也常常援用到文字以外的符號圖式，如形象、圖畫、節奏等等。

無論現代詩人運用那一種圖式來展示他的內在心意，他必須是在有所展示而展示的情境之下，去創造他的作品，否則，他所創造出來的詩，必然是空洞無物的詩，要不，就流於文字的堆集，技巧的玩弄而已。

我國現代詩，歷經二十年來的慘淡經營。無可諱言的，它的技巧是移植了西洋詩的技巧，而內容大都是屬於這一代詩人自身的體驗，感受，和歷經時代，環境的變遷而尋獲的人生真境的展示。尤其是現代社會日趨繁複的今天，中國現代詩人的感受性是愈來愈敏銳了，也愈來愈趨近於人性的核心問題的探討。誠如在人類漫長歷史的演變中，每一個年代裡，總是會或多或少的有人去從事那種人類偉大文明的建樹工作。中國現代詩人近二十年來所致力的工作，正是人類文明歷史中的一個重要環節，他們都著力於新的語言的創造，他們正不斷地企圖以新的語式去呈現這一時代的特質，去表現出這一代人的內在悲劇精神。

我們無可否認的，近數十年來的中國詩人，他所處的環境是非常特殊的環境，而這一代詩人所受到的影響也是最為複雜的，最為紊亂的，像一團織亂了的絨絲線，不知該從何處去尋出他的秩序。於是，大家都在摸索，探討。紛紛從西洋詩人手裡借來那些神祕的經驗，象徵的意義，意象的鋪陳，以及諸多文字本身的豐繁意義和它的矛盾語法……這是造成現代詩愈來愈趨近於玄祕的境界，也愈來愈難於令人接納，也愈來愈陷於孤絕之境。很顯然的，現代詩已經不再是老少咸宜，雅俗共賞的產物，而是屬於部份人的寵物。法國詩人梵樂希要求「純粹自我」之表現。培德 (Walter Pater) 認為詩的最大魔力，就是引導我們到一種孤寂的境界。艾略特也說，詩是不能作為社會功用的。他認為詩是自我表現的一種藝術，詩人的發展過程，就是不斷地作著自我犧牲，和不斷地作著泯除自己的個性的表現。法國神父布勒蒙 (Abbe Henri Bremond) 也說：「『純詩』在很諧和的心靈中會引起一種境界，這種境界是相同於靜寂而玄祕的沉思底境界，靜寂而玄祕的沉思乃是祈禱之最高的形式。」[1]

布勒蒙的詩論多少含有他原有的宗教意識，他認為詩的最高表現，就是祈禱的最高形式之表現。詩人是委身於與上帝相通的靜寂的極樂中，他所表現的世界是人類最崇高的境界，是屬於原始的玄祕經驗之呈現，無論它是否被人接受，而詩人必須依據其原始的經驗，自詩歌中呈現出來，這是一種既具體而又真實的經驗。所以，詩人所要呈現的是一個美麗而又能令人快樂的境界，讓人能自那境界中感受那永恆的快感。一個偉大的詩人，並不以藉文字傳出其意義為滿足，而是要透過文字表現出人生完整的經驗價值。布勒蒙所謂完整經驗的表現，並不是對現實世界的真象反映，而是詩人透過現實的經驗，使現實世界昇華，使其變成一種完美之表現。它不是經驗邏輯，而是經驗再現；它不是等量價值的釐定，而是無限價值的肯定。所以，布勒蒙所謂完整經驗是屬於全盤心靈的經驗，而並不是僅屬於情緒的，或者思想的傳達。也就是說，它並不是僅僅以部份的經驗為經驗，而是以我們從未經驗過的和已經經驗過的完整之表現，這才是詩的經驗。

中國現代詩人歷經二十年來的艱苦奮鬥，至此，總算有了一個豐碩的成果。雖然在技巧上是受西洋象徵主義、達達主義、現代主義、以及超現實主義的影響，而它的內容畢竟還是屬於這一代中國詩人自身經驗的再現，他的精神內涵畢竟是屬於他自己的，屬於他個人對這

❶ 引自商務印書館出版之《現代詩論》第一九七頁。曹葆華譯。

個時代中的感受、體認、以及作著無可逃避的接納與追憶。

同時，我們也必須承認中國現代詩的發展，是對中國現代社會的一種批判，我們要想瞭解中國現代詩，至少我們先要瞭解中國現代社會的特質，這是極其重要的，因為它是真正影響我國現代詩人創作路向的原始因素。這一代詩人歷遭戰亂、流亡、以及農業社會的變遷，他既要保護傳統的盾牌、又要抓住現代的矛頭。於是，大多數的現代詩人都處在矛盾的心理衝突中。舊有的觀念並未完全根絕，而新的觀念又無從建立。我們既要倡導節約，又要建立豪華的酒店和舞廳、夜總會；既要人互助合作，又要人人努力競爭；我們既要人人愛護團體，又不許人同流合污；既要信任他人，又要時時戒懼，這是一個使人左右為難的年代，我們該如何去適應它，甚至能掌握它，而不致被它所吞沒，這是每一個現代知識份子都應有的責任。

社會之形成，是有賴於群眾之共同傳說，以及風俗習慣和生活方式，或者一種共同的文化來維繫在一起。近半世紀來，我們這個社會變化的確太大了，除了外來科學的刺激以外，我們本身的政治改革，也是最大的動力。而現代詩人能急切地抓住這個社會的特質，予以呈現出來，這不啻是中華文化歷史的存有，也是中華文化歷史能綿延不絕的功勛。

然而，近二十年來的中國現代詩人的努力，卻受到了最大的非難，也受到最嚴重的考驗。而詩的箋釋，是企圖自現代詩的瞭解上以及詩人與讀者之間架構起一座「橋樑」，讓讀者與詩人之間，能在思想上和情感上作到真正的融合，我想這就是詩箋釋的最重要工作。

附：中國新詩的興起與發展

中國新詩的萌芽

我國的新詩受西洋詩的影響，已經是無可否認的事實。據說最早提出改革中國新詩的是清末同治十二年的舉人黃遵憲，他是廣東嘉應人，博學多才，精通英、日等國文字，曾出使各國，受外國文藝新潮影響極深，回國後力主改革中國舊詩，他認為詩人所處的時代不同，而詩的形式和創作方法也不應該墨守成規，承襲古人的法則。他說：「人各有面目，正不必與古人同」，今天的詩人，有今天的人生觀，有今天的宇宙觀，他有他的時代背景，他有他的生活闊度，他有他所處的環境，而這些都不是僅僅靠那些有限的形式所能展示的。於是，他極力主張打破傳統的形式和法則，而從事自由的創造，這是新詩改革的先聲，他也成為近世中國文學革命的先驅者。

不過，黃遵憲的改革中國詩歌，也只是作局部的改革，而真正作到徹底改革的還是要算

「五四」運動的文學革命以後。那時，無論就詩的語言和形式都作了一次徹底的改革。例如胡適的〈應該〉：

他也許愛我，——也許還愛我，——
但他總勸我莫再愛他。
他常常怪我：
這一天，他眼淚汪汪的望著我，
說道，「你如何還想著我？
想著我，你又如何能對他？
你要是當真愛我，
你應該把愛我的心愛他
你應該把待我的情待他。」
他的話句句都不錯，——
上帝幫我！
我應該這樣做！

這首詩並不是最早的新詩形態，而是革新後最早出現的抒情詩。最早的新詩形態，大都是脫胎於中國的詞調，只是在語言上由文言而改為白話文而已。例如他的〈鴿子〉、〈湖上〉都是詞調意味很濃的詩。而這首〈應該〉要算是完全擺脫舊詩詞的窠臼的新詩。

作者當時寫這首詩的主意，是要表現一個昔日的戀人，已經成為他人婦，而那婦人仍思念著她舊日的戀人。一日兩人相逢了，她的戀人便告訴她不要再想著他，假如想著他，又如何對得起自己的丈夫？於是，他勸她應該把愛他的心去愛丈夫。這是寫青年男女在愛的糾紛中的一種愛的奉獻，也暗示了某種道德觀念，這是一首情調非常優美的詩。

和胡適同時寫新詩的有周作人、傅斯年、沈尹默、劉復等人。而周作人的詩大都與他的散文相似，以極其質樸、自然的情調表出。傅斯年作詩不多，能被後人傳誦的更是寥寥無幾，現在錄一首他的〈咱們一伙兒〉：

春天杏花開了，
一場大風吹光。
夏天荷花開了，
一場大雨打光。

秋天梔子開了，
十幾天的連陰雨把它淋光。
冬天梅花開了，
顯它那又老又少的勝利在大雪地上。
杏花，荷花，梔子，梅花，
你敗了，我開。
咱們的總名叫「花」，
咱們一伙兒。
太陽出了，月亮落了。
星星出了，太陽落了。
月亮出了，星星落了。
陰天都不出，偏有鬼火照照。
太陽，月亮，星星，鬼火，
咱們輪流照著，
叫它大小有個光，

咱們一伙兒。

這首詩缺乏形象，只是堆砌一些散文式的白話子句，沒有半點含蓄，因而顯得內容空洞無物。詩句接續運用「了」、「光」等字，使詩句過份牽強而生硬，讀起來也極不順口，除了有一點刻板的韻腳而外，根本無節奏可言。詩貴在於自然和諧，如果稍有牽強，便顯得生硬難讀，根本談不上詩的韻味。誠如朱自清在〈新詩的進步〉中說的：「初期新詩人大約對於大眾的實際生活知道的太少，只憑著信仰的理論發揮，所以不免是概念的，空架子，沒力量。」

傅斯年這首詩是道道地地的白話詩，他運用純正的口語寫成，但是詩質卻完全喪失。「春天杏花開了，一場大風吹光。」這原本是一幅很美的畫面，詩意亦濃，但由於作者把握的語言不足以呈現這一畫面，而使詩意喪失。

冬天梅花開了，
顯它那又老又少的勝利在大雪地上。

這完全是散文的句子，不但沒有詩意，而且顯得太俗。這是作者在創造語言方面缺乏琢磨，他僅僅根據個人的直覺概念，把一些日常生活中所體驗到的直覺印象，直接反映到詩句中。沒有經過琢磨，因而使整個詩句陷於直陳的說白中。

後一段雖然比前一段稍好，但仍然沒有詩意，仍然缺少詩的形象，和前一段同樣手法，只是把「春、夏、秋、冬」改為「太陽、月亮、星星、鬼火」來作為對時光的輪迴的呈現，這種手法在初期的中國新詩裡，是用較多的一種比喻法，但這種比喻顯得過份牽強，就失去了詩的自然美，而且也太平庸。

沈尹默的詩，好像是脫胎於中國的古樂府，但他的詩似乎比胡適和傅斯年的都要富於詩的質素。例如他的〈三絃〉：

中午時候，
火一樣的太陽，
沒法去遮攔，
讓它直晒在長街上。
靜悄悄少人行路；

只有悠悠風來，
吹動路旁楊樹。
誰家破大門裏，
半院子綠茸茸細草，
都浮著閃閃的金光。
旁邊有一段低低的土墻，
擋住了個彈三絃鼓盪的聲浪。
門外坐著一個穿破衣裳的老年人，
雙手抱著頭，他不聲不響。

這首詩的立意，是要表現一個老人的孤獨與無助。作者以悽惻哀怨的三絃的絃音與孤獨的老人相襯，使那老人的處境更顯得悽楚動人。

「中午時候，火一樣的太陽，沒法去遮攔，讓它直晒在長街上。」這不僅顯示了季節感，同時也展示了那長街和老人的寂寞感。「火一樣的太陽」，這無疑的是指夏天的季節。而同時作者也以這個季節的熱情，強調了老人對絃音的依戀，這是很美的意象。接著他又運用破落的大門與土牆襯托出彈三絃的人的貧困與孤寂。「半院子綠茸茸細草，都浮著閃閃的金光。」這是暗示著那個院子已久乏人跡，所以使得那些細草都已長滿了半個院子，這是很有鮮活的形象的呈現。

在這首詩裡，作者可能有二個意圖：一個是作者表現老人對絃音的依戀。一個是表現老人與彈三絃的人同病相憐，斷腸人哭斷腸人的寂寞與窮困的悲哀。

就詩的本質而言，沈尹默這首詩要比胡適和傅斯年的詩，都富於詩的質素。而且沈尹默已運用了人與物的互喻，使詩中有物，物中有人，而人中有詩的情感，這是詩的最基本要素。

「五四」運動的文學革命，最顯著的特點，是由文言文改為白話文，尤其是新詩，特別強調口語化的新。因而，有絕大多數的新詩都流於概念化的說白，缺乏詩的形象與含蓄之美。例如劉復的〈一個小農家的暮〉，就是一首標準的口語化的新詩。

她在灶下煮飯，
新砍的山柴，
必必剝剝的響。
灶門裏嫣紅的火光，

閃著她嫣紅的臉，
閃紅了她青布的衣裳。

他銜著個十年的烟斗，
慢慢的從田裏回來；
屋角裏掛上了鋤頭，
便坐在稻草上，
調弄著一隻親人的狗。

他還踱到欄裏去，
看一看他的牛；
回頭向她說：
「怎樣了——
我們新釀的酒？」
面對面青山的頂上，

松樹的尖頂，
已露出了半輪的月亮。

孩子們在場上看月，
還數著天上的星；
「一，二，三，四……」
「五，八，六，兩……」

他們數，他們唱：
「地上人多心不平，
天上星多月不亮。」

這首詩，嚴格地說來，不能算是詩，甚至連散文的句子都還夠不上，勉強可稱它為歌謠的變形。作者的立意是想勾劃出一座農村的晚景。在內容上看還是很豐富的，有老農夫，有小孩，有狗，有莊稼，但作者只是將這許許多多的事物，直接寫在詩句裡，沒有經過洗鍊的工夫，所以整個詩句流於說白式的直陳，沒有詩的含蓄之美。朱自清在他的〈理想的白話文〉裡特別強調說話的語言，和寫作的語言是應該有區別的，他說：「在寫白話文的時候，對於說話，不得不作一番洗鍊的工夫，洗是洗濯的洗，鍊是鍊鋼的鍊，就是把說話鍊得比平常說話精粹。渣滓洗去了，鍊得比平常說話精粹了，然而還是說話。依據這種說話寫下來的，是理想的白話文。」

而劉復在這首詩裡所缺乏的就是洗鍊的工夫，整首詩中，除了第四、五、六行較有詩的質素以外，其餘的都不能算是詩的句子。而這三行中用得最具詩質的是第六行「閃紅了她青布的衣裳」中的「閃紅」兩字，它不但具有形容詞的華美，同時還具有動詞的效果。在初期的新詩中，詩人們所慣用的大都是華麗的形容詞，使詩句艷麗，很少人運用名詞或動詞，劉復在這句詩中運用動詞，而使詩句更為鮮活，形象更為華美。

後面數段都流於敘述，既缺乏抒情，也沒有表現，我們所能看到的是那些空洞的瑣屑事物的堆積。他寫一個簡單的家庭，這個家庭裡的主婦，在廚房裡做晚飯，新砍的柴火在爐灶裡燃燒，燒得必必剝剝響。爐灶裡發出嫣紅的火光，映著那婦人的臉，以及她穿著的青布衣裳。這是第一段所呈現的景色，作者根本沒有把握住詩的形象，完全以其個人的最初印象，直接反映在詩裡，使詩句成為流水賬式的記述，而沒有表現。

第二段寫農夫嘴裡銜著煙斗，慢慢地從田野回來，回到屋裡把鋤頭扔在屋角裡，便坐在稻草上，戲弄著一隻狗。在這一段詩句裡，我們先不談它所表現的詩的形象或內容，單以作者所運用的文字就非常缺乏詩的素養。譬如「屋角裏掛上了鋤頭，便坐在稻草上，調弄著一隻親人的狗。」這三句中我提出兩個字來比較一下，前一句的「掛」字就用得很好。掛上鋤頭，這是說明莊稼人對農具的愛惜，他所以要懸掛起來，是怕鋤頭扔在地上生銹，或阻礙地方，這是十足表現出莊稼人勤儉的精神。如果作者不用「掛」字，而用「扔」字就給人另一種感覺。但後一句「調弄著一隻親人的狗」的「調」字，就用得不好，如果用「戲」字或許更能展示出詩內的意境，用「戲」字不但能顯示出莊稼人的天性，同時也更能展示出詩中的節奏美。

民國九年，胡適博士以實驗主義的精神出版了他的《嘗試集》，這是最早的新詩集，也是胡適他們所提倡的文學革命後的最大膽的嘗試。他在〈自序〉中說：「科學家遇著一個未經實地證明的理論，只可認他做一個假設；須等到實地試驗之後，方才用試驗的結果來批評那個假設的價值。我們主張白話可以做詩，因為未經大家承認，只可說是一個假設的理論，我們三年來，只是想把這個假設用來做一種實地試驗，——要看白話是不是可以做好詩，要看白話是不是比文言詩更好一點，這是我們這班白話詩人的實驗的精神。」胡適的實驗精神終於證實了白話是可以寫詩的，不但可以寫詩，而且比文言更能自由地把握住人們的內在情感，也能更自由地展示詩人的才華，所以白話詩很快地就在中國文壇上萌芽、茁長，而且急速地就成為一株不拔的主幹，它支撐著我國的文壇。

中國新詩的興起和發展

白話文的倡導和改革，是文學語言的一大興革，而語言的本身只是一種圖式，一種記號，一種人類心意的表達工具。白話文的興革，是促使中國文學語言邁進另一個新的境界，它促使文人墨客能更自由、更真切地傳達出心意，且能更廣闊更真實地把人類的感情和思想現示給讀者。在「五四」運動以前，一般學子們所接觸到的只是那些被翻炒了千萬遍的《古文辭類纂》、《昭明文選》、《經史百家雜鈔》、《唐宋各名家的詩》。除了《唐宋各名家的詩》以外，幾乎大部份是屬於雜文和實用文。「五四」運動以後，雖然有很多學子們注重白話文的運用與價值，但仍然受到太多的責難，一般人認為白話文是膚淺的、粗俗的，它只不過是明清以來的官話的變形，和現在的注音字母而已，它唯一的功能，就是作為國語的普及教育工具。他們認為白話文不可能創造文學作品，這種固執的成見相持甚久，一直到胡適、傅斯年、宋白華、劉復他們的新詩不斷創造出來，仍然有極大多數的人不肯承認白話文學，認為白話文的新詩是胡鬧，是瞎湊。因而，有幾位從事新詩創作的詩人，也深深地自覺這種危機，認為那些過份直陳的白話詩，是沒有什麼含意的，於是讀者厭倦，作者無意再走舊路；而西洋留學回來的學子們，乃從事套用西洋的格律來作詩，不久大家爭相模仿，新詩遂成了一種新的格律詩，它擺脫了舊有的平仄押韻的枷鎖，而嵌進西洋的新的節奏和韻律，在形式上是一種蛻變，而實質上卻仍然受到約束，這就是「新月派」的興起。據梁實秋先生說：早年住在上海的時候，文藝界正在多事之秋，所謂「左翼」，所謂「普羅文學」，正在鑼鼓喧天，蘇俄的文藝政策正由魯迅翻譯出來，而隱隱然支配著若干大小據點。《新月》雜誌是在這個時候在上海問世的。在《新月》雜誌尚未問世之前，已有「新月書店」的存在，該書店的主持人就是胡適、梁實秋、徐志摩等人。

《新月》雜誌的問世，是促使中國新詩發展的另一途徑，他們開始注重音節，注重詩的含蓄和意象的呈現。這時圍繞在新月派的旗幟下的詩人，除了徐志摩，尚有朱湘、聞一多、方瑋德、孫大雨、饒孟侃、林徽音、卞之琳、臧克家、陳夢家等多人，而以徐志摩、朱湘、聞一多、臧克家等人的成就較大。現在我們來介紹一首徐志摩的〈雲遊〉：

那天你翩翩的在空際雲遊，

自在，輕盈，你本不想停留
在天的那方或地的那角，
你的愉快是無攔阻的逍遙。
你更不經意在卑微的地面
有一流澗水，雖則你的明艷
在過路時點染了他的空靈，
使他驚醒，將你的倩影抱緊。
他抱緊的只是綿密的憂愁，
因為美不能在風光中靜止；
他要，你已飛度萬重的山頭，
去更闊大的湖海投射影子！
他在為你消瘦，那一流澗水
在無能的盼望盼望，你飛回！

這首詩是套用西洋的商籟體的形式，所表現的是一種豁然飄逸的境界。詩中的「你」也許是指作者自己，寫他自己曾擁有過的自由自在的日子，那種遨遊凌空，逍遙自在，無拘無束，海闊天空任迴旋的歡樂。也許是作者羨慕別人而作的，而接著他把地面的一流澗水襯托出來。用澗水上的浮光掠影，反映出時光的流逝和他那一閃即逝的無可捉摸之慨。

從整首詩來看，這首詩已擺脫了初期的中國新詩的那種說白式的抒寫，而著力於形象的創造，如作者透過空際和澗流，襯托出那人生的際遇本無常的境界，這是很美的表現。

新月派的詩是完全因襲西洋格律詩而來的，無論是形式或韻腳都是模仿西洋的，這類詩最大的特性是形式整齊，給人視覺上的整齊美。有腳韻，節奏鮮明，具有中國舊詩詞的優美的韻律。缺點是不能自由發揮作者的心意，受制於有限的形式和韻律，落入新的窠臼中。不過，在這時期的新詩，已較初期的新詩富於含蓄性，已不再是口語化的詩句，而趨向新詩的一種新的語言，它含有表現的意圖，不再是說白和告示了。

與新月派同時出現在我國詩壇的，有創造社和象徵派，創造社分前期創造社，和後期創造社；前期創造社以郭沫若為首，他的詩大部份流於直陳式的說白，沒有什麼深度。後期的創造社，以王獨清的詩最負盛名。王獨清早年留學歐洲，受英國詩人拜倫的影響頗深，他著有詩集《聖母像前》、《死前》、《威尼市》、《埃及人》、《鍛錬》等。他的詩大都是抒發傷感以及淡淡的憂鬱和哀怨，並且充滿著異國的情調，頗富於音樂的旋律和形象美。

創造社除了郭沫若、王獨清，還有馮乃超等人，他們都倡言所謂「文學革命」。他們和太陽詩社聯合起來攻擊新月派，認為新月派的詩，是空洞的，虛玄的，離群獨處的。於是馮乃超等喊出了文學革命的口號。事實上，他們的詩仍然是神祕的，感傷的，空洞的。甚至他們當年喊的所謂「無產階級的普羅文學」，也只是口號而已。後來郭沫若走進政治的圈子，詩才日漸枯竭，終至淪為附匪的文奸。王獨清則不願跟著他的腳步走，馮乃超的詩路轉向象徵派的路子，創造社就此沒落了。

如果說新月派和創造社的詩是受西洋浪漫主義的影響，那麼中國的象徵派的詩，是道道地地的移植了法蘭西的象徵主義的表現技巧。法國象徵派之產生，是由於新浪漫主義(Neo-Romanticism)常常喜歡用那種神祕的色彩和象徵的、暗示的手段，表現出潛藏於人心裡的真實生命。自我表現成為象徵派的最基本立足點，由於其否定了科學的法則，對於描寫的表層世界已毫無興趣；於是，象徵主義產生了另一個特色，就是技巧的偏愛。而我國第一個移植這種表現技巧的，要算是李金髮，他早年留學法國，著有詩集《微雨》、《為幸福而歌》。他的詩澀晦難懂，但形象鮮活，意象閃耀不定，給人以神祕、幽暗之感，充滿著異國情調。現在我們來看看他的作品〈棄婦〉：

長髮披徧我兩眼之前，
遂隔斷了一切罪惡之疾視，
與鮮血之急流，枯骨之沉睡。
黑夜與蚊蟲聯步徐來，
越此短牆之角，
狂呼在我清白之耳後，
如荒野狂風的怒號：
戰慄了無數遊牧。

靠一對草兒，與上帝之靈往返在空谷裏，
我的哀戚惟遊蜂之腦能得印著；
或與山泉長瀉在懸岩，
然後，隨紅葉而俱去。

棄婦之隱憂堆積在動作上，

夕陽之火不能把時間之煩惱
化成灰燼，從烟囪裏飛去
長染在遊鴉之羽，
將同棲止於海嘯之石上，
靜聽舟子之歌。
衰老的裙裾發出哀吟，
徜徉在丘墓之側，
永無熱淚
點滴在草地
為世界之裝飾。

讀象徵派的詩，首先在我們的心理上必須樹立一個基本觀念，就是，象徵不是比喻，比喻是明瞭而確實的，而象徵則是迷濛的。另外一個觀念，就是象徵非符號之顯示。符號只是人類語言上的一種顯示的工具，它足以傳出人們心底的意義。象徵是建立在語言以上的一種意義，這種意義不是我們現世界已成的一種意義，而是透過現實所建立的一種想像的意義。

其次就是象徵不是隱喻或暗示。隱喻和暗示都僅僅是幫助完成象徵的一種手段，正如比喻和符號一樣。讀者有了這幾個基本概念，再回過頭來看李金髮的〈棄婦〉，也許就更能瞭解他詩中的象徵性。

象徵派的詩人，除李金髮以外，尚有汪銘竹、穆木天等多人，其中以汪銘竹的成就較大，也最具有西洋象徵主義的風格。但他的詩已經大異於李金髮的晦澀、幽暗、神祕和不可理喻的那種迷濛性，而有了較多的內涵力，更重要的是汪銘竹的詩已注視到人性的批判，和時代的反映，這對中國新詩來說，無形中成為一種重要的發展。

在象徵派出現的前後，我國還有一個較大的詩派，就是現代派。這一流派始於「現代書局」發行的《現代》雜誌，最早的是民國十九年發行的《現代文藝》月刊，由葉靈鳳主編。繼而是民國二十年發行的《現代》月刊，由戴杜衡、施蟄存、戴望舒等人執編。民國二十三年發行《今代文藝》月刊，由王莘草執編。而這三個刊物中，以《現代》月刊的陣容較為強大，無論在詩、小說、散文、文藝理論都保持其相當高的水準，當時經常在該刊發表詩作的有戴望舒、李金髮、施蟄存、何其芳、艾青、路易士（紀弦）……等人。後來戴望舒創辦「新詩」雜誌，成為現代派的同人刊物。

現代派的詩受歐洲的自由詩和象徵派的影響，他們揚棄了象徵派的晦澀、幽祕、矯飾之弊，而採納了自由詩和象徵主義的優點，如音色之優美，內容的含蓄、形象之鮮活等等。換句話說，它具有象徵派的含蓄，但沒有象徵派的神祕和幽玄。它具有古典主義的典雅、理性，但沒有古典主義的刻板。它有浪漫主義的奔放熱情，但沒有他們的無羈和狂放。這可以說是集中外各流派之所長，它成為新詩的一股主流，而當年領導這一主流的詩人，就是戴望舒。現在我們來看看他作品之中最具有現代風格的〈殘葉之歌〉：

男子

你看，濕了雨珠的殘葉，
靜靜地停在枝頭，
（濕了珠淚的微心，輕輕地貼在你心頭。）
牠躊躇著怕那微風，
吹牠到縹渺的長空。

女子

你看，那小鳥曾經戀過枝葉，
如今卻要飄忽無踪。

（我底心兒和殘葉一樣，
你啊，忍心人，你要去他方。）

牠可憐地等待著微風，
要依風去追逐愛者底行蹤。

男子
那麼，你是葉兒，我是那微風，
我曾愛你在枝上，也愛你在街中。

女子
來啊，
你把你微風吹起，
我將我殘葉底生命還你。

這首詩，我們很容易地就可以看出作者以微風和殘葉的息息相關象徵著男女間的愛。是表現愛的依戀，情的傾訴。而戴望舒是採用現代詩的表現技巧，把那種富於浪漫情調的氣氛呈現出來。而作者一開始就放棄了韻文的形式，運用散文的形態，這就是現代詩的最大特質。

戴望舒的詩，給人最大的感覺，就是活潑、輕俏、帶有一種淡淡的憂鬱。在形式上是完全採取放任的態度，一切由內容決定形式，這是現代詩的一大特質。

由於現代派影響所及，後來很多詩人都往這條路上邁步，如何其芳、李廣田、卞之琳、陳邇冬、侯汝華、玲君、錢君匋、史衛斯……等等，而以何其芳的成就較大，也是始終堅持他創作方向的一位詩人。而還有一位更重要的現代派詩人，就是紀弦，他來臺後不久即創辦「現代詩社」，同時出版《現代詩》季刊，最近並常寫詩論、對那些晦澀與虛無的「偽現代詩」，予以嚴正的批判和撻伐；對新詩的發展，是有其不可磨滅之貢獻的。

最後我想概略地介紹一下我國「三十年代」的新詩。「三十年代」對我國新文學的發展是一個極重要的年代，我前面所介紹的那些詩派，大都是產生在三十年代，而現在特別提出「三十年代」的新詩，只是有大多數的詩人，都沒有列入那些流派，又有其詩人的重要地位，所以我就把他們概括在「三十年代」裡，例如俞大綱、朱大枬、林庚、沈尹默、沈祖牟、李微、鄭康伯、沙蕾、劉宛萍、蘇俗、孫望、金克木、鷗外鷗、邵洵美、高蘭、呂亮耕、魯藜、亦門、梁宗岱、以及鍾鼎文、覃子豪、紀弦、鍾雷……等人，都有其各別不同的成就。

在這些詩人中，很難提出一個典型來討論，因為各人有各人的表現方法，各有各的創作形態，這是因為他們所受到的影響不同而各異。但無可否認的，他們所採取的創作態度，仍然以早年的新月派的影響最深，他們仍然在格律和韻律上下工夫，而很少能真正擺脫格律的束縛。不過，有一點可喜的是在形式上是採納散文形態的表現，而沒有刻意追隨新月派的那種方塊體。

前面我已經說過：三十年代，是一個很重要的年代，在此期間除了以上所介紹的流派和作家以外，還有一種小詩，是以三句二句呈現出詩人的瞬間的感覺。寫小詩最有成就的是冰心，她著有《春水》、《繁星》等詩集，都是以三行五行完成的。而事實上，寫作小詩的詩人很多，幾乎三十年代的詩人都多多少少寫過幾首，而其中除冰心以外，尚有俞平伯、汪靜之、葉紹鈞、郭紹虞、何植三、鄭振鐸、王統照、劉大白等人，都有過相當的表現。

這類小詩除了在形式上有其特殊短小精鍊以外，在內容的表現上也有異於抒情詩和敘事詩。這類詩最大的特質就是表現人類瞬息萬變的感受，它能以極精鍊的手法，運用極簡潔的語言，捕捉住人類的內在意識，和那種受意識左右的情緒之變化，但也有一大缺點，就是不能盡所欲言，不能表達較為完整的心意。

民國二十六年秋，抗日戰爭爆發了，詩人們是最敏感、也是最有熱血的一群，他們奮勇地奔向了最前線，為國家為民族的自由獨立的戰爭，寫下了熱情的謳歌；他們的詩像一團熊熊的火，燃亮著每一個人的心靈。在此期間的新詩，幾乎一致的是謳歌神聖的抗日戰爭，一致的為喚起人們的同仇敵愾而努力。詩人們不斷地開朗誦會，不斷的寫戰鬥的詩歌，甚至有些熱血奔騰的青年詩人，在街頭、在群眾聚集的地方，就隨時朗誦或展出他們的作品。這時是中國新詩最大的轉變，他們幾乎推翻了所有昔日的創作法則，而表現出前所未有的雄渾的氣象，和豪邁壯健的力量。甚至有些詩人主張「街頭詩」、「傳單詩」的直接效果，來喚起全國同胞參加神聖的抗日戰爭。

我們常常被世人譽為「詩的民族」，每當國難當頭，詩人們總是站在最前線，為國家、為民族而喊出最激昂的呼聲，以激勵全國同胞同仇敵愾，奮起救國，這就是中華民族永恆屹立的因素。

303 嶺深道遠　莊因 著

本書是作者集寫作晚期的部分散文、小品文及雜文的合集。內容側重憶往，及對人、事、物的即時雜感。

本書共分四輯。首輯「思親懷友憶故人」收錄作者緬懷母親及友朋之作，憶及曩昔相處的點滴，情意綿綿、真摯溫馨；次輯「書藝淺說」為作者論述中國文字的書寫技巧及藝術之美，希冀傳承中華文化的豐厚底蘊；第三輯「雜文」為作者對生活中習見之物事及現代社會景況，闡述其真知灼見，深入淺出、富含理趣；末輯「小品」則是作者以輕鬆詼諧的筆調，直抒其情志。現在讓我們細細品讀。

133 山水與古典　林文月 著

本書收錄林文月教授所撰有關六朝及唐代之田園、山水、宮體詩等論著，以及她的外祖父連雅堂先生之為人與文學生活，並兼及於中日古典文學的比較研究。六朝詩為作者的專攻對象，本書所收各篇，於專題多有啟發性意義，多年來為中外學者所樂於引用；有關連雅堂先生的文章，有第一手資料，足供臺灣文學研究之參考；而作者譯注《源氏物語》，其相關之中日比較文學研究論著，自亦不容忽略。

260 臺灣現代詩筆記　張默 著

詩者，思也。詩之筆記，討論的是與詩有關的思想，記述的是與詩伴生的思緒。本書內容極為豐富，可使讀者對臺灣新詩發展之種種面向有所認識：從新詩獎、年度詩選、新詩史料綜理等等之主題論述，到五〇年代詩壇老將的四篇專論，乃至筆者閱讀某些新詩集的札記，以及詩作的抽樣點評，均有可觀。筆者為當代臺灣詩壇巨

236 **文學的現代記憶** 張新穎 著

本書主要探討臺灣文學的現代意識，論述二十世紀五〇年以降的文學現象和重要的作家作品。其中對《文學雜誌》的研究，尤見作者的文學史眼光和分析之深入細緻。本書另外還輯錄作者研讀張愛玲和西西創作的心得，感受豐盈，見解鮮活，啟人心思。

144 **滾滾遼河** 紀剛 著

滾滾遼河，是一部有思想性的長篇歷史愛情文藝小說，以抗戰時期東北青年的地下抗日工作故事與感情故事雙線編織而成。內容同時具有情感性，亦富歷史性，作者從描寫小我感情如何被壓縮、割裂、與扭曲來製造高潮，進而用這些悲苦的命運，反映出那個時代環境的殘酷與不仁。

238 **文學的聲音** 孫康宜 著

本書作者發掘出中國古典作家許多意味深長的「面具」美學，並以「面具」的觀點探討古代文人「經典化」的過程，本文中的「託喻」與「象徵」，以及閱讀情詩的偏見。如明清的的女性作家即以「性別倒置」的手法，戴上男性的面具，虛擬男性的聲音，不但迴避社會的壓力與偏見，更獲得男性文人的認同與提拔，留下豐富的作品。

本書帶領讀者更廣泛的視野和客觀的態度，深入追尋文學中千古不朽的聲音與迴響。

187 **現代詩散論** 白萩 著

本書集結了詩人白萩對「現代詩」的基本觀念和重要主張，內容包括現代詩語言、形式和發展現況的探討，個人詩集後記，論戰文字，以及對其他詩人作品的評論等等。白萩的詩歌活動經歷豐富，與「現代詩社」、「藍星詩社」、「創世紀詩社」及「笠詩社」都有深厚淵源，詩風複雜多變。本書的內容除了可與其創作成就互相輝映，更可見其對詩歌藝術的追求和探索。

296 **我為詩狂** 向明 著

詮釋詩意不一定要用艱深難懂的學術語言，作者擅長於平淡處，以心靈的感受，直接而細膩的評析詩作，令人印象深刻，回味無窮。向明談詩，積累數十年鑽研現代詩的深厚經驗，發而為文，能見人所未見，點出詩作的弦外音。

240 **詩來詩往** 向明 著

本書內容曾以專欄形式發表於報刊，原本無一定脈絡體系，經整理爬梳，分為四類：第一類以神往和敬謹的態度，試圖對文學典律公案甚至楹聯之類，以現代眼光加以評估探討。第二類將平日少為人知的詩作，集其主題類似者加以整理。第三類係針對一些時下流行的文化現象做出匡正。第四類為作者近年參加各類學術研討會

310 **烽火夕陽紅** 易君左 著

本書為易君左先生回憶錄的第五集，延續一到四集《大湖的兒女》、《火燒趙家樓》、《蘆溝橋號角》、《勝利與還都》的嚴謹態度與愛國精神，第五集《烽火夕陽紅》，事蹟更為壯烈。內容包含了抗戰期間的日記隨筆，以及遷臺後的見聞實錄。他以審慎的態度書寫中國近代史上的重要階段，實具有無可抹滅的史料價值。

國家圖書館出版品預行編目資料

現代詩的欣賞／周伯乃著.——二版二刷.——臺北市：三民，2020
面；　公分.——(三民叢刊)

ISBN 978-957-14-6279-0（平裝）
1. 新詩 2. 詩評

821.886　　106002455

三民叢刊
現代詩的欣賞

作　者　周伯乃
發行人　劉振強
出版者　三民書局股份有限公司
地　址　臺北市復興北路 386 號 (復北門市)
　　　　臺北市重慶南路一段 61 號 (重南門市)
電　話　(02)25006600
網　址　三民網路書店 https://www.sanmin.com.tw

出版日期　初版一刷 1970 年 4 月
　　　　　二版一刷 2018 年 1 月
　　　　　二版二刷 2020 年 10 月
書籍編號　S810230
ISBN　978-957-14-6279-0